W0361417

Elizabeth Costello

J. M. COETZEE
Prix Nobel de littérature

ELIZABETH COSTELLO

HUIT LEÇONS

Traduit de l'anglais (Afrique du Sud)
par Catherine Lauga du Plessis

ÉDITIONS DU SEUIL
*27, rue Jacob, Paris VIe*

Ce livre est édité par Anne Freyer-Mauthner

Remerciements à Jean-Louis Cornille

Titre original: *Elizabeth Costello*
Éditeur original: Secker & Warburg, Londres
ISBN original: 0-436-20616-1
© J. M. Coetzee, 1999, 2003

ISBN 2-02-062057-X

© Mai 2004, Éditions du Seuil pour la traduction française

Le Code de la propriété intellectuelle interdit les copies ou reproductions destinées à une utilisation collective. Toute représentation ou reproduction intégrale ou partielle faite par quelque procédé que ce soit, sans le consentement de l'auteur ou de ses ayants cause, est illicite et constitue une contrefaçon sanctionnée par les articles L. 335-2 et suivants du Code de la propriété intellectuelle.

www.seuil.com

1
Le réalisme

Il y a tout d'abord le problème de l'ouverture, c'est-à-dire comment nous faire passer d'où nous sommes, c'est-à-dire en ce moment nulle part, jusqu'à l'autre rive. C'est une simple affaire de pont, il s'agit de bricoler un pont, ni plus ni moins. Les gens résolvent ce genre de problèmes tous les jours. Ils les résolvent et, les ayant résolus, ils passent à autre chose.

Supposons que ce soit chose faite, quelle que soit la manière dont on s'y est pris. Admettons que le pont est jeté, qu'on l'a traversé et qu'on peut cesser d'y penser. Nous avons quitté le territoire où nous nous trouvions. Nous sommes de l'autre côté, sur le territoire où nous voulons être.

Elizabeth Costello est écrivain, elle est née en 1928, ce qui lui fait soixante-six ans, bientôt soixante-sept. Elle a écrit neuf romans, deux recueils de poèmes, un livre sur la vie des oiseaux et d'innombrables articles de journaux. Elle est australienne de naissance. Elle est née à Melbourne et y vit toujours, bien qu'elle ait séjourné de 1951 à 1963 à l'étranger, en Angleterre et en France. Elle a été mariée deux fois. Elle a deux enfants, un de chaque mariage.

Elizabeth Costello s'est fait une renommée avec son quatrième livre, *La Maison de la rue Eccles* (1969), dont le personnage central est Marion Bloom, femme de Léopold Bloom, le personnage principal d'un autre roman, *Ulysse* (1922), de James Joyce. Ces dix dernières années, il s'est développé autour d'elle une petite industrie critique; il existe même une Société Elizabeth Costello à Albuquerque, au Nouveau-Mexique, qui sort un *Bulletin Elizabeth Costello* trimestriel.

Au printemps de 1995, Elizabeth Costello se rendit, ou se rend (au temps présent, à partir d'ici), à Williamstown, en Pennsylvanie, à Altona College, pour y recevoir le prix Stowe. Le prix est décerné tous les deux ans à un écrivain de réputation mondiale, sélectionné par un jury de critiques et d'écrivains. Il consiste en une somme de 50000 dollars, dont les fonds proviennent de la succession Stowe, et en une médaille en or. C'est un des prix les plus importants aux États-Unis.

Lors de sa visite en Pennsylvanie, Elizabeth Costello (Costello est son nom de jeune fille) est accompagnée de son fils John. John travaille dans une université du Massachusetts où il enseigne la physique et l'astronomie, mais, pour des raisons qui le concernent, il a pris une année de congé sabbatique. Elizabeth est devenue un rien frêle: sans l'aide de son fils elle n'aurait pas entrepris ce voyage éprouvant et traversé la moitié du monde.

Nous passons. Ils sont arrivés à Williamstown et on les conduit à leur hôtel, un immeuble de dimensions surprenantes pour une aussi petite ville, un grand hexagone, décoré de marbre foncé à l'extérieur, de cristaux et de miroirs à l'intérieur. Dans sa chambre, un dialogue se déroule.

« Ça ira ? Tu seras bien ? demande le fils.

– J'en suis sûre », répond-elle. La chambre est au douzième étage, avec une vue sur le terrain de golf et, par-delà, sur des collines boisées.

« Pourquoi tu ne te reposes pas ? Ils viennent nous prendre à six heures trente. Je t'appellerai quelques minutes avant. »

Il est sur le point de sortir. Elle parle.

« John, que veulent-ils exactement de moi ?

– Ce soir ? Rien. C'est juste un dîner avec les membres du jury. Nous n'allons pas laisser la soirée s'éterniser. Je leur rappellerai que tu es fatiguée.

– Et demain ?

– Demain, c'est une autre affaire. Demain, je le crains, tu descends dans l'arène. Prépare-toi.

– J'ai oublié pourquoi j'ai accepté de venir. Il me semble que je m'impose une rude épreuve, sans bonne raison. J'aurais dû leur demander de laisser tomber la cérémonie et d'envoyer le chèque par la poste. »

Après ce long vol, elle paraît son âge. Elle ne s'est jamais souciée de son apparence ; elle parvenait à s'en tirer sans avoir à le faire ; maintenant cela se voit. Vieille et fatiguée.

« Ça ne marche pas comme ça, j'en ai peur, Mère. Si tu acceptes l'argent, tu dois assurer le spectacle. »

Elle secoue la tête. Elle n'a pas encore ôté le vieil imperméable bleu qu'elle portait à l'aéroport. Ses cheveux ont l'air gras et terne. Elle n'a même pas commencé à défaire ses bagages. S'il la laisse maintenant, que va-t-elle faire ? Se coucher avec son imperméable, ses souliers aux pieds ?

Il est là, avec elle, par amour. Il ne peut pas l'imaginer passant cette épreuve sans être auprès d'elle. Il est à ses côtés parce qu'il est son fils, son fils affectueux. Mais il est aussi sur le point de devenir – le mot est déplaisant – son entraîneur.

Il se la figure comme un phoque, un vieux phoque de cirque fatigué. Elle doit une fois de plus se hisser sur le podium, une fois de plus montrer qu'elle peut maintenir le ballon en équilibre sur le bout de son nez. À lui de la cajoler, de lui insuffler du courage, de l'aider à aller jusqu'au bout de son numéro.

« C'est le seul moyen qu'ils ont, dit-il avec le plus de tact possible. Ils t'admirent, ils veulent t'honorer. C'est le meilleur moyen qu'ils ont trouvé pour le faire. Te donner de l'argent. Faire connaître ton nom. Employant l'un pour pouvoir faire l'autre. »

Debout devant le secrétaire style Empire, parcourant les brochures qui lui disent où faire ses emplettes, où aller dîner, comment faire usage du téléphone, elle lui lance un de ces regards rapides et ironiques qui ont toujours le pouvoir de l'étonner, de lui rappeler qui elle est. « Le meilleur moyen ? » murmure-t-elle.

À six heures trente, il frappe. Elle est prête, elle attend, rongée de doutes, mais résolue à faire face à l'adversaire. Elle porte son ensemble bleu et sa veste en soie, son uniforme de romancière, et ses souliers blancs auxquels il n'y a rien à redire sinon qu'ils la font ressembler quelque peu à Daisy Duck. Elle s'est lavé les cheveux et les a brossés en arrière. Ils ont toujours l'air gras, mais honorablement gras, comme ceux d'un terrassier ou d'un mécanicien. Déjà sur le visage cet air passif qu'on dirait renfermé si on le voyait chez une jeune fille. Un visage sans personnalité, du genre que les photographes sont obligés de retravailler pour lui donner du caractère. Comme Keats, pense-t-il, le grand avocat de la réceptivité neutre.

L'ensemble bleu, les cheveux gras sont des détails, des signes d'un réalisme modéré. Fournissez les détails, laissez les significations sourdre d'elles-mêmes. Une technique inventée par Daniel Defoe. Robinson Crusoé, échoué sur sa plage, cherche autour de lui ses compagnons de voyage. Mais il n'y en a pas. « Je ne les revis jamais, ni aucun vestige d'eux, dit-il, si ce n'est trois chapeaux, un bonnet et deux souliers dépareillés. » Deux souliers, dépareillés : ne faisant pas la paire, les souliers ont cessé d'être des chaussures pour devenir des preuves de mort, arrachées par les mers écumantes aux pieds des noyés et jetées sur le rivage. Pas de mots grandiloquents, pas de désespoir, rien que des chapeaux, des bonnets et des souliers.

Aussi loin qu'il s'en souvienne, sa mère s'est toujours isolée le matin pour s'adonner à l'écriture. Ne la déranger sous aucun prétexte. Il se considérait comme un enfant malheureux, solitaire et mal aimé. Quand ils s'apitoyaient plus que d'habitude sur leur sort, sa sœur et lui s'affalaient par terre devant la porte fermée et laissaient échapper des petits gémissements. Au bout d'un moment, ces gémissements se changeaient en fredonnement ou bien ils se mettaient à chantonner, et ils se sentaient mieux, oubliant leur délaissement.

Maintenant, changement de décor. Il a grandi. Il n'est plus devant la porte, il est dans la pièce, il l'observe alors qu'elle est assise, le dos à la fenêtre, de jour en jour, d'année en année, tandis que ses cheveux passent lentement du noir au gris, face à la page blanche. Quelle obstination ! pense-t-il. Elle mérite la médaille, aucun doute là-dessus, cette médaille et bien d'autres. Pour bravoure exceptionnelle.

Le changement s'était produit quand il avait trente-trois ans. Jusque-là il n'avait pas lu un mot de ce qu'elle avait écrit. C'était sa réponse, sa revanche sur elle pour l'avoir laissé devant la porte fermée à clé. Elle l'avait rejeté, donc il la rejetait. Ou peut-être refusait-il de la lire pour se protéger lui-même. Peut-être était-ce là le mobile, au fond : éviter d'être frappé par la foudre. Puis un jour, sans un mot à personne, sans même un mot à lui-même, il prit l'un de ses livres à la bibliothèque. Après cela il lut tout ; il lisait sans se cacher, dans le train, au déjeuner. « Qu'est-ce que tu lis ? – Un des livres de ma mère. »

Il figure dans ses livres, dans certains du moins. Il reconnaît aussi d'autres personnes ; et il doit y en avoir bien d'autres qu'il ne reconnaît pas. Elle écrit au sujet du sexe, au sujet de la passion et de la jalousie et de l'envie avec une pénétration qui l'ébranle. C'est absolument indécent.

Elle l'ébranle ; c'est probablement l'effet qu'elle produit sur d'autres lecteurs également. C'est probablement la raison pour laquelle, en ce monde, elle existe. Quelle drôle de récompense pour une vie passée à ébranler les gens : être transportée dans cette ville de Pennsylvanie pour y recevoir de l'argent ! Car elle n'est en aucune manière un écrivain réconfortant. Elle est même cruelle, dans un sens où les femmes peuvent l'être et où les hommes ont rarement le cœur de l'être. Quelle espèce de créature est-elle, au juste? Pas un phoque: pas assez aimable pour cela. Mais pas un requin non plus. Un félin. Un de ces grands félins qui font une pause pendant qu'ils éviscèrent leur victime et qui, par-dessus leur proie éventrée, vous lancent un regard froid et jaune.

Une femme les attend en bas, la même jeune femme qui était venue les prendre à l'aéroport. Elle s'appelle Thérésa. Elle est chargée de cours à Altona College, mais en ce qui concerne le prix Stowe elle n'est qu'un factotum, une bonne à tout faire et, dans le contexte plus général de l'université, un personnage mineur.

Il s'assied à l'avant de la voiture à côté de Thérésa, sa mère s'assied à l'arrière. Thérésa est excitée, si excitée qu'elle n'arrête pas de jacasser. Elle leur parle des quartiers qu'ils traversent, de l'université et de son histoire, du restaurant vers lequel ils se dirigent. Au milieu de son bavardage, elle parvient à placer deux petites questions, comme une souris qui fouine. « Nous avions A.S. Byatt ici l'automne dernier, dit-elle. Que pensez-vous de A.S. Byatt, madame Costello ? » Et plus tard: « Que pensez-vous de Doris Lessing, madame Costello ? » Elle est en train d'écrire un livre sur les femmes écrivains et la politique; elle passe ses étés à Londres à faire ce qu'elle appelle de la recherche; il ne serait pas surpris qu'elle ait un magnétophone caché dans la voiture.

Sa mère a une façon de qualifier des gens pareils. Elle les appelle des poissons rouges. On croit qu'ils sont petits et inoffensifs, dit-elle, parce que chacun d'eux ne veut rien grignoter de plus qu'un tout petit morceau de viande, la moitié d'un demi-milligramme. Elle reçoit des lettres de ces gens-là toutes les semaines, aux bons soins de son éditeur. Il fut un temps où elle répondait : merci de votre intérêt, malheureusement je suis trop occupée pour pouvoir donner à votre lettre la réponse qu'elle mérite. Un jour, un ami lui apprit ce que ses lettres valaient sur le marché des autographes. Après cela, elle cessa de répondre.

Des particules dorées qui tournent autour de la baleine mourante, attendant le moment propice pour se lancer comme des flèches et prendre une rapide bouchée.

Ils arrivent au restaurant. Il pleuvote. Thérésa les dépose à la porte et va garer la voiture. Ils sont seuls sur le trottoir pour un instant. « On peut toujours se sauver, dit-il. Il n'est pas trop tard. On peut prendre un taxi, passer par l'hôtel récupérer nos affaires, être à l'aéroport pour huit heures trente et prendre le premier vol. On aura disparu avant que la police n'arrive. »

Il sourit. Elle sourit. Ils respecteront le programme, inutile de le dire. Mais cela leur fait plaisir de jouer avec l'idée de s'échapper. Des plaisanteries, des secrets, des complicités ; un regard par-ci, un mot par-là : c'est leur façon d'être ensemble, d'être à part. Il sera son écuyer, elle sera son chevalier. Il la protégera aussi longtemps qu'il le pourra. Ensuite il l'aidera à entrer dans son armure, la hissera sur son coursier, ajustera son bouclier, lui tendra sa lance, et se retirera.

Il y a une scène au restaurant, essentiellement du dialogue, que nous sauterons. Nous reprenons au retour à l'hôtel, où Elizabeth Costello demande à son fils de parcourir la liste des gens qu'ils viennent de rencontrer. Il obéit, leur donnant à chacun un nom et une fonction, comme dans la vie. Leur hôte, William Brautegam, est le doyen de la faculté des Lettres à Altona. Le président du jury, Gordon Wheatley, est canadien, professeur à McGill, il a écrit sur la littérature canadienne et sur Wilson Harris. Celle qu'ils appellent Toni, qui lui a parlé de Henry Handel Richardson, enseigne à Altona. C'est une spécialiste de l'Australie où elle a enseigné. Paula Sachs, elle connaît. Le bonhomme chauve, Kerrigan, est romancier, irlandais de naissance, il vit maintenant à New York. Le cinquième membre du jury, celle qui était assise à côté de lui, s'appelle Moebius. Elle enseigne en Californie et édite une revue. Elle a également publié quelques histoires.

« Toi et elle, vous aviez l'air d'être en tête à tête, dit sa mère. Une jolie femme, non ?

– Peut-être que oui. »

Elle réfléchit. « Mais en tant que groupe, ils ne te paraissent pas plutôt...

– Plutôt légers ? »

Elle fait oui de la tête.

« Bon, ce sont des poids plume. Les poids lourds ne se mêlent pas de ce genre de spectacle. Les poids lourds s'attaquent à des problèmes de poids lourds.

– Est-ce que je ne fais pas le poids à leurs yeux ?

– Mais si, tu fais tout à fait le poids. Ton handicap c'est que tu ne constitues pas un problème. Il n'a pas encore été démontré que ce que tu écris constitue un problème. Quand tu te présenteras comme un problème, tu comparaîtras peut-être devant eux. Mais, pour l'instant, tu n'es pas un problème, tu es tout juste un exemple.

– Un exemple de quoi ?

– Un exemple d'écriture. Un exemple de comment quelqu'un de ta stature, de ta génération et de ton origine écrit. Un cas.

– Un cas ? Puis-je émettre un mot de protestation ? Après tout le mal que je mc donne pour ne pas écrire comme n'importe qui d'autre ?

– Mère, il ne sert à rien de t'en prendre à moi. Je ne suis pas responsable de la manière dont le monde universitaire te perçoit. Mais tu dois sûrement pouvoir admettre qu'à un certain niveau nous parlons tous, et donc écrivons tous, comme n'importe qui d'autre. Autrement nous parlerions ou écririons chacun notre langue. Il n'y a rien d'absurde, n'est-ce pas, à se soucier de ce que les gens ont en commun plutôt que de ce qui les distingue. »

Le lendemain John se trouve pris dans un autre débat littéraire. À la salle de gymnastique de l'hôtel, il tombe sur Gordon Wheatley, le président du jury. Côte à côte sur leurs bicyclettes d'entraînement, ils entament une conversation qu'ils sont obligés de mener à tue-tête. Sa mère sera déçue, dit-il à Wheatley, si elle apprend que le prix Stowe lui a été décerné uniquement parce que 1995 a été décrété l'année de l'Australasie.

« Que veut-elle que cela soit d'autre ? lui crie en retour Wheatley.

– Elle veut entendre qu'elle est la meilleure, répond-il. De l'avis sincère du jury. Non pas la meilleure des Australiens, ni la meilleure des Australiennes, simplement la meilleure.

– Sans la notion d'infini, nous n'aurions pas de mathématiques, dit Wheatley. Mais cela ne signifie pas que l'infini existe. L'infini est tout juste une construction, une construction humaine. Évidemment nous pensons sérieusement qu'Elizabeth Costello est la meilleure. Nous devons simplement nous entendre clairement sur ce qu'une telle déclaration signifie dans le contexte de notre époque. »

L'analogie avec l'infini n'a aucun sens à ses yeux, mais il ne poursuit pas la question. Il espère que Wheatley n'écrit pas aussi mal qu'il pense.

Le réalisme n'a jamais été à l'aise avec les idées. Il ne pouvait en être autrement: le réalisme est fondé sur l'idée que les idées n'ont pas d'existence autonome, qu'elles ne peuvent exister qu'au travers d'objets. Aussi quand il lui faut débattre des idées, comme ici, le réalisme est amené à inventer des situations – des promenades à la campagne, des conversations – dans lesquelles les personnages donnent voix à des idées concurrentes et, d'une certaine façon, les incarnent ainsi. La notion d'*incarnation* s'avère ici centrale. Dans de tels débats les idées ne sauraient en effet flotter en l'air: elles sont liées aux locuteurs qui les énoncent, et générées à travers la matrice d'intérêts individuels à partir desquels leurs locuteurs agissent dans le monde – par exemple, le souci du fils qui ne veut pas qu'on traite sa mère comme une écrivaine postcoloniale de bandes dessinées, ou le souci de Wheatley de ne pas apparaître comme un tenant d'arrière-garde de l'absolu.

À onze heures, il frappe doucement à sa porte. Elle a une longue journée devant elle: une interview, une séance à la station radio de l'université, puis, dans la soirée, la cérémonie de remise du prix et le discours qui l'accompagne.

Sa stratégie avec quiconque l'interviewe, c'est de

prendre la direction des échanges, en leur présentant des blocs de discours qui ont été si souvent répétés qu'il s'étonne qu'ils ne se soient pas solidifiés dans son esprit et devenus une espèce de vérité. Un long paragraphe sur l'enfance dans les faubourgs de Melbourne (des cacatoès poussant des cris stridents au fond du jardin), avec un sous-paragraphe sur le danger que représente pour l'imagination la sécurité dans laquelle vivent les classes moyennes. Un paragraphe sur la mort de son père atteint de fièvre typhoïde à Malaya, avec sa mère quelque part à l'arrière-plan jouant des valses de Chopin au piano, suivi d'une séquence qui ressemble à une rumination impromptue sur l'influence de la musique sur sa propre prose. Un paragraphe sur ses lectures d'adolescente (voraces et peu sélectives), puis un bond jusqu'à Virginia Woolf, qu'elle lut pour la première fois lorsqu'elle était étudiante, et l'influence que Woolf a eue sur elle. Un passage sur sa courte période aux Beaux-Arts, un autre sur ses dix-huit mois à Cambridge, tout juste après la guerre («Ce dont je me souviens surtout c'est qu'il fallait faire des pieds et des mains pour ne pas avoir froid»), un autre sur ses années à Londres («J'aurais pu gagner ma vie comme traductrice, je suppose, mais ma meilleure langue était l'allemand, et l'allemand n'était pas très populaire à cette époque, comme vous pouvez l'imaginer»). Son premier roman, qu'elle déprécie en toute modestie, même si, comme premier roman, il surpassait de beaucoup la concurrence, puis ses années en France («époque enivrante»), avec un regard oblique sur son premier mariage. Puis son retour en Australie avec son jeune fils. Lui.

Au total, juge-t-il en l'écoutant, une prestation professionnelle, si l'on peut encore utiliser ce mot, occupant la plus grande partie de l'heure, comme prévu, et ne laissant que quelques minutes pour esquiver les questions qui commencent par « Que pensez-vous... ? ». Que pense-t-elle du néo-libéralisme, de la question de la femme, des droits des Aborigènes, du roman australien aujourd'hui ? Il a vécu auprès d'elle depuis près de quarante ans par intermittence et n'est toujours pas sûr de ce qu'elle pense au sujet de ces grandes questions. Pas sûr et, dans l'ensemble, reconnaissant de ne pas avoir à l'entendre. Car ses pensées, il suppose, seraient aussi peu intéressantes que celles de n'importe qui d'autre. Un écrivain, pas un penseur. Écrivains et penseurs : le jour et la nuit. Non, pas le jour et la nuit : chair et poisson. Mais lequel des deux est-elle, chair ou poisson ? Quel est son élément : l'air ou l'eau ?

L'interviewer de ce matin, qui est venue de Boston pour l'occasion, est jeune, et sa mère est d'habitude indulgente envers les jeunes. Mais celle-ci est coriace et ne se laisse pas éconduire. « Quel serait d'après vous votre message essentiel ? persiste-t-elle.

– Mon message ? Suis-je obligée d'avoir un message à faire passer ? »

Pas très fort comme riposte ; l'interviewer profite de son avantage. « Dans *La Maison de la rue Eccles* votre personnage principal, Marion Bloom, refuse d'avoir des rapports sexuels avec son mari aussi longtemps qu'elle n'a pas réussi à découvrir qui il est. Est-ce bien ce que vous voulez dire : qu'aussi longtemps que les hommes n'auront pas trouvé une identité nouvelle, postpatriarcale, les femmes devront se tenir à l'écart ? »

Sa mère lui lance un regard. *Au secours !* essaie-t-elle de dire, de façon grotesque.

« Idée intéressante, murmure-t-elle. Évidemment, dans le cas du mari de Marion, il serait particulièrement sévère d'exiger de lui qu'il se trouve une nouvelle identité, puisque c'est un homme – comment dire ? – à l'identité indécise, protéiforme. »

La Rue Eccles est un grand roman ; il vivra aussi longtemps qu'*Ulysse*, peut-être ; et il sera sûrement toujours là bien après que son auteur sera morte et enterrée. Il n'était encore qu'un enfant quand elle l'a écrit. Cela le perturbe et lui donne le vertige de songer que le même être qui engendra *La Rue Eccles* l'a engendré aussi. Il est temps d'intervenir, de la sauver d'une inquisition qui promet de devenir assommante. Il se lève. « Mère, je crains qu'il ne faille en rester là, dit-il. On va venir nous prendre pour l'interview à la radio. » À l'interviewer : « Merci, mais cela sera tout. »

L'interviewer fait la moue, visiblement mécontente. Va-t-elle lui trouver une place dans l'histoire qu'elle prépare : la romancière sur le déclin et son fils autoritaire ?

À la radio, on les sépare l'un de l'autre. On le conduit dans la cabine de contrôle. Le nouvel interviewer, constate-t-il avec surprise, n'est autre que l'élégante Moebius à côté de laquelle il était assis au dîner. « Je suis Susan Moebius, l'émission est *Écrivains au travail*, et nous avons aujourd'hui avec nous Elizabeth Costello », commence-t-elle, et elle poursuit avec une introduction bien enlevée. « Votre roman le plus récent, continue-t-elle, intitulé *Feu et Glace*, situé dans l'Australie des années trente, est l'histoire d'un jeune homme qui a du mal à s'imposer comme peintre face à l'opposition de sa famille et de la société. Aviez-vous en tête quelqu'un de particulier quand vous l'avez écrit ? Le livre est-il basé sur votre propre jeunesse ?

– Non, j'étais encore enfant dans les années trente. Évidemment nous nous inspirons tout le temps de nos propres existences – elles nous fournissent nos ressources principales, et dans un sens nos seules ressources. Mais non, *Feu et Glace* n'est pas une autobiographie. C'est une œuvre de fiction. Tout est inventé.

– C'est un livre fort, il faut le dire à l'intention de nos auditeurs. Mais trouvez-vous cela facile d'écrire du point de vue d'un homme ? »

C'est une question courante, qui débouche sur l'un de ses paragraphes habituels. À sa surprise, elle ne saisit pas la perche qu'on lui tend.

« Facile ? Non. Si c'était facile, cela ne vaudrait pas la peine de le faire. C'est "l'autre" qui constitue le défi. Inventer de toutes pièces quelqu'un d'autre que soi-même. Inventer un monde dans lequel il évoluera. Inventer une Australie.

– Est-ce cela que vous faites dans vos livres, selon vous : vous inventez l'Australie ?

– Oui, je suppose. Mais de nos jours ce n'est plus aussi facile. Il y a une résistance plus forte, on se heurte au poids d'Australies inventées par d'autres. C'est ce que nous entendons par tradition, les débuts d'une tradition.

– J'aimerais passer à *La Maison de la rue Eccles*, qui est le livre pour lequel vous êtes le plus connue chez nous, un livre novateur, et à la figure de Molly Bloom. Les critiques se sont concentrés sur la façon dont vous avez revendiqué ou récupéré Molly auprès de Joyce, dont vous vous l'êtes appropriée. Je me demande si vous pourriez expliquer vos intentions dans ce livre, en particulier en défiant Joyce sur son propre terrain, l'un des pères fondateurs de la littérature moderne. »

Une autre perche tendue et cette fois-ci elle s'en empare.

« Oui, en effet, c'est quelqu'un d'attachant, n'est-ce pas, Molly Bloom – la Molly de Joyce, j'entends. Elle laisse sa trace au fil des pages d'*Ulysse* comme une chienne en chaleur laisse son odeur. On ne peut pas dire qu'elle soit séduisante : c'est plus cru que cela. Les hommes la flairent, la reniflent, tournent autour d'elle, même quand Molly n'est pas sur scène.

« Non, je ne me vois pas défiant Joyce. Mais certains livres sont si prodigieusement inventifs qu'il y a tout un matériau qui subsiste à la fin, un matériau qui vous invite pour ainsi dire à le reprendre et à l'utiliser pour en construire quelque chose qui vous est propre.

– Mais, Elizabeth Costello, vous avez tiré Molly hors de chez elle – si je puis développer votre métaphore –, vous l'avez tirée de la maison de la rue Eccles où son mari et son amant et dans un certain sens son auteur l'avaient confinée, où ils l'avaient changée en une sorte de reine des abeilles, incapable de voler, vous l'avez prise et vous l'avez lâchée dans les rues de Dublin. Ne verriez-vous pas cela comme un défi de votre part à l'égard de Joyce, comme une riposte ?

– Reine des abeilles, chienne... révisons la figure de style et appelons-la une lionne, plutôt, lâchée dans les rues, flairant ce qu'il y a à flairer, voyant ce qu'il y a à voir. Et même, à l'affût d'une proie. Oui, je voulais la libérer de cette maison, et en particulier de cette chambre à coucher, avec le lit aux ressorts qui grincent, et la lâcher – comme vous dites – dans Dublin.

– Si vous voyez Molly – la Molly de Joyce – comme une prisonnière dans la maison de la rue Eccles, voyez-vous les femmes en général comme des prisonnières du mariage et de la vie domestique ?

– Vous ne voulez pas parler des femmes d'aujourd'hui, je pense. Mais, en effet, dans un certain sens Molly est prisonnière du mariage, le genre de mariage qui était en vigueur en Irlande en 1904. Son mari Léopold est également prisonnier. Si elle est enfermée à l'intérieur du domicile conjugal, lui est tenu à l'extérieur. Ainsi nous avons donc Ulysse essayant de rentrer et Pénélope essayant de sortir. Telle est la comédie, le mythe comique auquel Joyce et moi rendons hommage, chacun à notre manière. »

Comme les deux femmes portent des écouteurs, s'adressant aux micros plutôt que s'interpellant l'une l'autre, il lui est difficile de voir comment elles s'entendent. Mais il est impressionné, comme toujours, par l'image d'elle-même que sa mère parvient à projeter : bon sens affable, absence de malice, et cependant vivacité d'esprit aussi.

« Je voudrais vous dire », continue l'interviewer (une voix calme, pense-t-il : une femme posée, capable, pas du tout un poids plume), « l'effet qu'a eu sur moi *La Maison de la rue Eccles* quand je l'ai lu pour la première fois dans les années soixante-dix. J'étais étudiante, j'avais étudié le livre de Joyce, j'avais assimilé le fameux chapitre sur Molly Bloom et l'orthodoxie critique qui l'accompagne, à savoir que Joyce avait libéré la voix authentique du féminin, la réalité sensuelle de la femme, et ainsi de suite. Et puis j'ai lu votre livre et je me suis rendu compte que Molly ne devait pas forcément être aussi limitée que Joyce l'avait faite, qu'elle pouvait aussi bien être une femme intelligente qui s'intéresse à la musique et qui a un cercle d'amis bien à elle et une fille avec laquelle elle peut échanger des confidences – cela a été une révélation, comme je le dis. J'ai commencé à me poser des questions sur d'autres femmes, dont nous savons que leur voix leur a été donnée par des écrivains hommes, au nom de leur libération, alors qu'en fin de compte elles ne font que promouvoir et servir une philosophie masculine. Je pense en particulier aux femmes de D.H. Lawrence, mais si vous allez plus loin elles pourraient inclure Tess d'Urberville et Anna Karénine, pour n'en nommer que deux. C'est une énorme question, mais je me demande si vous avez quelque chose à dire à ce sujet – pas seulement sur Marion Bloom et les autres mais sur le projet de revendiquer les vies de femmes en général.

– Non, je ne crois pas avoir quoi que ce soit à ajouter, je pense que vous avez formulé le problème à merveille. Évidemment, ce ne serait que justice, les hommes devront se mettre à revendiquer les Heathcliff et les Rochester en les libérant de leur représentation romantique stéréotypée, pour ne rien dire du bon vieux Casaubon à dépoussiérer. Ce sera du grand spectacle. Mais, sérieusement, nous ne pouvons pas continuer à parasiter les classiques pour toujours. Je ne m'exclus pas de cette accusation. Il est temps que nous nous mettions à inventer quelque chose. »

Cela n'est pas du tout prévu dans le scénario. Une nouvelle piste à explorer. Où cela mènera-t-il ? Mais, hélas, la femme Moebius (qui jette maintenant un regard sur l'horloge) ne la relance pas sur ce point.

« Dans vos romans plus récents vous êtes revenue à un cadre australien. Pouvez-vous nous dire quelque chose sur la façon dont vous voyez l'Australie ? Qu'est-ce que cela signifie pour vous d'être un écrivain australien ? L'Australie est un pays très lointain, du moins pour les Américains. Êtes-vous consciente, quand vous écrivez, que vous adressez des chroniques depuis les marches lointaines du bout du monde ?

– Les marches lointaines du bout du monde ? C'est une expression intéressante. Vous ne trouverez plus guère d'Australiens, de nos jours, qui seraient prêts à l'accepter. *Loin de quoi ?* diraient-ils. Néanmoins cela a un certain sens, même si c'est un sens qui nous a été imposé par l'histoire. Nous ne sommes pas un pays d'extrêmes – je dirais que nous sommes plutôt pacifiques –, mais nous sommes un pays d'extrémités. Nous avons vécu nos extrémités parce que nulle part il n'y a eu beaucoup de résistance. Si vous vous mettez à tomber, il n'y a pas grand-chose qui vous arrêtera. »

Elles en sont revenues aux lieux communs, elles sont en terrain connu. Il peut cesser d'écouter.

Nous sautons jusqu'au soir, l'événement majeur, la remise du prix. En tant que fils et compagnon de la conférencière, il se trouve au premier rang, parmi les invités d'honneur. La femme à sa gauche se présente. « Ma fille est à Altona, dit-elle. Elle fait sa thèse sur votre mère. Elle fait partie de ses fans. Elle nous a tout fait lire. » Elle tapote le poignet de l'homme à côté d'elle. Ils ont l'air riche, pas nouveaux riches, vieille fortune. Des membres bienfaiteurs, sans aucun doute. « Votre mère est fort admirée chez nous. Surtout par les jeunes gens. J'espère que vous le lui direz. »

Dans toute l'Amériquc, des jeunes femmes rédigent des dissertations sur sa mère. Des admiratrices, des adeptes, des disciples. Cela plairait-il à sa mère de savoir qu'elle a des disciples américaines ?

Nous sautons la scène de la remise du prix à proprement parler. Ce n'est pas une bonne idée d'interrompre trop souvent la narration, puisque l'art de raconter des histoires consiste à induire chez le lecteur ou l'auditeur un état proche du rêve dans lequel le temps et l'espace du monde réel tendent à disparaître, supplantés par le temps et l'espace de la fiction. Faire irruption dans le rêve, c'est attirer l'attention sur le caractère construit de l'histoire, et bouleverser complètement l'illusion réaliste. Toutefois, à moins de sauter certaines scènes, nous n'en finirons jamais. Ce qu'on saute ne fait pas partie du texte, cela fait partie de la représentation.

Et donc le prix est décerné, après quoi sa mère se retrouve seule devant le pupitre pour faire son discours d'acceptation, intitulé dans le programme « Qu'est-ce que le réalisme ? ». Le moment est venu pour elle d'abattre son jeu.

Elizabeth Costello chausse ses lunettes. « Mesdames et Messieurs », dit-elle, et elle commence à lire.

« J'ai publié mon premier livre en 1955, alors que j'habitais à Londres, qui était à l'époque pour les habitants des Antipodes la grande métropole culturelle. Je me souviens clairement du jour où le paquet arriva par la poste, un exemplaire envoyé avant la sortie officielle et destiné à l'auteur. J'étais évidemment enchantée de l'avoir entre les mains, imprimé et relié, c'était pour de vrai, indéniable. Mais j'étais tenaillée par un doute. Je téléphonai à mes éditeurs. "Les exemplaires du dépôt légal ont-ils été envoyés ?" demandai-je. Et je ne devais pas connaître de repos avant qu'on ne m'ait assuré que les exemplaires seraient dûment envoyés le jour même en Écosse et à la Bodléenne, et ainsi de suite, mais surtout au British Museum. Telle était ma grande ambition : avoir ma place sur les rayons du British Museum, côtoyer les autres C, les grands : Carlyle et Chaucer et Coleridge et Conrad. (L'ironie est que mon voisin littéraire immédiat sur l'étagère s'avéra être Marie Corelli.)

« Une telle candeur fait aujourd'hui sourire. Cependant, derrière ma demande angoissée se jouait quelque chose de sérieux, et derrière ce sérieux quelque chose de pathétique qu'il est plus difficile d'admettre.

« Je m'explique. Sans penser à tous les exemplaires des livres que vous avez écrits et qui vont périr – certains vont être mis au pilon parce qu'ils ne se vendent pas, d'autres vont être ouverts, le lecteur bâillera au bout d'une ou deux pages et le livre lui tombera des mains pour de bon, d'autres vont être abandonnés dans des hôtels de bord de mer ou dans des trains –, sans parler de tous ces exemplaires perdus, nous devons pouvoir nous dire qu'un exemplaire au moins sera non seulement lu mais qu'on en prendra aussi grand soin : on lui donnera sa place bien à lui, une place sur les rayons qui sera la sienne pour l'éternité. Ce qu'il y avait derrière mon inquiétude à propos des exemplaires du dépôt légal était le désir que, même si j'étais renversée le lendemain par un autobus, ce premier-né aurait son coin douillet où il pourrait, si le sort en décidait ainsi, sommeiller pour les cent ans à venir, et où personne ne viendrait le pousser du bout de sa canne pour voir s'il était encore en vie.

« C'était l'un des aspects de mon appel téléphonique : si moi, mortelle créature, je dois mourir, qu'au moins je puisse continuer à vivre à travers mes créations. »

Elizabeth Costello continue en réfléchissant sur le caractère éphémère de la renommée. Nous sautons plus avant.

« Mais évidemment le British Museum ou (aujourd'hui) la British Library ne va pas durer éternellement. Elle aussi va s'effriter et tomber en ruine, et ses livres tomberont en poussière sur les rayons. Et, de toute façon, bien avant cela, à mesure que l'acide ronge le papier, et qu'il faut faire de la place, les mauvais livres, les non-lus et les indésirables seront charriés vers un endroit ou un autre prévu à cet effet et jetés dans une fournaise, et toute trace en sera effacée du catalogue principal. Après quoi, ce sera comme s'ils n'avaient jamais existé.

« Voilà qui constitue une alternative à la vision de la Bibliothèque de Babel, plus troublante à mes yeux que la vision de Jorge Luis Borges. Non pas une bibliothèque dans laquelle coexistent tous les livres concevables, passés, présents et futurs, mais une bibliothèque de laquelle seraient absents des livres réellement conçus, écrits et publiés, absents même de la mémoire des bibliothécaires.

« Tel était, donc, l'autre aspect plus pathétique de mon appel téléphonique. Nous ne pouvons pas plus compter sur la British Library ou la Bibliothèque du Congrès que sur la réputation elle-même pour nous sauver de l'oubli. Cela, il faut que je me le rappelle, et que je vous le rappelle aussi, en cette soirée de gloire à l'université d'Altona.

« J'en viens à présent à mon sujet, "Qu'est-ce que le Réalisme ?".

« Il y a une histoire de Franz Kafka – peut-être la connaissez-vous – dans laquelle un singe, habillé pour l'occasion, fait un discours devant une société savante. C'est un discours, mais également un test, un examen, un grand oral. Le singe doit non seulement montrer qu'il peut parler le langage de son public, mais aussi qu'il maîtrise leurs manières et leurs conventions, et est digne d'être admis dans leur société.

« Pourquoi vous ai-je rappelé cette histoire de Kafka ? Vais-je prétendre que je suis ce singe, arraché à mon environnement naturel, forcé de faire son numéro devant une assemblée d'étrangers critiques ? J'espère que non. Je suis des vôtres, je n'appartiens pas à une espèce différente.

« Si vous connaissez l'histoire, vous vous souviendrez qu'elle est rédigée sous la forme d'un monologue, un monologue tenu par le singe. À l'intérieur de cette forme, il n'y a aucun moyen pour que l'orateur ou le public soient soumis à l'inspection d'un regard extérieur. Autant qu'on sache, l'orateur peut très bien ne pas "réellement" être un singe, il peut n'être qu'un humain comme nous, induit à croire qu'il est un singe, ou un humain qui se présente lui-même, avec une lourde ironie, et à des fins rhétoriques, comme un singe. De la même façon, le public peut être constitué non pas, comme nous pouvons l'imaginer, de messieurs rougeauds et moustachus qui ont échangé leurs vareuses et leurs casques coloniaux pour une tenue de soirée, mais d'autres singes, entraînés non pas au même niveau que l'orateur, qui est capable de prononcer des phrases complexes en allemand, mais du moins à se tenir tranquilles et à écouter ; ou, si leur entraînement n'est pas allé jusque-là, du moins sont-ils enchaînés à leurs sièges et entraînés à ne pas jacasser, ne pas se chercher des puces et ne pas se soulager en public.

« Nous ne savons pas. Nous ne savons pas et nous ne saurons jamais, avec certitude, ce qui se passe réellement dans cette histoire : s'agit-il d'un homme parlant à des hommes ou d'un singe parlant à des singes ou d'un singe parlant à des hommes ou d'un homme parlant à des singes (quoique cette dernière hypothèse soit peu probable, il me semble) ou même d'un perroquet parlant à d'autres perroquets.

« Il fut un temps où nous le savions. Nous avions coutume de croire que lorsque le texte dit, "Il y avait un verre d'eau sur la table", il y avait en effet une table, et un verre d'eau posé dessus, et nous n'avions qu'à regarder dans le miroir des mots pour les voir.

« Mais tout cela est fini. Le miroir des mots s'est brisé, irréparablement, semblerait-il. Quant à ce qui se passe réellement dans la salle de conférences, je n'en sais pas plus que vous : des hommes et des hommes, des hommes et des singes, des singes et des hommes, des singes et des singes. La salle de conférences elle-même peut très bien n'être qu'un jardin zoologique. Les mots sur la page ont cessé de répondre à l'appel, chacun proclamant "Je veux dire ce que je veux dire !" Le dictionnaire qui avait sa place à côté de la Bible et des œuvres de Shakespeare sur la cheminée, où les Romains pieux avaient coutume de garder les dieux pénates, n'est plus qu'un code parmi d'autres.

« Telle est la situation dans laquelle j'apparais devant vous. Je n'abuse pas, j'espère, du privilège de me tenir à cette tribune pour lancer en l'air des plaisanteries nihilistes sur ce que je suis, singe ou femme, et ce que vous êtes, vous mes auditeurs. Cela n'est pas où je veux en venir avec cette histoire, vous dis-je, moi qui ne suis justement pas en mesure de décider de ce que signifie cette histoire. Il fut un temps, croyons-nous, où nous pouvions dire qui nous étions. Maintenant nous sommes tout juste des acteurs disant notre rôle. Le fond a cédé. Nous pourrions voir cela comme une tragique tournure des événements, n'était qu'il est difficile d'avoir du respect pour ce que fut autrefois ce fond qui a cédé – cela nous semble une illusion aujourd'hui, l'une de ces illusions qui n'a tenu que par le regard soutenu de chacun dans la salle. Détournez votre regard un instant, et le miroir tombe par terre et se brise.

« J'ai dès lors toutes les raisons de me sentir moins sûre de moi-même devant vous. Malgré ce prix magnifique dont je vous suis profondément reconnaissante, malgré la promesse qu'il contient que j'échapperai, dans l'illustre compagnie de ceux qui l'ont obtenu avant moi, à l'emprise jalouse du temps, nous savons tous, si nous sommes réalistes, que ce n'est qu'une question de temps avant que les livres que vous honorez, et à la genèse desquels je ne suis pas étrangère, cessent d'être lus et pour finir disparaissent du souvenir. Et c'est bien ainsi. Il doit y avoir une limite au fardeau de commémorations que nous imposons à nos enfants et petits-enfants. Ils auront un monde bien à eux, où nous devrions de moins en moins prendre part. Merci. »

Les applaudissements commencent de façon hésitante, puis prennent de l'ampleur. Sa mère ôte ses lunettes, sourit. C'est un sourire engageant : elle semble savourer cet instant. On permet aux acteurs de se laisser submerger par les applaudissements, mérités ou non – aux acteurs, aux chanteurs, aux violonistes. Pourquoi sa mère n'aurait-elle pas son moment de gloire, elle aussi ?

Les applaudissements prennent fin. Le doyen Brautegam se penche sur le micro. « Il y aura des rafraîchissements... »

« Excusez-moi ! » Une voix jeune et assurée coupe le doyen.

Il y a de l'agitation dans la salle. Des têtes se retournent.

« Il y aura des rafraîchissements au foyer, et une exposition des livres d'Elizabeth Costello. Vous êtes invités à nous y rejoindre. Il me reste à...

– Excusez-moi !

– Oui ?

– J'ai une question. »

L'interlocuteur se lève : une jeune femme habillée d'un polo blanc et rouge, les couleurs d'Altona. Brautegam est visiblement déconcerté. Quant à sa mère, elle a perdu son sourire. Il connaît ce regard. Elle en a assez, elle veut sortir de là.

« Je ne suis pas sûr », dit Brautegam, en fronçant les

sourcils et cherchant du regard quelque soutien autour de lui. « L'organisation de la soirée ne prévoit pas de questions. J'aimerais remercier...

– Excusez-moi ! J'ai une question pour la conférencière. Puis-je m'adresser à la conférencière ? »

Il y a un silence. Tous les regards sont tournés vers Elizabeth Costello. Elle regarde dans le vague d'un air glacial.

Brautegam se ressaisit. « J'aimerais remercier Mme Costello, que nous avons honorée ici ce soir. Vous êtes invités à nous rejoindre au foyer. Merci. » Et il débranche le microphone.

Comme ils quittent la salle, il y a un brouhaha de paroles. Un incident, rien de plus. Il voit la fille au polo rouge et blanc devant lui dans la foule. Elle marche bien droite, crispée, apparemment furieuse. Quelle allait être sa question ? N'aurait-il pas mieux valu la laisser s'exprimer ?

Il craint que la scène ne se répète au foyer. Mais il n'y a pas de scène. La fille est partie, a disparu dans la nuit, peut-être même est-elle sortie en furie. Néanmoins l'incident laisse un goût déplaisant ; on dira ce qu'on voudra, la soirée a été gâchée.

Qu'aurait-elle demandé ? Les gens se rassemblent en petits groupes en chuchotant. Ils semblent en avoir une idée. Lui aussi en a une idée. Quelque chose en rapport avec ce qu'Elizabeth Costello le fameux écrivain était peut-être censée dire en une telle occasion, et qu'elle n'a pas dit.

Il voit le doyen Brautegam et d'autres s'agiter maintenant autour de sa mère, essayant d'aplanir les choses. Après tout, ils ont fait un investissement, ils veulent qu'elle reparte en pensant du bien d'eux et de leur établissement. Mais ils doivent être déjà en train de songer à 1997, en espérant que le jury de 1997 leur proposera un gagnant plus séduisant.

Nous sautons le reste de la scène du foyer, et passons à l'hôtel.

Elizabeth Costello se retire pour la nuit. Son fils regarde un moment la télévision dans sa chambre. Puis il s'agite et descend au salon, où la première personne qu'il aperçoit est la femme qui a interviewé sa mère pour la radio, Susan Moebius. Elle l'appelle d'un geste de la main. Elle est accompagnée, mais son compagnon bientôt la quitte, les laissant tous deux seuls.

Il trouve Susan Moebius attirante. Elle s'habille bien, mieux que ne le permettent d'habitude les conventions du monde universitaire. Elle a de longs cheveux d'un blond doré; elle est assise bien droite dans son fauteuil, redressant les épaules; quand elle rejette ses cheveux en arrière, le mouvement est presque celui d'une reine.

Ils évitent d'évoquer les événements de la soirée. Au lieu de cela, ils parlent du renouveau de la radio comme médium culturel. « C'était une session intéressante, cet entretien avec ma mère, dit John. Je sais que vous avez écrit un livre sur elle, que je n'ai malheureusement pas lu. Vous avez de bonnes choses à dire sur elle ?

– Je crois que oui. Elizabeth Costello a été un écrivain clé pour notre époque. Mon livre ne porte pas que sur elle, mais elle y figure de façon substantielle.

– Un écrivain clé... Est-elle un écrivain clé pour nous tous, diriez-vous, ou seulement pour les femmes ? J'avais le sentiment, lors de l'interview, que vous ne voyiez en elle qu'une femme écrivain ou qu'un écrivain pour femmes. Est-ce que vous la considéreriez toujours comme un écrivain clé si elle était un homme?

– Si elle était un homme?

– D'accord: si vous étiez un homme?

– Si j'étais un homme? Je ne sais pas. Je n'ai jamais été un homme. Je vous le ferai savoir quand j'aurai essayé.»

Ils sourient. Il y a décidément quelque chose dans l'air.

«Mais ma mère a été un homme, insiste-t-il. Elle a également été un chien. Elle parvient à se projeter au-dedans d'autres gens, d'autres existences. Je l'ai lue; je le sais. Cela fait partie de ce qu'elle sait faire. N'est-ce pas cela qui importe le plus dans la fiction: que cela nous sorte de nous-mêmes, nous projette au-dedans d'autres vies?

– Peut-être. Mais votre mère n'en reste pas moins une femme. Quoi qu'elle fasse, elle le fait en tant que femme. Elle habite ses personnages comme le fait une femme, pas comme un homme.

– Cela, je ne le vois pas. Je trouve ses hommes parfaitement crédibles.

– Vous ne le voyez pas parce que vous ne pouvez pas le voir. Seule une femme le pourrait. C'est quelque chose qui se passe entre femmes. Si ses hommes sont crédibles, bon, je suis contente de l'apprendre, mais finalement ce n'est qu'une question d'imitation. Les femmes s'y connaissent pour ce qui est de l'imitation, mieux que les hommes. Et même en parodie. Notre touche est plus légère.»

Elle sourit à nouveau. *Voilà à quel point j'ai la touche légère*, semblent dire ses lèvres. Des lèvres douces.

« S'il y a de la parodie en elle, dit-il, je confesse que cela est trop subtil pour que je m'en aperçoive. » Il y a un long silence. « C'est donc cela que vous pensez, dit-il enfin, que nous menons des vies parallèles, hommes et femmes, que nous ne nous rencontrons jamais réellement ? »

La conversation a pris un autre tour. Ils ne parlent plus d'écriture, pour autant qu'ils l'aient jamais fait.

« Qu'en pensez-vous ? dit-elle. Que vous dit votre expérience ? Et la différence est-elle une si mauvaise chose ? S'il n'y avait pas de différence, qu'adviendrait-il du désir ? »

Elle le regarde candidement dans les yeux. Il est temps de bouger. Il se lève ; elle pose son verre, se lève lentement à son tour. Comme elle passe devant lui, il la prend par le coude, et comme il la touche un choc le traverse et lui donne le vertige. Différence ; pôles opposés. Minuit en Pennsylvanie : quelle heure est-il à Melbourne ? Qu'est-il en train de faire sur ce continent étranger ?

Ils sont seuls dans l'ascenseur. Pas l'ascenseur que sa mère et lui ont utilisé : une autre cage. Où est le nord, où est le sud dans cet hôtel hexagonal, cette ruche d'abeilles ? Il pousse la femme contre la paroi, l'embrasse, sentant le goût de la fumée dans son haleine. *Recherche* : est-ce ainsi qu'elle appellera cela après coup ? *Recours à une source secondaire ?* Il l'embrasse à nouveau, elle l'embrasse à son tour, embrassant la chair de la chair.

Ils sortent au treizième étage ; il la suit le long du couloir, en tournant à gauche et à droite jusqu'à ce qu'il ne s'y retrouve plus. Le cœur de la ruche, est-ce cela qu'ils cherchent ? La chambre de sa mère est la 1254. La sienne est la 1220. Celle de la femme est la 1307. Il est surpris qu'il existe un tel numéro. Il pensait que les étages allaient du douzième au quatorzième, que c'était la règle dans le monde des hôtels. Où est la 1307 par rapport à la 1254 : au nord, au sud, à l'ouest, à l'est ?

Nous sautons à nouveau, un saut dans le temps cette fois, plutôt que dans la représentation.

Quand il resonge à ces heures, un moment lui revient avec une force soudaine, le moment où son genou à elle glisse sous son bras à lui et se plie au creux de son aisselle. Curieux que la mémoire d'une scène entière soit dominée par un seul moment, pas spécialement significatif, et pourtant si vivace qu'il peut presque encore sentir cette cuisse spectrale contre sa peau. L'esprit préfère-t-il naturellement les sensations aux idées, le tangible à l'abstrait ? Ou le pliement du genou de la femme n'est-il au plus qu'un moyen mnémotechnique d'où se déploiera le reste de la nuit ?

Ils sont couchés dans l'obscurité, côte à côte, dans le texte de la mémoire, en train de parler.

« Alors, cela aura été une visite réussie ? demande-t-elle.

– Du point de vue de qui ?

– Le tien.

– Mon point de vue n'importe guère. Je suis venu pour Elizabeth Costello. C'est son point de vue qui compte. Oui, réussie. Assez réussie.

– Est-ce que je perçois un brin d'amertume ?

– Pas du tout. Je suis ici pour l'aider – c'est tout.

– C'est très bien de ta part. Tu estimes que tu lui dois quelque chose ?

– Oui. Le devoir filial. C'est un sentiment parfaitement normal parmi les humains. »

Elle lui ébouriffe les cheveux. « Ne sois pas fâché, dit-elle.

– Je ne le suis pas. »

Elle se glisse à ses côtés, le caresse. « Assez réussie – qu'est-ce que cela signifie ? » murmure-t-elle. Elle n'abandonne pas. Il y a un prix à payer pour ce temps passé au lit avec elle, pour ce qui compte comme une conquête.

« Le discours ne s'est pas tellement bien déroulé. Elle est déçue. Elle y a beaucoup travaillé.

– Il n'y avait rien à redire au discours lui-même. Mais le titre ne convenait pas. Et elle n'aurait pas dû s'appuyer sur Kafka pour illustrer son propos. Il y a de meilleurs textes.

– Vraiment ?

– Oui, meilleurs, qui conviendraient mieux. On est en Amérique, dans les années quatre-vingt-dix. Les gens n'ont pas envie d'entendre une fois de plus la rengaine Kafka.

– Que veulent-ils entendre ? »

Elle hausse les épaules. « Quelque chose de plus personnel. Cela ne doit pas être nécessairement intime. Mais le public ne réagit plus très bien à ceux qui mettent de gros sabots pour faire de l'ironie historique. À la rigueur, ça passerait peut-être de la part d'un homme, mais pas d'une femme. Une femme n'a pas besoin de tout cet attirail.

– Et un homme en a besoin ?

– À toi de me le dire. Si c'est un problème, c'est un problème d'homme. Nous n'avons pas décerné le prix à un homme.

– As-tu pris en considération la possibilité que ma mère ait pu dépasser le clivage homme-femme ? Qu'elle ait pu l'explorer aussi loin que possible, et qu'elle soit maintenant à l'affût d'un plus gros gibier ?

– Comme quoi, par exemple ? »

La main qui le caressait s'immobilise. Le moment est important, il le sent. Elle attend sa réponse, à cause de l'accès privilégié qu'il promet. Lui aussi sent passer un frisson, électrique, un peu fou.

« Comme de se mesurer aux morts illustres. Comme de rendre hommage aux pouvoirs qui l'animent. Par exemple.

– C'est ce qu'elle dit ?

– Tu ne crois pas que c'est ce qu'elle a fait toute sa vie : se mesurer aux maîtres ? Est-ce que personne dans ta profession ne s'en rend compte ? »

Il ne devrait pas parler ainsi. Il ne devrait pas se mêler des affaires de sa mère. Il se retrouve dans le lit d'une étrangère non pas à cause de ses beaux yeux bleus mais parce qu'il est le fils de sa mère. Et voici pourtant qu'il vend la mèche comme le premier venu ! Ce doit être ainsi que travaillent les espionnes. Rien de subtil à cela. L'homme est séduit non pas parce que sa volonté de résistance a été astucieusement vaincue, mais parce que le fait d'être séduit est un plaisir en soi. On cède pour le plaisir de céder.

Il se réveille une fois pendant la nuit, accablé de tristesse, une tristesse si profonde qu'il pourrait se mettre à pleurer. Légèrement il touche l'épaule nue de la femme à ses côtés, mais elle ne réagit pas. Il laisse sa main parcourir son corps : le sein, le flanc, la hanche, la cuisse, le genou. Belle sous tous les angles, aucun doute là-dessus, mais d'une manière neutre qui ne l'émeut plus.

Il a une vision de sa mère dans son grand lit à deux places, tapie en chien de fusil, le dos dénudé. De son dos, de sa chair cireuse de vieille personne, trois aiguilles dépassent : non pas de petites aiguilles d'acuponcteur ou de médecin vaudou mais de grosses aiguilles grises en métal ou en plastic : des aiguilles à tricoter. Les aiguilles ne l'ont pas tuée, il n'est pas besoin de se faire du souci à ce sujet, elle respire régulièrement dans son sommeil. Néanmoins, elle gît là, empalée.

Qui a fait ça ? Qui aurait pu faire ça ?

Quelle solitude, pense-t-il, planant en esprit audessus de la vieille femme dans la chambre dépouillée. Son cœur se brise ; la tristesse se déverse comme une cascade grise derrière ses yeux. Il n'aurait jamais dû venir ici, dans la chambre 13 quelque chose. Erreur de parcours. Il devrait se lever à l'instant même, se sauver. Mais il n'en fait rien. Pourquoi ? Parce qu'il ne veut pas se retrouver seul. Et parce qu'il veut dormir. *Le sommeil qui retisse les fils enchevêtrés du souci*. Quelle extraordinaire façon de dire la chose ! Tous les singes au monde qui tapent leur vie durant sur des machines à écrire n'auraient pas pu arriver à produire ces mots-là dans cet agencement précis. Émergeant de l'obscurité, de nulle part : inexistants d'abord, puis soudain là, comme un nouveau-né, le cœur battant, le cerveau qui fonctionne, toutes les fonctions de ce labyrinthe électrochimique en état de marche. Un miracle. Il ferme les yeux.

Un trou.

Elle, Susan Moebius, est déjà installée lorsqu'il descend pour le petit déjeuner. Elle est vêtue de blanc, elle paraît reposée et heureuse. Il la rejoint.

De son petit sac, elle sort quelque chose et le dépose sur la table : sa montre. « Elle avance de trois heures, dit-elle.

– Pas de trois, dit-il. De quinze. C'est l'heure de Canberra. »

Ses yeux sont posés sur les siens, à moins que ce ne soit l'inverse. Tachetés de vert. Il ressent un coup. Un continent inexploré dont il est sur le point de se séparer ! Un pincement le saisit, un mince pincement de regret. De la peine non dénuée de plaisir, comme parfois dans un mal de dents. Il pourrait concevoir quelque chose d'assez sérieux avec cette femme, qu'il ne reverra sans doute jamais.

« Je sais ce que tu penses, dit-elle. Tu penses que nous ne nous reverrons plus. Tu penses, *Un investissement de gâché*.

– Que sais-tu d'autre ?

– Tu penses que je t'ai utilisé. Tu penses que j'ai essayé d'atteindre ta mère à travers toi. »

Elle sourit. Pas folle. Une joueuse tout à fait capable.

« Oui, dit-il. Non. » Il respire profondément. « Je vais te dire ce que je pense réellement. Je crois que tu es déconcertée, même si tu ne l'admets pas, par le mystère du divin dans l'être humain. Tu sais qu'il y a chez ma mère quelque chose de spécial – c'est ce qui t'attire vers elle – et cependant lorsque tu la rencontres elle s'avère n'être qu'une vieille femme ordinaire. Tu ne parviens pas à concilier les deux. Tu veux une explication. Tu veux une indication, un signe, sinon de sa part du moins de la mienne. Voilà ce qui se passe. Ça va, je ne t'en veux pas. »

D'étranges paroles à dire au petit déjeuner, en prenant des toasts et du café. Il ne savait pas qu'il avait de telles paroles en lui.

« Tu es vraiment son fils, hein ? Tu écris aussi ?

– Tu veux dire, ai-je été élu par le dieu ? Non. Mais oui, je suis son fils. Pas un enfant trouvé, pas un enfant adopté. Je suis bel et bien sorti de son corps en braillant.

– Et tu as une sœur.

– Une demi-sœur, sortie du même endroit. Tous deux, pour de vrai. Chair de sa chair, sang de son sang.

– Et tu ne t'es jamais marié.

– Faux. Marié et séparé. Et toi ?

– J'ai un mari. Un mari, un enfant, un mariage heureux.

– C'est très bien, ça. »

Il n'y a plus rien d'autre à dire.

« Aurai-je l'occasion de dire au revoir à ta mère ?

– Tu peux l'attraper avant son interview pour la télévision. À dix heures, dans la salle de bal. »

Un trou.

Les gens de la télévision ont choisi la salle de bal à cause des rideaux en velours rouge. Devant les rideaux, ils ont placé un fauteuil à fleurs pour sa mère, et un fauteuil plus sobre pour la femme qui va entrer en discussion avec elle. Quand elle arrive, Susan est obligée de traverser toute la salle. Elle est prête à partir ; elle porte son cartable en cuir de veau en bandoulière ; son allure est décontractée, assurée. Et à nouveau, légèrement, comme une plume qui l'aurait effleuré, survient un pincement, le pincement du regret à venir.

« Cela a été un grand honneur de faire votre connaissance, madame Costello, dit Susan, en prenant la main de sa mère.

– Elizabeth, dit sa mère. Excusez le trône.

– Elizabeth.

– Je veux vous donner ceci », dit Susan, et de son cartable elle sort un livre. Sur la couverture figure une femme portant des vêtements de la Grèce antique, tenant un parchemin. *Revendiquer une Histoire : femmes et mémoire*, dit le titre. *Susan Kaye Moebius*.

« Merci, je me réjouis à l'idée de le lire », dit sa mère.

Il reste pour l'interview, assis dans un coin, observant comment sa mère se transforme en la personne que les gens de la télévision veulent qu'elle soit. Toutes les coquetteries qu'elle s'est refusées la veille sont aujourd'hui permises : des expressions mordantes, des histoires d'enfance dans la cambrousse australienne (« Vous devez vous rendre compte que l'Australie est vaste. Nous, les derniers colons, nous ne sommes que des puces sur le derrière de l'Australie »), des histoires sur le monde du cinéma, à propos d'acteurs et d'actrices qu'elle a rencontrés, sur les adaptations de ses livres et ce qu'elle en pense (« Le cinéma est un médium simplifiant. C'est sa nature ; autant l'accepter. On y travaille à larges touches »). Elle enchaîne avec un coup d'œil sur le monde contemporain (« Cela fait chaud au cœur de voir autant de jeunes femmes fortes qui savent ce qu'elles veulent »). Même l'observation des oiseaux est brièvement abordée.

Après l'interview, le livre de Susan Moebius a failli être oublié sur les lieux. C'est lui qui le ramasse sous son fauteuil.

« J'aimerais que les gens cessent d'offrir leurs propres livres, murmure-t-elle. Où vais-je lui trouver de la place ?

– Moi, j'ai de la place.

– Alors, tu le prends. Garde-le. De toute manière, c'est après toi qu'elle en avait, pas après moi. »

Il lit la dédicace : *À Elizabeth Costello, avec gratitude et admiration*. « Moi ? dit-il. Je ne crois pas. J'étais juste (sa voix hésite à peine) un pion sur l'échiquier. C'est toi qu'elle adore et qu'elle déteste. »

Il hésite à peine ; mais le mot qui lui vint d'abord à l'esprit n'était pas *pion*, mais *rognure*. Une rognure d'ongle d'orteil, qu'on ramasse, qu'on enveloppe dans un mouchoir et qu'on emporte pour ce qu'on veut en faire.

Sa mère ne répond pas. Mais elle lui adresse un sourire, un sourire rapide et fugitif – il ne peut pas l'interpréter autrement – de triomphe.

Leurs obligations à Williamstown sont terminées. L'équipe de télévision est en train de remballer le matériel. Dans une demi-heure, un taxi les emmènera à l'aéroport. Elle a plus ou moins gagné. En terrain étranger, à l'extérieur, qui plus est. Une victoire sur le terrain adverse. Elle peut rentrer chez elle avec son véritable moi sain et sauf, laissant derrière elle une image, fausse comme toutes les images.

Quelle est la vérité de sa mère ? Il ne le sait pas et, au plus profond de lui-même, il ne veut pas le savoir. Il n'est ici que pour la protéger, pour barrer la route aux chasseurs de reliques, aux contempteurs et aux pèlerins sentimentaux. Il a ses propres opinions, mais il ne les exprimera pas. *Cette femme*, dirait-il s'il devait parler, *aux lèvres de laquelle vous êtes suspendus comme si elle était la Sibylle, est la même femme qui, il y a de cela quarante ans, restait cachée des jours d'affilée dans sa chambre meublée à Hampstead, pleurant toute seule, ne sortant que le soir dans les rues embrumées pour s'acheter le poisson et les frites dont elle vivait, s'endormant tout habillée. C'est la même femme qui plus tard fulminait dans la maison à Melbourne, les cheveux en désordre, en criant sur les enfants, « Vous me tuez ! Vous m'arrachez la chair des os ! »*. (Il se blottissait ensuite dans l'obscurité avec sa sœur, la réconfortant pendant qu'elle sanglotait ; il avait sept ans ; c'était son premier avant-goût de la paternité.) *Voilà le monde secret de l'oracle. Comment croyez-vous pouvoir la comprendre avant de savoir qui elle est réellement ?*

Il ne hait pas sa mère. (Comme il prononce mentalement ces paroles, d'autres paroles lui reviennent à l'esprit : les paroles d'un des personnages de William Faulkner qui n'en finit pas de répéter dans un délire qu'il ne déteste pas le Sud. Qui est ce personnage ?) Tout au contraire. S'il la haïssait, il aurait depuis longtemps mis entre eux la plus grande distance possible. Il ne la hait point. Il est servant à son sanctuaire, il fait le ménage après le désordre de la sainte journée, balayant les pétales, faisant la collecte des offrandes, rassemblant les deniers de la veuve, prêt à faire les comptes. Il ne prend peut-être pas part à la frénésie, mais il la révère lui aussi.

Une porte-parole du divin. Mais *Sibylle* n'est pas le mot exact pour elle. Ni *oracle*. Trop gréco-romain. Sa mère n'est pas faite au moule gréco-romain. Le Tibet ou l'Inde, plus vraisemblablement : un dieu incarné dans un enfant, voituré de village en village pour être applaudi, vénéré.

Ensuite ils sont dans le taxi, passant par des rues qui ont déjà l'air de rues sur le point d'être oubliées.

« Voilà, dit sa mère. Un départ sans problèmes.

– Oui, en effet. As-tu le chèque sur toi ?

– Le chèque, la médaille, tout. »

Un trou. Ils sont à l'aéroport, dans la salle d'embarquement, attendant l'annonce du vol qui les mènera jusqu'à la première halte de leur voyage de retour. À peine audible, au-dessus de leurs têtes, sur un rythme très rapide, sans nuances, filtre une version de *La Petite Musique de nuit*. En face d'eux une femme est assise, elle mange des pop-corn tirés d'un sac en papier; elle est tellement grosse que ses pieds touchent à peine le sol.

« Puis-je te demander une chose ? dit-il. Pourquoi l'histoire littéraire ? Et pourquoi un chapitre aussi rébarbatif dans l'histoire littéraire ? Le réalisme : personne là-bas ne voulait entendre parler du réalisme. »

En fourgonnant dans son sac, elle ne donne pas de réponse.

« Quand je pense au réalisme, poursuit-il, je pense à des paysans congelés dans des blocs de glace. Je pense à des Norvégiens en sous-vêtements malodorants. Pourquoi est-ce que ça t'intéresse ? Et comment Kafka trouve-t-il place dans tout cela ? Qu'est-ce que Kafka a à faire avec tout cela ?

– Avec quoi ? Avec les sous-vêtements malodorants ?

– Oui. Avec les sous-vêtements malodorants. Avec des gens qui se mettent le doigt dans le nez. Tu n'écris pas sur ce genre de choses. Kafka n'écrivait pas là-dessus.

– Non, Kafka n'écrivait pas au sujet de gens qui se mettent le doigt dans le nez. Mais Kafka avait le temps de se demander où et comment son pauvre singe éduqué allait trouver une compagne. Et ce que ça faisait d'être abandonné dans l'obscurité avec la femelle désorientée et à demi apprivoisée que ses gardiens avaient fini par destiner à son usage. Le singe de Kafka est incrusté dans la vie. C'est l'incrustation qui est importante, non pas la vie elle-même. Son singe est incrusté comme nous sommes incrustés, toi en moi, moi en toi. Ce singe est suivi jusqu'à la fin, jusqu'à l'amère, l'indicible fin, qu'il y ait ou non des traces de cela sur la page. Kafka reste éveillé pendant les vides durant lesquels nous dormons. Voilà comment Kafka trouve place là-dedans. »

La grosse femme est en train de les observer franchement, ses petits yeux passant vivement de l'un à l'autre : la vieille femme en imperméable et l'homme au front dégarni qui pourrait être son fils, se disputant dans leur drôle d'accent.

« Eh bien, dit-il, si ce que tu dis est vrai, c'est répugnant. C'est du gardiennage zoologique, non pas de l'écriture.

– Que préférerais-tu ? Un jardin zoologique sans gardiens, où les animaux entrent en transe quand on cesse de les regarder ? Un jardin zoologique d'idées ? Une cage à gorilles avec l'idée d'un gorille dedans, un enclos à éléphants avec l'idée d'un éléphant dedans ? Sais-tu combien de kilos de déchets un éléphant évacue en vingt-quatre heures ? Si tu veux un vrai enclos à éléphants avec de vrais éléphants, alors tu as besoin d'un gardien pour nettoyer derrière eux.

– Tu es à côté de la question, Mère. Et ne t'énerve pas comme ça. » Il se tourne vers la grosse femme. « Nous discutons littérature, des mérites du réalisme contre les mérites de l'idéalisme. »

Sans cesser de mâchonner, la grosse femme détourne le regard. Il songe au mélange de maïs en purée et de salive dans sa bouche et ça lui donne un frisson. Où tout cela finit-il ?

« Il y a une différence entre nettoyer les cages des animaux et les regarder faire leurs besoins, reprend-il. Je pose une question sur la dernière proposition, non pas sur la première. Les animaux n'ont-ils pas droit à une vie privée autant que nous ?

– Pas s'ils sont dans un zoo, dit-elle. Pas s'ils font partie d'un spectacle. Une fois que tu fais partie d'un spectacle, tu n'as plus de vie privée. De toute façon, est-ce que tu demandes la permission aux étoiles avant de les regarder dans ton télescope ? Qu'en est-il de la vie privée des étoiles ?

– Mère, les étoiles sont des morceaux de roches.

– Vraiment ? Je croyais qu'elles étaient des traces de lumière vieilles de millions d'années. »

« L'embarquement pour le vol sans escale United Airlines 323 pour Los Angeles va commencer », dit une voix au-dessus de leurs têtes. « Les passagers qui ont besoin d'assistance, ainsi que les familles avec des enfants en bas âge, sont priés de se faire connaître. »

Durant le vol elle touche à peine ce qu'on leur sert. Elle commande deux cognacs, l'un après l'autre, et s'assoupit. Quand, plusieurs heures plus tard, ils commencent leur descente sur Los Angeles, elle est toujours endormie. Le steward lui touche l'épaule. « Madame, votre ceinture. » Elle ne bouge pas. Ils échangent un regard, le steward et lui. Il se penche sur elle et lui boucle sa ceinture.

Elle est affaissée au fond de son siège. Sa tête est de profil, elle a la bouche ouverte. Elle ronfle discrètement. De la lumière scintille à travers les hublots comme ils atterrissent dans la splendeur du couchant sur la Californie du Sud. Il voit l'intérieur de ses narines, de sa bouche, le fond de sa gorge. Et ce qu'il ne voit pas, il peut l'imaginer : l'œsophage, rose et laid, qui se contracte en avalant, comme un python, faisant descendre des choses au fond de son ventre piriforme. Il s'écarte d'elle, attache sa propre ceinture, se redresse, regardant devant lui. Non, se dit-il, ce n'est pas de là que je viens, ce n'est pas ça.

2

Le roman en Afrique

À l'occasion d'un dîner, elle rencontre X qu'elle n'a pas vu depuis des années. Est-ce qu'il enseigne toujours à l'Université du Queensland, demande-t-elle ? Non, répond-il, il a pris sa retraite et fait maintenant les bateaux de croisière, il parcourt le monde, projette de vieux films, parle de Bergman et de Fellini à des retraités. Il n'a jamais regretté sa décision. « On est bien payé, on a l'occasion de voir le monde, et – je vais vous dire une chose – à cet âge-là les gens sont réellement à l'écoute de ce qu'on a à raconter. » Il l'exhorte à en faire elle-même l'essai : « Vous êtes une personne importante, un écrivain connu. La compagnie pour laquelle je travaille sautera sur l'occasion pour vous embaucher. Vous serez un fleuron à sa couronne. Vous n'avez qu'un mot à dire et j'en parle à mon ami le directeur. »

La proposition l'intéresse. La dernière fois qu'elle a été sur un bateau, c'était en 1963, quand elle est rentrée d'Angleterre, de la mère-patrie. Peu après on s'est mis à désarmer les paquebots de grande ligne les uns après les autres, et à les envoyer à la ferraille. La fin d'une époque. Cela ne lui déplairait pas de refaire ça, de prendre à nouveau la mer. Elle aimerait faire escale à l'île de Pâques et à Sainte-Hélène, où Napoléon a dépéri. Elle aimerait visiter l'Antarctique – pas seulement pour voir de ses propres yeux ces vastes horizons, ces étendues désolées, mais pour poser le pied sur le septième et dernier continent, ressentir ce que c'est d'être une créature vivante qui respire dans des espaces d'un froid inhumain.

X n'a qu'une parole. Du quartier général de la compagnie Scandia à Stockholm arrive un fax. Le *SS Northern Lights* quittera Christchurch en décembre pour une croisière de quinze jours vers la banquise de Ross et de là jusqu'au Cap. Cela l'intéresserait-il de se joindre à l'équipe chargée de l'enseignement et des loisirs ? Les passagers des croisières Scandia sont, comme le prospectus l'indique, « des personnes éclairées qui prennent leurs loisirs au sérieux ». Le programme à bord mettra l'accent sur l'ornithologie et l'écologie sous-marine, mais Scandia serait ravie si le célèbre écrivain Elizabeth Costello pouvait trouver le temps d'offrir un bref cours sur, disons, le roman contemporain. En échange de quoi, et pour sa disponibilité auprès des passagers, il lui sera offert une couchette en première classe, tous frais payés, avec liaison aérienne pour Christchurch et retour au Cap, avantages auxquels s'ajouteront de substantiels honoraires.

C'est une offre qu'elle ne peut pas refuser. Au matin du 10 décembre, elle rejoint le bateau dans le port de Christchurch. Elle trouve sa cabine un peu exiguë mais, cela mis à part, plutôt convenable ; le jeune homme qui coordonne le programme de loisirs et d'autodéveloppement manifeste une déférence de bon aloi ; les passagers, à sa table au déjeuner, pour la plupart des gens à la retraite, des gens de sa génération, sont aimables et sans prétention.

Sur la liste de ses collègues à bord, elle ne reconnaît qu'un seul nom : Emmanuel Egudu, écrivain nigérian. L'époque où ils se sont connus remonte à plus loin qu'elle ne daigne se souvenir, une conférence du PEN Club à Kuala Lumpur. Egudu s'y était alors montré grande gueule, homme au sang chaud et, en fin de compte, un animal politique ; au premier abord, il lui avait donné l'impression d'un poseur. En le lisant plus tard, elle n'avait pas changé d'avis. Mais un poseur, se demande-t-elle maintenant : qu'est-ce au juste ? Quelqu'un qui paraît être ce qu'il n'est pas ? Qui d'entre nous est ce qu'il ou elle paraît être ? Et, de toute façon, il se peut que les choses soient différentes en Afrique. Ce qu'on prend pour de la pose, ce qu'on prend pour de la vantardise, peut fort bien n'être en Afrique qu'un signe de virilité.

À l'égard des hommes, y compris Egudu, elle se fait la remarque qu'elle s'est adoucie en prenant de l'âge. C'est curieux, parce qu'à d'autres égards elle est devenue plus (elle choisit ce mot avec soin) acidulée.

Elle tombe sur Egudu au cocktail offert par le capitaine (il est monté à bord en retard). Il porte une tunique africaine vert piment et de souples chaussures italiennes ; sa barbe est tachetée de gris, mais il a toujours belle prestance. Il lance à son adresse un large sourire, il la serre dans ses bras. « Elizabeth ! s'exclame-t-il. Quelle surprise de te voir ! Je n'aurais jamais cru ! On en a du temps à rattraper ! »

Il s'avère que, dans son vocabulaire, rattraper le temps consiste pour l'essentiel à parler de ce qu'il fait.

Il ne passe plus guère de temps dans son pays de nos jours, lui explique-t-il. Il est devenu, selon sa propre expression, « un exilé endurci, comme un criminel endurci ». Il a obtenu des papiers officiels américains ; il gagne sa vie à faire le circuit des conférences, circuit qui semble s'être étendu au point d'inclure les croisières. Ceci sera son troisième voyage à bord du *Northern Lights*. Très reposant, trouve-t-il ; très relaxant. Qui aurait deviné, dit-il, qu'un garçon de la brousse africaine finirait ainsi, dans le plus grand luxe ? Et il lui adresse à nouveau son large sourire, son sourire étudié.

Je suis moi-même une fille de la cambrousse, aimerait-elle dire, mais elle n'en fait rien, bien que cela soit vrai, en partie. *Rien d'extraordinaire à être de la cambrousse*.

On attend de chacun des membres de l'équipe Loisirs qu'il se présente brièvement auprès du public. « Juste pour dire qui vous êtes, d'où vous venez », explique le jeune coordinateur en un anglais soigneusement idiomatique. Il s'appelle Mikael ; il est beau garçon, dans son genre suédois, grand et blond, mais austère, trop austère à son goût.

Sa conférence est annoncée sous le titre « L'avenir du roman », celle d'Egudu sous celui de « Roman en Afrique ». Il est prévu qu'elle fera son intervention le matin de leur première journée en mer ; lui parlera l'après-midi de la même journée. Le soir il y aura « La vie des baleines », avec des enregistrements sonores.

Mikael en personne présente la conférencière. « Le célèbre écrivain australien, l'appelle-t-il, auteur de *La Maison de la rue Eccles* et de bien d'autres romans, que nous avons le grand honneur d'avoir parmi nous. » Cela la vexe d'être présentée une fois de plus comme l'auteur d'un livre qui remonte aussi loin dans le passé, mais elle n'y peut rien.

« L'avenir du roman » est une conférence qu'elle a déjà donnée auparavant, plusieurs fois en fait, sous une forme développée ou abrégée selon les circonstances. Sans aucun doute, il existe également des versions plus ou moins développées ou abrégées du roman en Afrique et de la vie des baleines. Pour la présente occasion, elle a choisi la version abrégée.

« L'avenir du roman n'est pas un sujet qui m'intéresse beaucoup, commence-t-elle par dire, essayant de choquer ses auditeurs. En fait, l'avenir, en général, ne m'intéresse pas beaucoup. Qu'est-ce que l'avenir, après tout, sinon une structure d'espoirs et d'attentes ? Il a son siège dans l'esprit ; il n'a aucune réalité.

« Évidemment, vous pourriez répondre que le passé est également une fiction. Le passé c'est de l'Histoire, et qu'est-ce que l'Histoire sinon une histoire chimérique qu'on se raconte ? Néanmoins, le passé a quelque chose de miraculeux qui manque à l'avenir. Ce qu'il y a de miraculeux à propos du passé c'est que nous avons réussi – Dieu sait comment – à faire en sorte que des milliers, des millions de fictions individuelles, des fictions créées par des individus, s'emboîtent suffisamment bien les unes dans les autres pour nous donner ce qui apparaît comme un passé commun, une histoire à partager.

« L'avenir est différent. Nous n'avons pas de l'avenir une histoire à partager. La création du passé semble épuiser nos énergies créatrices collectives. Comparée à notre fiction du passé, notre fiction de l'avenir est une affaire peu détaillée, sans la moindre vie, comme tendent à l'être les visions du ciel. Du ciel et même de l'enfer. »

Le roman, le roman traditionnel, poursuit-elle, est une tentative de comprendre la destinée humaine cas par cas, de comprendre comment il se fait qu'un individu quelconque, ayant commencé au point A et ayant subi les expériences B et C, finit au point Z. Comme l'Histoire, le roman est une tentative de rendre le passé cohérent. Comme l'Histoire, il explore les contributions respectives de la personnalité et des circonstances à la formation du présent. Ce faisant, le roman suggère comment nous pouvons explorer le pouvoir du présent pour produire l'avenir. C'est pourquoi nous avons cette chose, cette institution, ce médium appelé le roman.

Elle n'est pas sûre, en entendant sa propre voix, de croire encore en ce qu'elle dit. Des idées comme celles-ci ont sans doute eu sur elle quelque emprise quand elle les a écrites il y a des années, mais après avoir été répétées tant de fois, elles ont pris un air usé, guère convaincant. D'un autre côté, elle ne croit plus tellement en la croyance. Une chose peut être vraie, pense-t-elle maintenant, même si l'on n'y croit pas, et inversement. La croyance peut fort bien n'être, en fin de compte, qu'une source d'énergie, comme une pile qu'on attache à une idée pour la faire marcher. Comme cela arrive quand on écrit : en croyant à ce qu'il faut croire pour venir à bout de ce qu'on a entrepris.

Si elle a des difficultés à croire en ses arguments, elle a encore plus de difficultés à empêcher cette absence de conviction de transparaître quand elle parle. Bien qu'elle soit, comme dit Mikael, l'auteur célèbre de *La Maison de la rue Eccles* et d'autres romans, bien que son public appartienne en gros à sa génération et devrait donc partager avec elle un passé commun, les applaudissements à la fin manquent d'enthousiasme.

Pour la conférence d'Emmanuel, elle s'est assise de façon discrète au dernier rang. Ils ont pris entre-temps un bon déjeuner; ils naviguent vers le sud, sur une mer toujours calme; il y a de fortes chances qu'un certain nombre de bonnes gens dans le public – une cinquantaine de personnes, estime-t-elle – se mettent à somnoler. En fait, qui sait, il est fort possible qu'elle se mette à somnoler également; auquel cas il vaudrait mieux le faire sans se faire remarquer.

« Vous devez vous demander pourquoi j'ai pris pour sujet le roman en Afrique, commence Emmanuel, de sa voix de stentor qu'il n'a pas à forcer. Qu'est-ce que le roman en Afrique a donc de si intéressant ? Qu'est-ce qui le rend différent, suffisamment différent pour mériter aujourd'hui notre attention ?

« Bien, voyons cela. Nous savons tous, pour commencer, que l'alphabet, l'idée de l'alphabet, ne provient pas d'Afrique. Bien des choses proviennent d'Afrique, plus que vous ne seriez enclins à le penser, mais pas l'alphabet. L'alphabet a dû y être importé, par les Arabes d'abord, par les Occidentaux ensuite. En Afrique, l'écriture elle-même, pour ne rien dire de l'écriture du roman, est une affaire récente.

« Le roman est-il possible sans écriture du roman, pourrait-on se demander ? Avions-nous un roman en Afrique avant que nos amis les colonisateurs ne surgissent à notre porte ? Pour l'instant, permettez-moi de me borner à poser la question. Il se peut que j'y revienne plus tard.

« Une seconde remarque : lire n'est pas un passe-temps typiquement africain. La musique, oui ; la danse, oui ; manger, oui ; parler, oui – parler énormément. Mais lire, non, et sûrement pas de gros romans. La lecture nous a toujours frappés, nous Africains, comme une occupation étrangement solitaire. Cela nous met mal à l'aise. Quand nous autres, Africains, visitons les grandes cités européennes comme Paris ou Londres, nous remarquons que les gens sortent des livres de leurs sacs ou de leurs poches et se retirent dans des mondes solitaires. Chaque fois que le livre surgit, c'est comme un écriteau que l'on montre. *Laissez-moi seul, je suis en train de lire*, dit l'écriteau. *Ce que je suis en train de lire est plus intéressant que ce que vous pourriez avoir à me dire*.

« Eh bien, nous ne sommes pas comme cela en Afrique. Nous n'aimons pas nous couper ainsi des autres et nous retirer dans des mondes privés. Et nous n'avons pas l'habitude non plus de voir ceux que nous côtoyons se retirer dans des mondes privés. L'Afrique est un continent où les gens partagent. Lire un livre tout seul, ce n'est pas partager. C'est comme manger ou parler tout seul. Ce n'est pas notre façon de faire. Nous trouvons cela un peu fou. »

Nous, nous, nous, pense-t-elle. *Nous, Africains*. *Ce n'est pas notre façon de faire*. Elle n'a jamais aimé l'usage du *nous* sous sa forme exclusive. Il se peut qu'Emmanuel ait vieilli, qu'il ait connu la bénédiction d'obtenir des papiers américains, mais il n'a pas changé. L'africanité : une identité spécifique, une destinée spécifique.

Elle a visité l'Afrique : les régions montagneuses du Kenya, le Zimbabwe, les marécages d'Okavango. Elle a vu des Africains lire, des Africains ordinaires, aux arrêts d'autobus, dans les trains. Ils ne lisaient pas des romans, il est vrai, ils lisaient des journaux. Mais un journal n'est-il pas, tout autant qu'un roman, une voie d'accès à un monde privé ?

« En troisième lieu, continue Egudu, dans le grand système global salutaire dans lequel nous vivons aujourd'hui, il a été donné à l'Afrique d'être le haut lieu de la pauvreté. Les Africains n'ont pas de quoi se payer des objets de luxe. En Afrique, un livre doit vous offrir quelque chose en retour pour l'argent que vous avez dépensé en l'achetant. Que vais-je apprendre en lisant cette histoire, se demandera l'Africain ? En quoi cela m'avancera-t-il ? Nous pouvons déplorer l'attitude de l'Africain, Mesdames et Messieurs, mais nous ne pouvons pas l'ignorer. Nous devons la prendre au sérieux et essayer de la comprendre.

« Nous fabriquons évidemment des livres en Afrique. Mais les livres que nous fabriquons sont des livres pour enfants, des livres pédagogiques au sens le plus simple du mot. Si vous voulez gagner de l'argent en publiant des livres en Afrique, vous devez faire paraître des livres qui seront prescrits dans les écoles, qui seront achetés en grosse quantité par le système d'éducation afin d'être lus et étudiés en classe. Cela ne rapporte rien de publier des écrivains qui tiennent un propos ambitieux, sérieux, des écrivains qui écrivent sur des adultes et des histoires ne concernant que les adultes. De tels écrivains doivent regarder ailleurs pour trouver le salut.

« Évidemment, Mesdames et Messieurs du *Northern Lights*, ce que je vous livre aujourd'hui ne constitue pas le tableau complet. Si j'avais à vous donner le tableau complet, cela me prendrait tout l'après-midi. Je ne vous donne qu'une rapide et rudimentaire esquisse. Évidemment vous trouverez, ici ou là, des éditeurs en Afrique qui sont prêts à soutenir les écrivains locaux même s'ils n'en tirent pas un sou. Mais, en règle générale, l'art de conter des histoires ne constitue un gagne-pain ni pour les éditeurs ni pour les écrivains.

« Voilà ce qu'il en est des généralités, aussi déprimant que cela puisse être. Tournons-nous maintenant vers nous-mêmes, vers vous et vers moi. Me voici donc, vous n'êtes pas sans savoir qui je suis, le programme le précise : Emmanuel Egudu, du Nigeria, auteur de romans, de poèmes, de pièces de théâtre, prix littéraire du Commonwealth (division Afrique). Et vous voici, gens riches, ou du moins d'un milieu aisé, comme vous dites (si je ne me trompe), d'Amérique du Nord et d'Europe, sans oublier notre représentation d'Australasie, et je crois même avoir entendu chuchoter un peu de japonais dans les coursives, tous en croisière sur ce splendide navire, partis inspecter l'un des coins les plus reculés du monde, partis voir ce qu'il en est, ou simplement pour le cocher sur votre liste. Vous voici donc, après un bon déjeuner, à écouter cet Africain.

« Pourquoi, je vous imagine en train de vous le demander, cet Africain est-il à bord de notre navire ? Pourquoi n'est-il pas derrière sa table de travail dans son pays natal à suivre sa vocation, s'il est véritablement un écrivain, à écrire des livres ? Pourquoi nous entretient-il du roman africain, sujet qui ne peut nous concerner que de façon tout à fait indirecte ?

« La réponse la plus concise, Mesdames et Messieurs, est que cet Africain est en train de gagner sa vie. Dans son pays, comme j'ai essayé de l'expliquer, il ne peut pas gagner sa vie. Dans son pays (je ne vais pas m'étendre sur ce point, je le mentionne uniquement parce que cela vaut pour tant de confrères écrivains africains), il est en fait à peine le bienvenu. Dans son pays, il est ce qu'on appelle un dissident intellectuel, et les dissidents intellectuels doivent faire très attention, même dans le nouveau Nigeria.

« Le voici donc, bourlinguant de par le vaste monde, pour gagner sa vie. Il gagne sa vie en partie en écrivant des livres qui sont publiés, lus, commentés, discutés et jugés, le plus souvent par des étrangers. Pour le reste, il la gagne grâce à certains avantages dérivés de son écriture. Il passe en revue les livres d'autres écrivains, par exemple, dans la presse d'Europe et d'Amérique. Il enseigne dans des universités en Amérique, entretenant la jeunesse du Nouveau Monde du sujet exotique dont il est expert de la même façon qu'un éléphant est expert en matière d'éléphants : le roman africain. Il donne des conférences ; il participe à des croisières. S'occupant de la sorte, il vit dans ce qu'on appelle des logements provisoires. Toutes ses adresses sont provisoires ; il n'a pas de domicile fixe.

« Croyez-vous, Mesdames et Messieurs, qu'il soit facile pour cet homme-là de rester fidèle à son essence d'écrivain quand, de mois en mois, il faut plaire à tous ces étrangers – les éditeurs, les lecteurs, les critiques, les étudiants, tous armés non seulement de leurs idées personnelles sur ce qu'est l'écriture ou ce qu'elle devrait être, sur ce qu'est l'Afrique ou ce qu'elle devrait être, mais aussi sur ce que c'est de plaire ou ce que cela devrait être ? Croyez-vous qu'il soit possible à cet homme de ne pas être affecté par tout ce qui pèse sur lui, les pressions qu'il subit pour plaire à d'autres, pour être à leurs yeux ce qu'ils estiment qu'il devrait être, de produire pour eux ce qu'ils pensent qu'il devrait produire ?

« Cela peut vous avoir échappé, mais j'ai, il y a un instant de cela, glissé subrepticement un mot qui aurait dû vous faire tendre l'oreille. J'ai parlé de mon essence et du fait de rester fidèle à mon essence. J'aurais beaucoup de choses à dire sur l'essence et sur ses ramifications, mais ce n'est pas ici le lieu de le faire. Néanmoins, devez-vous vous demander, comment en ces temps de non-essence, en ces temps d'identités flottantes, prises de-ci, de-là, et que nous endossons et que nous laissons tomber comme des défroques, puis-je justifier de parler de mon essence en tant qu'écrivain africain ?

« Il existe autour des notions d'essence et d'essentialisme, je me permets de vous le rappeler, au sein de la pensée africaine, une longue, une tumultueuse histoire. Il se peut que vous ayez entendu parler du mouvement de la *négritude* des années quarante et cinquante. La *négritude*, d'après ceux qui ont lancé le mouvement, est le substrat essentiel qui soude tous les Africains et les rend africains de façon unique – non seulement les Africains d'Afrique, mais les Africains de la grande diaspora africaine du Nouveau Monde et maintenant de l'Europe.

« J'aimerais vous citer quelques mots de l'écrivain et penseur sénégalais Cheikh Hamidou Kane. Cheikh Hamidou Kane était interrogé par un journaliste, un Européen. Je suis intrigué, disait l'interviewer, de vous voir faire l'éloge de certains écrivains à qui vous reconnaissez la qualité d'être véritablement africains. Étant donné que les écrivains en question écrivent dans une langue étrangère (plus particulièrement en français), sont publiés et, pour la plus grande part, lus dans un pays étranger (plus particulièrement la France), peut-on réellement les appeler des écrivains africains ? Ne conviendrait-il pas plutôt de les appeler des écrivains français d'origine africaine ? La langue n'est-elle pas une matrice plus importante que la naissance ?

« La réponse de Cheikh Hamidou fut la suivante : "Les écrivains dont je parle sont véritablement africains parce qu'ils sont nés en Afrique, ils vivent en Afrique, leur sensibilité est africaine... Ce qui les distingue réside dans l'expérience de la vie, dans la sensibilité, dans le rythme, dans le style." Il continue : "Un écrivain français ou anglais a derrière lui des milliers d'années de tradition écrite... Nous, de notre côté, sommes les héritiers d'une tradition orale."

« Il n'y a rien de mystique dans la réponse de Cheikh Hamidou, rien de métaphysique, rien de raciste. Il se contente de donner tout leur poids aux éléments culturels intangibles sur lesquels on passe souvent trop vite, parce qu'il n'est pas facile de les traduire en mots. La façon dont les gens vivent dans leurs corps. La façon dont ils agitent les mains. La façon dont ils marchent. La façon dont ils sourient ou froncent les sourcils. Le rythme de leur élocution. La façon dont ils chantent. Le timbre de leurs voix. La façon dont ils dansent. La façon dont ils se touchent ; comment la main s'attarde ; la caresse des doigts. La façon dont ils font l'amour. La façon dont ils sont couchés après avoir fait l'amour. La façon dont ils pensent. La façon dont ils dorment.

« Nous autres, romanciers africains, pouvons incarner ces caractéristiques dans nos écrits (et qu'il me soit permis de vous rappeler que le mot roman, quand il fit son entrée dans les langues européennes, avait la signification la plus vague : il signifiait la forme d'écriture qui n'avait pas de forme, qui n'avait pas de règles, qui formulait ses propres règles à mesure qu'elle se constituait) – nous autres, romanciers africains, disais-je, pouvons incarner ces caractéristiques comme nul autre, parce que nous n'avons pas perdu le contact avec le corps. Le roman africain, le véritable roman africain, est un roman oral. Sur la page, il demeure inerte, vivant à demi seulement ; il ne se réveille que lorsque la voix, venue des profondeurs du corps, insuffle la vie aux mots, en les prononçant tout haut.

« Le roman africain est donc, dirais-je, en son essence, et avant même que le premier mot en soit écrit, une critique du roman occidental, qui est allé si loin dans le sens de la désincarnation – pensez à Henry James, pensez à Marcel Proust – que la façon appropriée, et en fait la seule façon de l'absorber c'est dans le silence et dans la solitude. Et je vais clôturer ces remarques, Mesdames et Messieurs – je vois qu'il ne me reste guère de temps –, en citant, à l'appui de ma position et de celle de Cheikh Hamidou, non pas un Africain, mais un homme des vastes plaines enneigées du Canada, le grand spécialiste de l'oralité, Paul Zumthor.

« "Depuis le dix-septième siècle, écrit Zumthor, l'Europe s'est répandue sur le monde comme un cancer : subrepticement d'abord, mais voilà beau temps qu'il galope, ravage aujourd'hui dément de formes de vie, animaux, plantes, paysages, langues. À chaque jour qui passe, plusieurs langues au monde disparaissent : reniées, étouffées... L'un des symptômes du mal fut sans doute, dès l'origine, ce que nous nommons littérature : et la littérature a pris consistance, prospéré, est devenue ce qu'elle est – l'une des plus vastes dimensions de l'homme – en récusant la voix... Il s'agit... de renoncer à privilégier l'écriture... Peut-être la grande et malheureuse Afrique, clochardisée par notre impérialisme politico-industriel, se trouve-t-elle plus que d'autres continents près de ce but : parce que moins gravement touchée par l'écriture." »

Lorsque Egudu achève son discours les applaudissements sont nourris et fougueux. Il a parlé avec force, peut-être même avec passion ; il a défendu avec conviction sa propre vocation, celle de son peuple ; pourquoi n'aurait-il pas sa récompense, même si ce qu'il dit est sans rapport aucun avec la vie de ses auditeurs ?

Pourtant, il y a dans la conférence quelque chose qu'elle n'aime pas, quelque chose qui touche à l'oralité et à la mystique de l'oralité. C'est toujours, pense-t-elle, le corps sur lequel on insiste, que l'on met en avant, et la voix, l'essence obscure du corps, qui monte de ce corps. *Négritude* : elle croyait qu'Emmanuel aurait dépassé cette pseudo-philosophie. De toute évidence, ce n'est pas le cas. De toute évidence, il l'a gardée dans sa panoplie professionnelle. Eh bien, bonne chance à lui. Il reste un peu de temps pour des questions, dix minutes au moins. Elle espère que les questions seront pénétrantes, qu'elles le débusqueront.

La première à poser une question est, si elle en juge d'après l'accent, du Midwest des États-Unis. Le premier roman d'un Africain qu'elle ait jamais lu, il y a de cela des dizaines d'années, dit la femme, était d'Amos Tutuola, elle a oublié le titre. (« *L'Ivrogne dans la brousse* », lui souffle Egudu. « Oui, c'est ça », répond-elle.) Le livre l'avait captivée. Elle pensait que c'était le présage de grandes choses à venir. Aussi était-elle déçue, terriblement déçue, d'apprendre que Tutuola n'était pas respecté dans son pays, que les Nigérians cultivés le dénigraient et considéraient qu'il ne méritait pas la réputation qu'il avait dans les pays occidentaux. Cela était-il vrai ? Tutuola était-il le genre d'écrivain que notre conférencier avait en tête ? Qu'est-il arrivé à Tutuola ? D'autres livres avaient-ils été traduits ?

« Non, répond Egudu, Tutuola n'a plus été traduit, en fait il n'a pas du tout été traduit, du moins en anglais. Pourquoi pas ? Parce qu'il n'avait pas besoin de l'être. Parce qu'il avait écrit en anglais depuis le début. Nous voici au cœur du problème que soulève votre question. La langue d'Amos Tutuola est l'anglais, certes, mais pas l'anglais standard, pas l'anglais que les Nigérians des années cinquante apprenaient à l'école ou au collège. C'est la langue d'un commis à moitié éduqué, d'un homme qui n'a connu qu'une scolarité élémentaire, à peine compréhensible aux étrangers, arrangée par des éditeurs britanniques à des fins de publication. Là où l'écriture de Tutuola était clairement celle d'un illettré, ils corrigeaient ; ce qu'ils se retenaient de corriger était ce qui leur paraissait authentiquement nigérian, c'est-à-dire ce qui à leurs oreilles sonnait pittoresque, exotique, folklorique.

« D'après ce que je viens de dire, poursuit Egudu, vous pourriez imaginer que moi aussi je condamne Tutuola ou le phénomène Tutuola. Loin de là. Tutuola fut répudié par des Nigérians soi-disant cultivés parce qu'ils étaient gênés par le bonhomme – gênés qu'on risque de les mettre dans le même sac que lui comme des indigènes ne sachant pas écrire l'anglais correctement. Quant à moi, je suis heureux d'être un indigène, un indigène nigérian, un Nigérian indigène. Dans ce combat, je suis aux côtés de Tutuola. Tutuola est ou était un conteur d'histoires doué. Je suis heureux que vous l'aimiez. Plusieurs autres livres de sa main ont paru en Angleterre, mais je dirais qu'aucun n'était aussi bon que *L'Ivrogne dans la brousse*. Enfin, c'est bien le genre d'écrivain auquel je faisais référence, un écrivain oral.

« Je vous ai répondu longuement, parce que le cas de Tutuola est fort instructif. Ce qui distingue Tutuola, c'est qu'il n'essaya pas d'ajuster sa langue à ce qu'attendaient de lui – ou à ce qu'il aurait cru, s'il avait été moins naïf, qu'attendaient de lui – les étrangers qui le liraient et le jugeraient. Dans son innocence, il écrivait comme il parlait. Ainsi réduit à l'impuissance, il a dû se laisser emballer pour l'Occident, sous l'étiquette d'exotique Africain.

« Mais, Mesdames et Messieurs, qui parmi les écrivains africains n'est pas exotique ? La vérité c'est qu'aux yeux des Occidentaux, nous autres Africains sommes tous exotiques, quand nous ne sommes pas simplement sauvages. C'est là notre destin. Même ici, sur ce bateau qui fait route vers un continent censé être le plus exotique de tous, et le plus sauvage, un continent sans le moindre critère humain, je sens encore que je suis exotique. »

Les rires fusent dans la salle. Egudu sourit de son large sourire, engageant, qui a tout l'air d'être spontané. Mais elle ne peut pas croire que c'est un vrai sourire, ne peut pas croire que cela vient du cœur, si c'est de là que viennent les sourires. Si la destinée qu'Egudu a embrassée est d'être un exotique, alors c'est une terrible destinée. Elle n'arrive pas à croire qu'il ne sait pas cela, qu'il ne le sait pas et ne se révolte pas là-contre dans son cœur. Le seul visage noir dans cette marée de Blancs.

« Mais laissez-moi revenir à votre question, continue Egudu. Vous avez lu Tutuola, maintenant lisez mon compatriote Ben Okri. Amos Tutuola est un cas très simple, très pur. Ce n'est pas le cas d'Okri. Okri est un héritier de Tutuola, ou ils sont les héritiers d'ancêtres communs. Mais Okri négocie les contradictions d'être lui-même devant autrui (excusez le jargon, c'est juste un indigène qui fait son numéro) de manière autrement complexe. Lisez Okri. Vous trouverez l'expérience instructive. »

« Le roman en Afrique » devait être, comme toutes les conférences au cours de la croisière, un événement des plus légers. Rien au programme de la croisière n'est censé avoir un tour pesant. Egudu, malheureusement, menace de devenir pesant. D'un discret mouvement de la tête, le responsable des loisirs, le grand garçon suédois dans son uniforme bleu ciel, lui fait signe depuis les coulisses; et Egudu obéit, de bonne grâce, avec aisance, mettant fin à son spectacle.

L'équipage du *Northern Lights* est russe, de même que les stewards. À vrai dire, tout le monde à l'exception des officiers et de l'équipe des guides et des divers responsables est russe. La musique à bord est assurée par un orchestre de balalaïkas – cinq hommes, cinq femmes. L'accompagnement qu'ils procurent à l'heure du dîner est trop sentimental à son goût; après le dîner, dans la salle de bal, la musique qu'ils jouent est plus enlevée.

Celle qui dirige l'orchestre, et qui à l'occasion chante aussi, est une blonde d'environ trente ans. Elle a une connaissance superficielle de l'anglais, juste assez pour faire les annonces. « Nous jouer morceau qui appeler en russe *Ma douce colombe. Ma douce colombe.* » Sa façon de dire *douce* rime avec *flouze* plutôt qu'avec autre chose. Avec ses trilles et ses soudaines attaques, le morceau sonne hongrois, sonne gitan, sonne juif, sonne tout ce qu'on veut, sauf russe : mais qu'est-ce qu'elle en sait, elle, Elizabeth Costello, pauvre fille de la cambrousse ?

Elle est là avec un couple de sa table, à prendre un verre. Ils sont de Manchester, l'informent-ils. Ils attendent avec impatience son cours sur le roman, pour lequel ils se sont tous deux inscrits. L'homme est longiligne, cheveux bien plaqués, argentés : elle le verrait bien comme un héron au long cou. Il ne dit pas comment il a fait sa fortune et elle ne s'en enquiert pas. La femme est petite, sensuelle. Pas du tout l'idée qu'elle se fait de Manchester. Steve et Shirley. Elle suppose qu'ils ne sont pas mariés.

À son soulagement, la conversation passe d'elle et des livres qu'elle a écrits aux courants océaniques, sujet sur lequel Steve paraît savoir tout ce qu'il y a à savoir, et aux infimes créatures, des tonnes au kilomètre carré, dont la vie consiste à être balayées de manière sereine dans ces eaux glacées, mangeant et étant mangées, se multipliant et mourant, ignorées par l'histoire. Des touristes écologiques, voilà comment Steve et Shirley se désignent eux-mêmes. L'année dernière l'Amazone, cette année-ci les mers du Sud.

Egudu se tient à l'entrée, regardant autour de lui. Elle lui fait signe de la main et il les rejoint. « Assieds-toi, je t'en prie, dit-elle. Emmanuel. Shirley. Steve. »

Ils complimentent Emmanuel pour sa conférence. « Très intéressant, dit Steve. Vous m'avez ouvert des perspectives tout à fait nouvelles.

– Je réfléchissais pendant que vous parliez, dit Shirley avec plus de sérieux, je ne connais pas vos livres, je suis désolée de le dire, mais pour vous en tant qu'écrivain, en tant qu'écrivain oral du type que vous décriviez, peut-être que le livre imprimé n'est pas le médium approprié. Avez-vous jamais songé à composer directement sur magnétophone ? Pourquoi passer par l'impression ? Pourquoi même passer par l'écriture ? Racontez votre histoire directement à votre auditeur.

– Quelle idée ingénieuse ! dit Emmanuel. Cela ne résoudrait pas tous les problèmes de l'écrivain africain, mais cela vaut la peine d'y songer.

– Pourquoi cela ne résoudrait-il pas vos problèmes ?

– Parce que, je regrette de le dire, les Africains voudront davantage, il ne leur suffira pas de s'asseoir en silence et d'écouter un disque qui tourne dans une petite machine. Cela ressemblerait par trop à de l'idolâtrie. Les Africains veulent la présence vivante, la voix vive. »

La voix vive. Il y a un silence pendant que tous trois contemplent la voix vive.

« En es-tu bien sûr ? dit-elle, intervenant pour la première fois. Les Africains n'ont pas d'objection à écouter la radio. Une radio est une voix, mais pas une voix vive, une présence vivante. Ce que tu demandes, Emmanuel, ce n'est pas seulement une voix mais un spectacle : un acteur vivant qui joue le texte pour toi. Si c'est le cas, si c'est bien ce que veut l'Africain, alors je suis d'accord, un enregistrement ne saurait le remplacer. Mais le roman n'a jamais été censé être un texte qui doit être joué. D'emblée le roman s'est évertué à ne dépendre d'aucune forme de représentation. On ne peut pas avoir à la fois le spectacle vivant et un mode de distribution commode et bon marché. C'est l'un ou l'autre. Si en effet tu veux que le roman soit en même temps un bloc de papier au format de poche et un être vivant, alors je suis d'accord, le roman n'a pas d'avenir en Afrique.

– Pas d'avenir, dit Egudu en réfléchissant. Cela n'est guère réjouissant, Elizabeth. As-tu une issue à nous proposer ?

– Une issue ? Ce n'est pas à moi qu'il revient de vous offrir une issue. Ce que j'ai à offrir c'est une question. Comment se fait-il qu'il y ait tant de romanciers africains et pourtant si peu de romans africains qui valent la peine qu'on en parle ? Voilà ce qui me paraît être la véritable question. Et tu as toi-même laissé percevoir la réponse dans ta conférence. L'exotisme. L'exotisme et ses séductions.

– L'exotisme et ses séductions ? Vous nous intriguez, Elizabeth. Dites-nous ce que vous entendez par là. »

Si c'était une affaire entre Emmanuel et elle-même, elle l'aurait planté là. Elle en a assez de ses insinuations railleuses, il l'exaspère. Mais face à des étrangers, face à des clients, ils ont, l'un comme l'autre, à sauver les apparences.

« Le roman anglais, dit-elle, est écrit en premier lieu par des Anglais pour des Anglais. C'est ce qui en fait le roman anglais. Le roman russe est écrit par des Russes pour des Russes. Mais le roman africain n'est pas écrit par des Africains pour des Africains. Il se peut que les romanciers africains écrivent sur l'Afrique, sur des expériences africaines, mais il me semble que, pendant qu'ils écrivent, ils n'arrêtent pas de loucher vers les étrangers qui les liront. Que cela leur plaise ou non, ils ont accepté le rôle d'interprète, interprétant l'Afrique pour leurs lecteurs. Cependant, comment pouvez-vous explorer un monde dans toute sa profondeur si en même temps vous devez l'expliquer à des étrangers ? C'est comme si un savant devait donner toute son attention créatrice à ses recherches, tout en expliquant en même temps ce qu'il fait à une classe d'étudiants ignares. C'est trop pour une seule personne, il est impossible de le faire, pas au niveau le plus profond. Cela, me semble-t-il, est la racine véritable de votre problème. Vous devez faire montre de votre africanité en même temps que vous écrivez.

– Très bien, Elizabeth ! dit Egudu. Tu as réellement compris; tu exprimes le dilemme à merveille : l'explorateur qui doit expliquer. » Il tend le bras, lui tapote l'épaule.

Si nous étions seuls, pense-t-elle, *je le giflerais*.

« S'il est vrai que je comprends réellement (maintenant elle ignore Egudu, et s'adresse au couple de Manchester), c'est uniquement parce que nous sommes passés en Australie par des épreuves similaires et que nous nous en sommes tirés. Nous avons fini par nous débarrasser de l'habitude d'écrire pour des étrangers lorsqu'il y a eu un nombre suffisant de lecteurs proprement australiens, ce qui s'est produit vers les années soixante. Un nombre suffisant de lecteurs, non pas un nombre suffisant d'auteurs – ce qui existait déjà. Nous nous sommes débarrassés de l'habitude d'écrire pour des étrangers quand il s'est avéré que notre marché, notre marché australien, pouvait se permettre de faire vivre une littérature locale. Voilà la leçon que nous pouvons offrir. Voilà ce que l'Afrique pourrait apprendre de nous. »

Emmanuel se tait, bien qu'il n'ait pas perdu son sourire ironique.

« Il est intéressant de vous entendre discuter tous les deux, dit Steve. Vous traitez l'écriture comme une affaire commerciale. Vous cherchez à définir un marché et vous vous mettez à l'approvisionner. Je m'attendais à quelque chose d'autre.

– Vraiment ? À quoi vous attendiez-vous ?

– Vous savez bien : où les écrivains trouvent leur inspiration, comment ils rêvent leurs personnages, et ainsi de suite. Excusez-moi, ne tenez pas compte de ce que je dis, je ne suis qu'un amateur. »

Inspiration. Recevoir en soi l'esprit. Maintenant qu'il a proféré le mot il est dans l'embarras. Il y a un silence gêné.

Emmanuel parle. « Elizabeth et moi, cela fait un bail qu'on se connaît. Nous avons eu un tas de différends par le passé. Cela ne change rien entre nous – n'est-ce pas, Elizabeth ? Nous sommes collègues dans l'écriture. Nous faisons partie de la grande, de l'universelle fraternité des écrivains. »

Fraternité. Il la défie, essayant de la faire monter sur ses grands chevaux en présence de ces étrangers. Mais elle est soudain trop écœurée pour relever le défi. Non pas collègues dans l'écriture, pense-t-elle, mais collègues dans le divertissement. Sinon pourquoi serions-nous à bord de ce navire de luxe, toujours à la disposition, comme l'invitation le stipulait avec candeur, de gens qui nous ennuient et que nous commençons à ennuyer.

Il l'asticote parce qu'il est énervé. Elle le connaît assez pour s'en apercevoir. Il en a assez du roman africain, assez d'elle et de ses amis, il veut quelque chose ou quelqu'un d'autre.

Leur chanteuse est arrivée à la fin de son tour de chant. Il y a des applaudissements discrets. Elle salue, s'incline une seconde fois, prend sa balalaïka. L'orchestre entame une danse cosaque.

Ce qui l'irrite chez Emmanuel, et qu'elle a le bon sens de ne pas évoquer devant Steve et Shirley parce que ce serait de mauvais aloi, c'est sa manie de faire de chaque différend une affaire personnelle. Pour ce qui est de son roman oral chéri, sur lequel il a fondé son activité secondaire comme conférencier, elle en trouve l'idée embrouillée au possible. *Un roman sur des gens qui vivent dans une culture orale*, aimerait-elle dire, *n'est pas un roman oral. Pas plus qu'un roman sur des femmes n'est un roman de femmes.*

À son avis, toute l'idée d'Emmanuel d'un roman oral, d'un roman qui est resté en rapport avec la voix humaine et par conséquent avec le corps humain, d'un roman qui n'est pas désincarné comme le roman occidental mais qui dit le corps et la vérité du corps, n'est qu'une autre façon de renflouer la mystique de l'Africain comme dernier détenteur d'énergies humaines primaires. Emmanuel reproche à ses éditeurs occidentaux et à ses lecteurs occidentaux de le pousser à exotiser l'Afrique ; mais Emmanuel a lui-même intérêt à se rendre exotique. Emmanuel, il se trouve qu'elle le sait, n'a pas écrit le moindre livre un peu substantiel depuis dix ans. Quand elle a fait sa connaissance, il pouvait encore, en tout bien tout honneur, faire figure d'écrivain. Maintenant il gagne sa vie en tenant des discours. Ses livres sont ses lettres de créance, rien de plus. Il se peut qu'il soit son collègue pour divertir le monde ; mais un collègue écrivain, non, il ne l'est pas, il ne l'est plus. Il est dans le circuit des conférences pour l'argent, et pour d'autres avantages aussi. Le sexe, par exemple. Il est noir, il est exotique, il est en prise avec les énergies de la vie ; s'il n'est plus tout jeune, au moins il a belle prestance, porte son âge avec distinction. Quelle jeune Suédoise ne tomberait pas dans le panneau ?

Elle vide son verre. « Je vais me coucher, dit-elle. Bonne nuit, Steve, Shirley. À demain. Bonne nuit, Emmanuel. »

Elle se réveille dans le plus grand silence. La pendule indique quatre heures et demie. Les machines se sont arrêtées. Elle jette un coup d'œil par le hublot. Il y a du brouillard à l'extérieur, mais à travers le brouillard elle distingue la terre à un kilomètre, tout au plus. Ce doit être l'île Macquarie : elle avait pensé qu'ils n'arriveraient que plusieurs heures plus tard.

Elle s'habille et sort dans le couloir. Au même moment la porte de la cabine A-230 s'ouvre et la Russe en sort, la chanteuse. Elle porte le même ensemble qu'hier, la blouse bordeaux et le pantalon noir aux jambes larges ; elle a ses chaussures à la main. Dans la lumière peu flatteuse du plafonnier, elle paraît plus proche de la quarantaine que de la trentaine. L'une et l'autre détournent le regard lorsqu'elles se croisent.

A-230 est la cabine d'Egudu, elle le sait.

Elle monte sur le pont supérieur. Il y a déjà un petit groupe de passagers, chaudement habillés pour se protéger du froid, appuyés au bastingage, les yeux fixés en contrebas.

Au-dessous d'eux, la mer bouillonne de vie, on dirait des poissons, de gros poissons noirs aux dos luisants qui sautent, retombent et bondissent dans la houle. Elle n'a jamais rien vu de pareil.

« Des pingouins, dit l'homme à côté d'elle. Des pingouins royaux. Ils sont venus nous saluer. Ils ne savent pas ce que nous sommes.

– Sont-ils innocents à ce point ? »

L'homme la regarde bizarrement, se retourne vers sa compagne.

Les mers du Sud. Poe ne les a jamais contemplées, Edgar Allan, mais les a parcourues dans tous les sens en esprit. Des pirogues chargées d'insulaires à la peau foncée venaient à sa rencontre. Ils semblaient être des gens ordinaires *tout comme nous*, mais quand ils souriaient et montraient leurs dents, ces dents n'étaient pas blanches mais noires. Cela lui donnait froid dans le dos, et pour cause. Ces mers pleines de choses qui semblent comme nous mais qui ne sont pas comme nous. Ces fleurs marines qui bâillent et qui dévorent. Ces anguilles, chacune d'elles munie d'une gueule barbue d'où sort un boyau. Les dents servent à déchirer, la langue sert à brasser et à avaler le produit du carnage : tel est le sens véritable de l'oralité. Quelqu'un devrait expliquer ça à Emmanuel. Ce n'est que par une ingénieuse économie, un accident dans l'évolution, que l'organe d'ingestion peut quelquefois être utilisé pour chanter.

Ils resteront en vue de Macquarie jusqu'à midi, suffisamment longtemps pour permettre aux passagers qui le désirent de visiter l'île. Elle s'est inscrite pour participer à l'excursion.

La première chaloupe part après le petit déjeuner. L'approche pour l'accostage est difficile, à travers d'épais lits de varech et des rochers qui affleurent. En fin de compte, un des marins doit l'aider à gagner le rivage, la portant à moitié, comme si elle était une vieille femme. Le marin a les yeux bleus, les cheveux blonds. À travers son ciré, elle sent sa vigueur juvénile. Dans ses bras, elle est aussi en sécurité qu'un bébé. « Merci ! » dit-elle avec reconnaissance quand il la dépose ; mais pour lui ce n'est rien, rien qu'un service à rendre au client et pour lequel il est payé en dollars, pas plus personnalisé que le service d'une infirmière à l'hôpital.

Elle a fait des lectures sur l'île Macquarie. Au dix-neuvième siècle, c'était le centre de l'industrie du pingouin. Des centaines de milliers de pingouins ont été matraqués à mort ici et jetés dans des chaudières de fonte pour y être désintégrés et transformés en huile utile, et en résidus sans usage. Ou pas nécessairement matraqués à mort, mais simplement poussés, avec des bâtons, le long d'une passerelle, et précipités par-dessus bord dans les chaudrons bouillants.

Et cependant leurs descendants du vingtième siècle semblent n'avoir rien appris. Ils continuent de nager innocemment à la rencontre des visiteurs pour les saluer; ils continuent de lancer leurs appels vers eux, tandis que ceux-ci s'approchent des colonies (*Ho! Ho!* appellent-ils, tout à fait semblables à de petits gnomes bourrus), et leur permettent de s'approcher assez pour les toucher, pour caresser leurs poitrines lisses.

À onze heures, les chaloupes les ramèneront au paquebot. Jusque-là ils sont libres d'aller explorer l'île. Il y a une colonie d'albatros à flanc de colline, dit-on; il leur est loisible de photographier les oiseaux, mais il ne faut pas trop s'approcher d'eux, pour ne pas les effrayer. C'est la saison des nids.

Elle s'éloigne des autres touristes, et se retrouve au bout d'un moment sur un plateau qui surplombe le littoral, traversant un lit d'herbes enchevêtrées.

Soudain, de façon inattendue, il y a quelque chose devant elle. D'abord elle croit que c'est un rocher, lisse et blanc, marbré de gris. Puis elle voit que c'est un oiseau, plus grand qu'aucun autre oiseau qu'elle a jamais vu. Elle reconnaît le long bec plongeant, l'énorme sternum. Un albatros.

L'albatros la regarde fixement et, lui semble-t-il, d'un air amusé. De dessous dépasse une version plus petite du même bec allongé. L'oisillon est plus hostile. Il ouvre le bec, lance un long cri d'avertissement, sans voix.

Ils demeurent ainsi, elle et les deux oiseaux, s'observant réciproquement.

Avant la Chute, pense-t-elle. *C'est ainsi que cela devait être avant la Chute. Je pourrais rater le bateau, rester ici. Demander à Dieu de prendre soin de moi.*

Il y a quelqu'un derrière elle. Elle se retourne. C'est la chanteuse russe, vêtue cette fois d'un anorak vert foncé, le capuchon baissé, les cheveux sous un foulard.

« Un albatros, fait-elle remarquer à la femme, en parlant doucement. C'est ainsi que nous les appelons. Je ne sais pas comment ils s'appellent entre eux. »

La femme hoche la tête. Le grand oiseau les regarde calmement, pas plus apeuré par deux personnes que par une.

« Emmanuel est avec vous ? dit-elle.

– Non. À bord. »

La femme ne paraît pas très loquace, mais elle insiste quand même. « Vous êtes une amie à lui, je le sais. Moi aussi, ou du moins je l'ai été, dans le passé. Puis-je vous poser une question : qu'est-ce que vous lui trouvez ? »

C'est une question incongrue, intime et présomptueuse. Mais il lui semble que sur cette île, à l'occasion d'une visite qui ne se répétera jamais, on peut se permettre de dire n'importe quoi.

« Ce que je lui trouve ? dit la femme.

– Oui. Qu'est-ce que vous lui trouvez ? Qu'est-ce qui vous plaît en lui ? Quelle est la source de son charme ? »

La femme hausse les épaules. Ses cheveux sont teints, elle le voit maintenant. La quarantaine sonnée, sans doute avec un foyer à entretenir au pays, l'un de ces ménages russes avec une mère estropiée, un mari qui boit trop et qui la bat, un feignant de fils et une fille au crâne rasé avec du mauve sur les lèvres. Une femme qui sait un peu chanter mais qui sera bientôt trop vieille, plus tôt que prévu. Jouant de la balalaïka pour des étrangers, chantant du kitsch russe, récoltant des pourboires.

« Il est libre. Vous parlez le russe ? Non ? »

Elle fait non de la tête.

« *Deutsch* ?

– Un peu.

– *Er ist freigebig. Ein guter Mann*. »

Freigebig, généreux, prononcé avec le lourd *g* du russe. Emmanuel est-il généreux ? Elle ne sait pas, dans un sens ou dans un autre. Pas le premier mot qui lui viendrait à l'esprit, pourtant. Large, peut-être. Large dans ses gestes.

« *Aber kaum zu vertrauen* », fait-elle remarquer à la femme. Cela fait des années qu'elle n'a plus utilisé cette langue. Est-ce cela qu'ils parlaient tous deux au lit la nuit dernière : l'allemand, la langue impériale de la nouvelle Europe ? *Kaum zu vertrauen*, pas quelqu'un à qui faire confiance.

La femme hausse à nouveau les épaules. « *Die Zeit ist immer kurz. Man kann nicht alles haben.* » Il y a une pause. La femme se remet à parler. « *Auch die Stimme. Sie macht daß man* – elle cherche le mot – *man schaudert*. »

Schaudern. Frissonner. La voix donne le frisson. Probablement, oui, quand on y est accolé, poitrine contre poitrine. Entre elle et la Russe passe ce qui pourrait être l'ébauche d'un sourire. Quant à l'oiseau, cela fait longtemps qu'elles sont là, l'oiseau ne s'intéresse plus à elles. Seul l'oisillon, de dessous sa mère, se méfie encore des intrus.

Est-elle jalouse? Comment pourrait-elle l'être? Reste qu'il est difficile d'accepter qu'on est exclu du jeu. Comme d'être à nouveau un enfant qui doit aller se coucher à une certaine heure.

La voix. Ses pensées retournent à Kuala Lumpur, quand elle était jeune, ou presque jeune, quand elle passa trois nuits d'affilée avec Emmanuel Egudu, qui était alors jeune, lui aussi. « Le poète oral, lui disait-elle en le taquinant. Montre-moi ce qu'un poète oral sait faire. » Et lui l'allongea, se coucha sur elle, mit ses lèvres à ses oreilles, les ouvrit, y insuffla son souffle, il lui montra.

3

La vie des animaux

UN. Les philosophes et les animaux

Il est en train d'attendre à la porte de sortie quand son vol arrive. Il n'a pas vu sa mère depuis deux ans. Il ne peut s'empêcher de ressentir un choc en voyant combien elle a vieilli. Ses cheveux, qui avaient des mèches grises, sont à présent tout à fait blancs ; ses épaules se sont voûtées ; sa chair est devenue flasque.

On n'a jamais été très démonstratif dans la famille. Une brève étreinte, à peine quelques mots murmurés, et c'en est fait des salutations. Ils suivent en silence le flot des passagers jusqu'au hall des bagages, récupèrent sa valise et entament le trajet d'une heure et demie.

« C'était long ce vol, fait-il observer. Tu dois être épuisée.

– Sur le point de m'endormir », dit-elle ; et en effet, en cours de route, elle s'endort brièvement, laissant aller sa tête contre la vitre.

À six heures, alors que le jour baisse, ils s'arrêtent devant sa maison dans la banlieue de Waltham. Sa femme Norma et les enfants apparaissent sur le perron. Dans un élan d'affection qui doit lui coûter, Norma ouvre grands ses bras et s'écrie : « Elizabeth ! »

Les deux femmes s'embrassent ; c'est ensuite, de manière bien élevée mais avec plus de retenue, le tour des enfants.

Elizabeth Costello, la romancière, séjournera chez eux pendant les trois jours de sa visite à Appleton College. Il ne se réjouit pas particulièrement à cette perspective. Sa femme et sa mère ne s'entendent guère. Il vaudrait mieux qu'elle descende à l'hôtel, mais il ne peut se résoudre à le lui suggérer.

Les hostilités reprennent presque aussitôt. Norma a préparé un souper léger. Sa mère remarque qu'il n'y a que trois couverts de mis. « Les enfants ne mangent pas avec nous ? demande-t-elle.

– Non, dit Norma, ils mangent dans la salle de jeux.

– Pourquoi ? »

La question n'est pas nécessaire, puisqu'elle connaît la réponse. Les enfants mangent séparément parce qu'Elizabeth n'aime pas voir de la viande à table, alors que Norma refuse de changer le régime des enfants pour respecter ce qu'elle appelle « la sensibilité délicate de ta mère ».

« Pourquoi ? » demande une seconde fois Elizabeth.

Norma lui jette un regard exaspéré. Il soupire. « Maman, les enfants mangent du poulet ce soir, c'est la seule raison.

– Oh, dit-elle, je vois. »

Sa mère a été invitée à l'université d'Appleton, où son fils John est professeur associé de physique et d'astronomie, pour y donner la Gates Lecture annuelle et rencontrer les étudiants en littérature. Parce que Costello est le nom de jeune fille de sa mère, et parce qu'il n'a jamais eu de raison de crier sur les toits ses liens de parenté, nul ne savait au moment de l'invitation qu'Elizabeth Costello, l'écrivain australien, avait de la famille dans la communauté universitaire d'Appleton. Il aurait préféré que cet état de choses perdure.

C'est en raison de sa réputation comme romancière que cette dame replète, aux cheveux tout blancs, a été invitée à Appleton pour y parler d'un sujet de son choix ; et elle a répondu en choisissant de parler non pas d'elle-même et de sa fiction, comme ses hôtes l'auraient sûrement souhaité, mais des animaux, son cheval de bataille.

Si John Bernard n'a pas partout claironné son lien de parenté avec Elizabeth Costello, c'est parce qu'il a préféré faire son chemin tout seul dans le monde. Il n'a pas honte de sa mère. Au contraire, il est fier d'elle, en dépit du fait qu'il apparaît dans ses livres, de même que sa sœur et feu son père, sous un jour qu'il trouve parfois pénible. Mais il n'est pas sûr d'avoir vraiment envie de l'entendre une fois de plus s'exprimer au sujet des droits des animaux, en particulier lorsqu'il sait qu'il aura droit par la suite, une fois au lit, aux commentaires désobligeants de sa femme.

Il a rencontré Norma et l'a épousée alors qu'ils étaient tous deux étudiants en maîtrise à Johns Hopkins. Norma a un doctorat en philosophie avec une spécialisation en philosophie de l'esprit. Ayant suivi son mari à Appleton, elle n'a pas réussi à obtenir un poste d'enseignante, ce qui est une cause d'amertume pour elle, et un sujet de conflit entre eux.

Norma et sa mère ne se sont jamais plu. Sans doute sa mère était-elle décidée à n'aimer aucune femme qu'il épouserait. Quant à Norma, elle n'a jamais hésité à lui dire que ses livres étaient surestimés, que ses opinions sur les animaux, sur la conscience animale, et ses relations éthiques avec les animaux étaient sentimentales et de la dernière platitude. Elle est à présent en train d'écrire un article, pour une revue de philosophie, sur les expériences d'apprentissage linguistique menées sur des primates ; il ne serait guère surpris que sa mère y figure dans quelque note en bas de page.

Lui-même n'a aucune opinion, ni dans un sens ni dans un autre. Enfant, il avait brièvement eu des hamsters ; cela mis à part, il ne s'intéresse guère aux animaux, les connaît mal. Leur fils aîné voulait un chiot. Norma et lui ont tous deux résisté : ils n'ont rien contre un chiot, mais craignent qu'un chien adulte, avec les appétits sexuels d'un chien adulte, ne cause que des ennuis.

Sa mère, pense-t-il, a droit à ses convictions. Si elle désire passer son temps, au déclin de sa vie, à faire de la propagande contre la cruauté envers les animaux, c'est son droit. D'ici quelques jours, heureusement, elle sera en partance vers sa prochaine destination, et il sera en mesure de retourner à son travail.

La première matinée à Waltham, sa mère dort tard. Il s'en va donner un cours, revient pour le déjeuner, l'emmène en voiture faire le tour de la ville. La conférence est prévue pour l'après-midi. Elle sera suivie d'un dîner officiel offert par le président, auquel Norma et lui ont été conviés.

La leçon est présentée par Elaine Marx, du département d'anglais. Il ne la connaît pas, mais comprend qu'elle a dû publier sur sa mère. Il remarque que, dans son introduction, elle ne cherche pas à établir de lien entre les romans de sa mère et le sujet de la leçon.

Ensuite c'est au tour d'Elizabeth Costello. Elle lui paraît vieille et fatiguée. Assis au premier rang, aux côtés de sa femme, il essaie de lui insuffler de la force.

« Mesdames et Messieurs, commence-t-elle, deux ans ont passé depuis la dernière fois que j'ai pris la parole aux États-Unis. Dans la leçon que je donnai alors, j'avais mes raisons pour renvoyer au grand fabuliste Franz Kafka et, en particulier, à son histoire "Rapport pour une Académie", dans laquelle un singe éduqué, Peter le Rouge, se tient devant les membres d'une société savante et leur raconte l'histoire de sa vie – de son ascension de l'état de bête à quelque chose d'approchant l'homme. À cette occasion, je me sentais un peu comme Peter le Rouge moi-même et le fis savoir. Aujourd'hui ce sentiment est encore plus fort, pour des raisons qui, je l'espère, vous deviendront plus claires au fil de mon exposé.

« Les leçons commencent souvent par quelques remarques enjouées dont le but est de mettre le public à l'aise. La comparaison que je viens d'ébaucher entre le singe de Kafka et moi-même pourrait être considérée comme l'une de ces remarques enjouées, censées vous mettre à l'aise, censées vous faire savoir que je suis une personne tout ce qu'il y a de plus ordinaire, ni dieu ni bête. Même ceux parmi vous qui ont lu l'histoire de Kafka sur le singe qui s'exprime devant des êtres humains comme une allégorie du Juif Kafka s'exprimant devant les Gentils, ont peut-être néanmoins – comme je ne suis pas juive – eu l'indulgence de prendre cette comparaison pour ce qu'elle est, c'est-à-dire comme une remarque ironique.

« Je tiens à dire d'emblée que ce n'est pas ainsi que

j'entendais cette remarque selon laquelle je me sens comme Peter le Rouge. Je n'y mettais nulle ironie. Ma remarque veut dire ce qu'elle dit. Je dis ce que je pense. Je suis une femme âgée. Je n'ai plus guère le temps de dire des choses que je ne pense pas. »

Sa mère n'a pas un bon débit. Même quand elle lit ses propres histoires, sa lecture manque de vie. Cela l'avait toujours laissé perplexe, étant enfant, qu'une femme qui gagnait sa vie à écrire des livres fût si nulle pour raconter des histoires aux enfants avant qu'ils s'endorment.

À cause de la monotonie de son débit, et parce qu'elle ne lève pas les yeux de ses papiers, il a le sentiment que ce qu'elle dit tombe à plat. Alors que lui, parce qu'il la connaît, sait où elle veut en venir. Il ne se réjouit pas de ce qui va suivre. Il n'a aucune envie d'entendre sa mère parler de la mort. En outre, il a le sentiment très fort que le public – constitué pour l'essentiel de jeunes gens – a encore moins envie de subir une causerie funèbre.

« En m'adressant à vous sur le sujet des animaux, continue-t-elle, je vous ferai grâce de la litanie d'horreurs qui a trait à leur vie et à leur mort. Bien que je n'aie aucune raison de croire que vous avez bien en tête ce qu'on fait subir aux animaux en ce moment même dans les unités de production (j'hésite à les appeler encore des fermes), dans les abattoirs, dans les chalutiers, dans les laboratoires, partout dans le monde, je suppose que vous me permettrez une licence rhétorique pour évoquer ces horreurs et vous les faire comprendre en m'exprimant avec la véhémence qui s'impose, et que je pourrai m'en tenir à cela, en vous rappelant seulement que les horreurs que j'omets ici n'en sont pas moins au cœur de mon propos.

« Entre 1942 et 1945 plusieurs millions de personnes ont été exterminées dans les camps de concentration du Troisième Reich : rien qu'à Treblinka plus d'un million et demi, et peut-être même trois millions. Ce sont là des chiffres qui glacent l'esprit. Nous n'avons qu'une seule mort qui soit nôtre ; nous ne pouvons comprendre les morts des autres qu'une à la fois. Dans l'abstrait, nous sommes capables de compter jusqu'à un million, mais nous ne pouvons pas compter jusqu'à un million de morts.

« Les gens qui vivaient dans les campagnes aux alentours de Treblinka – des Polonais, pour la plupart – dirent qu'ils ne savaient pas ce qui se passait dans les camps ; dirent qu'alors qu'ils auraient pu, en gros, deviner ce qui se passait, ils ne le savaient pas avec certitude ; ils dirent qu'alors qu'ils auraient pu dans un sens savoir, dans un autre sens, ils ne savaient pas, ne pouvaient pas se permettre de savoir, pour leur propre salut.

« Les gens autour de Treblinka n'étaient pas exceptionnels. Il y avait des camps un peu partout dans le Reich, près de six mille rien qu'en Pologne, des milliers, tenus secrets, en Allemagne même. Peu d'Allemands vivaient à plus de quelques kilomètres de l'un ou l'autre type de camp. Tous les camps n'étaient pas des camps de la mort, des camps voués à la production de la mort, mais il se produisait des horreurs dans chacun d'eux, bien plus d'horreurs que ce qu'on pouvait se permettre de savoir, pour son propre salut.

« Ce n'est pas parce qu'ils ont livré une guerre expansionniste, et qu'ils l'ont perdue, que les Allemands d'une certaine génération sont considérés aujourd'hui encore comme s'ils étaient situés un peu en dehors de l'humanité, comme s'ils devaient faire quelque chose de particulier pour se montrer dignes d'être réadmis au sein de la communauté humaine. Ils ont perdu leur humanité, à nos yeux, à cause d'une certaine ignorance volontaire de leur part. Dans les circonstances particulières de la guerre menée par Hitler, l'ignorance a peut-être été un mécanisme de survie utile, mais cela est une excuse qu'avec une admirable rigueur morale nous refusons d'accepter. En Allemagne, disons-nous, une certaine ligne a été franchie, transgression qui devait mener un peuple par-delà la banale cruauté meurtrière de la guerre vers un état que nous pouvons seulement qualifier de péché. La signature de la capitulation et le paiement des réparations n'ont pas mis fin à cet état de péché. Au contraire, disions-nous, une maladie de l'âme a continué à marquer cette génération. Elle a marqué tous ces citoyens du Troisième Reich qui avaient commis des atrocités, mais également ceux qui, pour quelque raison que ce soit, étaient dans l'ignorance de ces actions. Elle a donc, en pratique, marqué tout citoyen du Reich. Seuls les détenus des camps étaient innocents.

« "Ils y allaient comme des moutons à l'abattoir." "Ils mouraient comme des bêtes." "Les bouchers allemands les ont tués." Le langage usité pour dénoncer les camps est en totale résonance avec le langage du parc à bestiaux et de l'abattoir et il n'est guère nécessaire de préparer le terrain pour la comparaison que je suis sur le point de faire. Le crime du Troisième Reich, dit la voix de l'accusation, fut de traiter les gens comme des animaux.

« Nous appartenons – même en Australie – à une civilisation profondément enracinée dans la pensée religieuse grecque et judéo-chrétienne. Nous pouvons très bien ne pas tous croire à la pollution, nous pouvons ne pas croire au péché, mais nous croyons fermement à leurs corrélats psychiques. Nous acceptons sans discuter qu'une âme entachée d'un savoir coupable ne saurait être bonne. Nous n'acceptons pas que des gens qui ont des crimes sur la conscience soient sains et heureux. Nous regardons (ou regardions) de travers les Allemands d'une certaine génération parce qu'ils sont d'une certaine façon pollués ; nous voyons dans les signes mêmes de leur normalité (leur solide appétit, leurs bons gros rires) la preuve d'une pollution profondément ancrée en eux.

« Il était et il est toujours inconcevable que des gens qui ne savaient (dans ce sens bien particulier) rien des camps puissent être pleinement humains. Selon les termes de notre métaphore, c'étaient eux et non pas leurs victimes qui étaient les bêtes. En traitant leurs semblables, créés à l'image de Dieu, comme des bêtes, ils étaient devenus eux-mêmes des bêtes.

« On m'a fait faire le tour de Waltham, ce matin. Cela semble une petite ville tout à fait plaisante. Je n'ai pas vu d'horreurs, ni de laboratoires pharmaceutiques, pas de lieux d'élevage industriel, ni d'abattoirs. Pourtant je suis sûre qu'il y en a. Il doit y en avoir. Simplement, ils n'affichent pas leur présence. Ils sont tout autour de nous, à l'instant où je vous parle, seulement, dans un certain sens, nous n'en savons rien.

« Laissez-moi vous le dire ouvertement : nous sommes au centre d'une entreprise de dégradation, de cruauté et de massacre qui égale tout ce dont le Troisième Reich fut capable, et même le dépasse en ce que notre entreprise ne connaît pas de fin, qu'elle se régénère elle-même, mettant au monde sans relâche des lapins, des rats, des volailles, du bétail dans le seul but de les tuer.

« Et couper les cheveux en quatre, en affirmant qu'il n'est pas de comparaison possible, que Treblinka était une entreprise pour ainsi dire métaphysique vouée à la mort et à l'annihilation alors que l'industrie de la viande est en fin de compte vouée à la vie (après tout, une fois que ses victimes sont mortes, elle ne les incinère pas ni ne les enterre, mais au contraire elle les découpe, les frigorifie et les emballe afin que nous puissions les consommer confortablement dans nos salles à manger, voilà qui est d'aussi piètre consolation à ces victimes qu'il l'aurait été – excusez le manque de goût de ce qui suit – de demander aux morts de Treblinka d'excuser leurs assassins parce qu'on avait besoin de la graisse de leurs corps pour fabriquer du savon et de leurs cheveux pour rembourrer des matelas.

« Excusez-moi de me répéter. C'est la dernière fois que je marquerai un point à peu de frais. Je sais combien ce genre de propos polarise les gens, et marquer des points faciles ne fait qu'empirer les choses. Je veux trouver une façon de parler à mes semblables avec calme plutôt qu'en m'échauffant, sur un mode philosophique plutôt que polémique, et en apportant quelque lumière plutôt qu'en cherchant à nous diviser entre justes et pécheurs, entre élus et damnés, entre, d'un côté, les brebis, de l'autre, les boucs.

« Un tel langage est à ma disposition, je le sais. C'est le langage d'Aristote et de Porphyre, d'Augustin et de Thomas d'Aquin, de Descartes et de Bentham, ou, de nos jours, de Mary Midgley et Tom Regan. C'est un langage philosophique dans lequel on peut discuter et débattre de la nature de l'âme des animaux, dans lequel on peut se demander s'ils raisonnent ou si au contraire ils agissent à la façon d'automates biologiques, s'ils ont des droits à notre égard ou si nous avons seulement des devoirs envers eux. Ce langage est à ma disposition et, en effet, j'y aurai recours par moments. Mais le fait est que si vous aviez voulu quelqu'un qui vienne distinguer entre âmes mortelles et immortelles, ou entre droits et devoirs, vous auriez fait appel à un philosophe, non pas à une personne dont le seul mérite est d'avoir écrit des histoires sur des personnages de son invention.

« Je pourrais me rabattre sur ce langage, comme je l'ai dit, d'une manière peu originale, empruntée, qui est ce que je puis faire de mieux dans ce registre. Je pourrais vous raconter, par exemple, ce que je pense de l'argument de saint Thomas selon lequel, du fait que l'homme seul est fait à l'image de Dieu et participe à l'essence de Dieu, il importe peu comment nous traitons les animaux, sauf que la cruauté envers les animaux peut nous accoutumer à être cruels envers les hommes. Je pourrais demander ce que saint Thomas considère comme étant l'essence de Dieu, à quoi il répondrait que l'essence de Dieu est la raison. De même chez Platon, de même chez Descartes, chacun à leur façon. L'univers est bâti sur la raison. Dieu est un Dieu de raison. Le fait que, en usant simplement de notre raison, nous puissions comprendre les règles qui gouvernent cet univers prouve que la raison et l'univers sont d'une même essence. Et le fait que les animaux, à qui manque la raison, ne peuvent pas comprendre l'univers mais doivent simplement suivre aveuglément ses règles prouve qu'à la différence de l'homme, ils en font partie mais ne font pas partie de son essence: que l'homme est comme un dieu, l'animal comme une chose.

«Même Emmanuel Kant, dont j'aurais attendu mieux, fait montre sur ce point d'une remarquable défaillance. Même Kant ne poursuit pas, à l'égard des animaux, les implications de son intuition que la raison pourrait ne pas être l'essence de l'univers mais au contraire l'essence du seul cerveau humain.

«Et c'est là, voyez-vous, mon dilemme cet après-midi. La raison et sept décennies d'expérience de la vie me disent que la raison n'est ni l'essence de l'univers ni l'essence de Dieu. Au contraire, la raison à mes yeux ressemble de façon suspecte à l'essence de la pensée humaine; pis que cela, à l'essence d'une simple tendance dans la pensée humaine. La raison est l'essence d'une certaine gamme de cette activité humaine de penser. Et s'il en est ainsi, comme je le crois, pourquoi devrais-je, cet après-midi, m'incliner devant la raison et me contenter de broder sur le discours des anciens philosophes?

«Je pose la question et j'y réponds pour vous. Ou plus exactement, je permets à Peter le Rouge, le Peter le Rouge de Kafka, de vous apporter la réponse. Maintenant que je suis ici, dit Peter le Rouge, en smoking et nœud papillon et dans mon pantalon noir au fond troué pour laisser passer ma queue (je la tiens détournée de vous, vous ne la voyez pas), maintenant que je suis ici, que suis-je censé faire ? Ai-je en fait le choix ? Si je ne soumets pas mon discours à la raison, quoi que cela puisse être, que me reste-t-il d'autre à faire que de bafouiller, de m'exalter, de renverser mon verre et en gros de faire le singe ?

« Vous devez connaître le cas de Srinivasa Ramanujan, né en Inde en 1887, capturé et transporté à Cambridge, en Angleterre, où, incapable de se faire au climat, au régime alimentaire et à la vie universitaire, il tomba malade, et finit par mourir à l'âge de trente-trois ans.

« Ramanujan est communément considéré comme le plus grand mathématicien intuitif de notre temps, c'est-à-dire comme un autodidacte qui pensait mathématiquement, quelqu'un à qui la notion plutôt laborieuse de preuve mathématique ou de démonstration était étrangère. Bien des résultats de Ramanujan (ou de ses spéculations, comme disaient ses détracteurs) demeurent à ce jour indémontrés, quoiqu'il y ait de fortes chances qu'ils soient exacts.

« Quel enseignement devons-nous tirer du cas Ramanujan ? Ramanujan était-il plus proche de Dieu parce que son esprit (appelons cela son esprit ; cela me semblerait une insulte gratuite de simplement l'appeler son cerveau) était, plus que celui d'aucun autre que nous connaissons, à l'unisson avec l'essence de la raison ? Si les bonnes gens de Cambridge, et principalement le professeur G.H. Hardy, n'avaient pas obtenu les spéculations de Ramanujan et n'avaient pas laborieusement prouvé la véracité de celles dont ils étaient capables de prouver la véracité, Ramanujan aurait-il quand même été plus proche de Dieu qu'ils ne l'étaient eux-mêmes ? Et si, au lieu d'aller à Cambridge, Ramanujan était simplement resté chez lui à mener ses réflexions tout en classant des documents pour les autorités portuaires de Madras ?

« Et qu'en est-il de Peter le Rouge (je veux dire, le Peter le Rouge historique) ? Comment savoir si Peter le Rouge, ou la petite sœur de Peter le Rouge, abattue en Afrique par des chasseurs ne pensait pas les mêmes pensées que Ramanujan en Inde, et si, comme Ramanujan, il ne les gardait pas pour lui ? La différence entre un G.H. Hardy, d'une part, et un Ramanujan muet et une Sally la Rouge muette, de l'autre, n'est-elle pas que le premier est au fait des protocoles mathématiques qui ont cours à l'université, alors que ces derniers ne le sont pas ? Est-ce ainsi que nous mesurons la proximité ou la distance à l'égard de Dieu, de l'essence de la raison ?

« Comment se fait-il que l'humanité produise de génération en génération un contingent de penseurs à peine plus distants de Dieu que Ramanujan, mais néanmoins capables, au terme du parcours obligé de douze années de scolarité et de six ans d'études universitaires, de contribuer au décodage du grand livre de la nature par le biais des disciplines telles que la physique et les mathématiques ? Si l'essence de l'homme est réellement à l'unisson avec l'essence de Dieu, ne devrait-il pas nous paraître suspect qu'il faille aux êtres humains dix-huit ans, une partie considérable de l'existence humaine, pour devenir des déchiffreurs du Grand Dessein de Dieu, plutôt que, par exemple, cinq minutes ou cinq cents ans ? Ne serait-ce pas que le phénomène que nous examinons ici constitue, plutôt que l'épanouissement d'une faculté qui donne accès aux secrets de l'univers, la spécialité d'une tradition intellectuelle plutôt étroite qui se régénère elle-même et dont le fort est la faculté de raisonner, tout comme le fort des joueurs d'échecs est de jouer aux échecs, faculté que cette tradition s'évertue d'installer au centre de l'univers pour des motifs qui lui sont propres ?

« Cependant, alors que je vois bien que le meilleur moyen de convaincre cette savante assemblée serait pour moi de rejoindre, comme un affluent venant nourrir un grand fleuve, le grand discours occidental qui célèbre l'homme opposé à la bête, la raison opposée à la déraison, quelque chose en moi résiste et je pressens qu'en prenant ce parti je risque fort de perdre la bataille.

« Car, vue du dehors, du point de vue d'un être complètement étranger à tout cela, la raison n'est rien qu'une vaste tautologie. Évidemment la raison validera la raison comme le premier principe de l'univers – que ferait-elle d'autre ? Va-t-elle se détrôner elle-même ? Les systèmes rationnels, comme systèmes de totalité, n'ont pas ce pouvoir. S'il existait une position à partir de laquelle la raison pouvait se subvertir et se détrôner elle-même, elle aurait déjà occupé cette position ; sinon elle ne serait pas totale.

« Jadis, la voix de l'homme, élevée dans la raison, trouvait face à elle le rugissement du lion, le mugissement du taureau. L'homme est parti en guerre contre le lion et le taureau et, au bout de plusieurs générations, a gagné cette guerre de façon définitive. Aujourd'hui ces créatures n'ont plus de pouvoir. Les animaux n'ont plus que leur silence à nous opposer. Génération après génération, héroïquement, nos captifs ont refusé de nous parler. Tous sauf Peter le Rouge, tous sauf les grands singes.

«Cependant, parce que les grands singes, ou certains d'entre eux, nous paraissent être sur le point de renoncer à leur silence, nous entendons s'élever des voix humaines argumentant que les grands singes devraient être incorporés au sein d'une famille plus large des Hominidés, en tant que créatures qui partagent avec l'homme la faculté de la raison. Et puisque ce sont des humains, ou des humanoïdes, poursuivent ces mêmes voix, on devrait accorder aux grands singes des droits de l'homme, ou des droits d'humanoïde. Quels droits en particulier? Au moins ces droits-là que nous accordons aux spécimens mentalement déficients de l'espèce *Homo sapiens*: le droit à la vie, le droit de ne pas être soumis à la souffrance et au mal, le droit d'être traité de façon égale devant la loi.

«Ceci n'est pas ce que Peter le Rouge s'efforçait d'obtenir lorsqu'il écrivit, par l'intermédiaire de son secrétaire Franz Kafka, l'histoire de sa vie qu'il proposa en novembre 1917 de lire à l'Académie des sciences. Quelle que soit l'interprétation qu'on en donne, son rapport pour l'académie ne constituait sûrement pas un plaidoyer pour être traité comme une personne mentalement déficiente, un simple d'esprit.

«Peter le Rouge ne menait pas une enquête sur le comportement des primates, c'était un animal marqué au fer rouge et blessé qui se présentait lui-même à un parterre de savants comme un témoignage parlant. Je ne suis pas un philosophe de l'esprit mais un animal qui montre sans vraiment la montrer, à un parterre de savants, une blessure que je recouvre de mes vêtements, mais que j'effleure à chaque mot que je prononce.

« Si Peter le Rouge prit sur lui d'entreprendre la descente ardue du silence des bêtes jusqu'au bredouillement de la raison dans l'état d'esprit du bouc émissaire, de l'élu, alors son secrétaire était bouc émissaire de naissance, avec un pressentiment, un *Vorgefühl*, du massacre du peuple élu qui devait avoir lieu si peu de temps après sa mort. Ainsi, permettez-moi, pour prouver ma bonne volonté, pour trouver créance à vos yeux, de faire un geste en direction du savoir érudit et de vous faire part de mes spéculations savantes, étayées par force notes de bas de page » ici, dans un geste qu'on n'attendrait guère de sa part, sa mère saisit le texte de sa leçon qu'elle brandit dans le vide devant elle « sur les origines de Peter le Rouge.

« En 1912, l'Académie des sciences de Prusse établit sur l'île de Tenerife un centre d'études et d'expérimentation sur les capacités mentales des singes, en particulier des chimpanzés. Ce centre fonctionna jusqu'en 1920.

« L'un des scientifiques qui y travailla fut le psychologue Wolfgang Köhler. En 1917, Köhler publia une monographie décrivant ses expériences intitulée *La Mentalité des singes*. En novembre de la même année, Franz Kafka publia son “Rapport pour une Académie”. Kafka avait-il lu le livre de Köhler ? Je n'en sais rien. Il n'y fait aucune référence dans ses lettres ou dans son journal, et sa bibliothèque disparut pendant la période nazie. Quelque deux mille de ses livres refirent surface en 1982. Le livre de Köhler ne s'y trouve pas, mais cela ne prouve rien.

«Je ne suis pas une spécialiste de Kafka. En fait, je ne suis spécialiste de rien ni de personne. Ma réputation ne repose pas sur le fait d'avoir ou non raison quand j'affirme que Kafka a lu le livre de Köhler. Mais j'aime à penser qu'il le lut, et la chronologie rend au moins plausible cette spéculation de ma part.

«À en croire sa propre version des faits, Peter le Rouge fut capturé sur le continent africain par des chasseurs spécialisés dans le commerce des singes, et transporté par voie de mer jusqu'à l'institut scientifique. Il en fut de même pour les singes avec lesquels Köhler travailla. Peter le Rouge aussi bien que les singes de Köhler subirent ensuite une période d'entraînement censée les humaniser. Peter le Rouge passa brillamment ce test; toutefois il paya le prix de ce succès, le prix fort. L'histoire de Kafka traite de ce que cela lui coûta: nous apprenons de quoi il en retourne à travers les ironies et les silences de son histoire. Les singes de Köhler réussirent moins bien. Néanmoins, ils finirent par acquérir un semblant d'éducation.

«Permettez-moi de vous raconter ce que les singes de Tenerife apprirent de leur maître Wolfgang Köhler, en particulier Sultan, le meilleur de ses élèves, dans un certain sens le prototype de Peter le Rouge.

«Sultan est seul dans sa cage. Il a faim: la nourriture qui arrivait d'habitude a soudain inexplicablement cessé de venir.

«L'homme qui d'habitude lui donnait à manger et qui a maintenant arrêté de le faire tend un fil au-dessus de la cage, à trois mètres au-dessus du sol, et y suspend un régime de bananes. Il traîne dans la cage trois caisses de bois. Ensuite il disparaît, fermant la porte derrière lui, même s'il est toujours dans les parages, puisqu'on sent son odeur.

« Sultan sait ce qu'il est censé faire : maintenant on est censé penser. Voilà ce dont il s'agit avec ces bananes placées là-haut. Les bananes sont là pour nous mener à penser, pour nous inciter à aller au bout de l'acte de penser. Mais que doit-on penser ? On pense : Pourquoi m'affame-t-il ? On pense : Qu'ai-je fait ? Pourquoi ne m'aime-t-il plus ? On pense : Pourquoi ne veut-il plus de ces caisses ? Mais aucune de ces pensées n'est la bonne. Même avec une pensée plus compliquée – par exemple : Qu'est-ce qu'il a donc ? Quelle idée fausse se fait-il de moi pour croire qu'il m'est plus facile d'atteindre une banane accrochée à un fil de fer plutôt que de ramasser une banane par terre ? – il fait encore fausse route. La pensée juste est : Comment utiliser ces caisses pour atteindre les bananes.

« Sultan traîne les caisses au-dessous des bananes, les empile les unes sur les autres, escalade l'échafaudage qu'il vient de bâtir et s'empare des bananes. Il pense : Maintenant va-t-il cesser de me punir ?

« La réponse est : Non. Le lendemain l'homme suspend un régime frais de bananes au fil de fer, mais il remplit aussi les caisses de pierres, si bien qu'elles sont trop lourdes pour qu'on les traîne. On n'est pas censé penser : Pourquoi a-t-il rempli les caisses de pierres ? On est censé penser : Comment va-t-on utiliser les caisses pour se saisir des bananes en dépit du fait qu'elles sont remplies de pierres ?

« On commence à voir comment fonctionne l'esprit de l'homme.

« Sultan vide les caisses de leurs pierres, bâtit un échafaudage à l'aide des caisses, escalade l'échafaudage, s'empare des bananes.

« Aussi longtemps que Sultan continue de penser faux, on l'affame. On l'affame jusqu'à ce que les tiraillements d'estomac deviennent si intenses, si incoercibles qu'il est forcé de penser juste, à savoir, comment faire pour s'emparer des bananes. Et c'est ainsi que les capacités mentales du chimpanzé sont testées jusqu'à leur extrême limite.

« L'homme laisse tomber un régime de bananes à un mètre de la cage toujours équipée du fil de fer. À l'intérieur de la cage, il jette un bâton. La pensée fausse est : Pourquoi a-t-il arrêté de suspendre les bananes au fil ? La pensée fausse (la pensée fausse correcte, toutefois) est : Comment utilise-t-on les trois caisses pour atteindre les bananes ? La pensée juste est : Comment utilise-t-on le bâton pour atteindre les bananes ?

« À chaque étape, Sultan est poussé à penser la pensée la moins intéressante. Il est impitoyablement écarté de la pureté de la spéculation (Pourquoi les hommes se comportent-ils de la sorte ?) et poussé vers une forme de raison plus basse, pratique et instrumentale (Comment utilise-t-on ceci pour obtenir cela ?), et donc vers une acceptation de soi comme un organisme primordialement doté d'un appétit qui doit être satisfait. Bien que toute son histoire, depuis le moment où sa mère fut tuée et qu'il fut capturé, en passant par son voyage dans une cage, jusqu'à son emprisonnement dans ce camp de prisonniers sur cette île et aux jeux sadiques auxquels on se livre ici à propos de la nourriture, le mène à se poser des questions sur la justice de l'univers et sur la place qu'y occupe cette colonie pénitentiaire, un régime psychologique soigneusement élaboré le détourne de l'éthique et de la métaphysique vers les plus humbles niveaux de la raison pratique. Et, tandis qu'il progresse tant bien que mal dans ce dédale de contraintes, de manipulations et de mensonges, il doit se rendre compte qu'il ne saurait en aucun cas abandonner la partie, car sur ses épaules repose la responsabilité de représenter la gent simienne. Il se peut que le sort de ses frères et sœurs soit déterminé par la qualité de sa performance.

«Wolfgang Köhler était probablement un brave homme. Un brave homme, mais non pas un poète. Un poète aurait tiré quelque chose de l'instant où les chimpanzés tournent en rond dans leur enclos, exactement comme une fanfare militaire, certains aussi nus que le jour où ils sont nés, certains drapés de toiles ou de vieux lambeaux de tissu qu'ils ont ramassés ici ou là, certains portant des morceaux de détritus.

«(Dans l'exemplaire du livre de Köhler que j'ai lu et que j'ai emprunté à une bibliothèque, un lecteur outré a écrit ici en marge de la page: "Anthropomorphisme!" Les animaux ne peuvent pas marcher au pas, veut-il dire, ils ne peuvent pas s'habiller, parce qu'ils ne connaissent pas la signification de *marcher au pas* ou la signification de *s'habiller*.)

«Rien dans leurs vies antérieures n'a habitué les singes à se regarder du dehors, comme à travers les yeux d'un être qui n'existe pas. Aussi, les rubans et les fripes, comme Köhler l'a bien vu, ne sont-ils pas là pour l'effet visuel, parce qu'ils ont *l'air* élégant, mais pour l'effet cinétique, parce qu'ils vous font *sentir* différents – n'importe quoi pour échapper à l'ennui. Voilà jusqu'où Köhler, avec toute sa sympathie et sa perspicacité, est capable d'aller ; voilà où un poète, en ressentant l'expérience du singe, aurait peut-être commencé.

« Dans son for intérieur, Sultan ne s'intéresse pas au problème des bananes. Seule la discipline excessive et tenace imposée par l'expérimentateur le force à se concentrer là-dessus. La question qui le préoccupe vraiment, comme elle préoccupe le rat et le chat et tout autre animal pris au piège dans l'enfer du laboratoire ou du zoo, est : D'où est-ce que je viens et comment est-ce que j'y retourne ?

« Mesurez à rebours toute la distance entre le singe de Kafka, avec son nœud papillon, son smoking et son paquet de notes, et ce triste cortège de captifs se traînant dans l'enclos de Tenerife. Peter le Rouge en a fait du chemin ! Pourtant nous sommes en droit de nous demander : En échange du prodigieux surdéveloppement de l'intellect auquel il est arrivé, en échange de sa maîtrise de l'étiquette des salles de conférences et de la rhétorique de l'amphithéâtre universitaire, qu'a-t-il été obligé d'abandonner ? La réponse est : Bien des choses, y compris la progéniture, la succession. Si Peter le Rouge avait le moindre bon sens, il n'aurait pas d'enfants. Car avec la femelle désespérée et à demi-folle avec laquelle ses ravisseurs, dans l'histoire de Kafka, cherchent à l'accoupler, il n'engendrerait jamais qu'un monstre. Il est aussi difficile d'imaginer l'enfant de Peter le Rouge que d'imaginer l'enfant de Kafka lui-même. Les hybrides sont stériles, ou devraient l'être; et aux yeux de Kafka, lui-même et Peter le Rouge étaient tous deux des hybrides, de monstrueuses machines à penser inexplicablement montées sur des corps d'animaux en proie à la souffrance. Le regard fixe que nous rencontrons sur toutes les photos de Kafka qui nous sont parvenues est un regard de pure surprise: de surprise, d'étonnement, d'inquiétude. De tous les hommes, Kafka est le moins à l'aise dans son humanité. Est-ce *là*, semble-t-il dire: est-ce *là* l'image de Dieu?»

«Elle radote, dit Norma à ses côtés.

– Quoi?

– Elle radote. Elle a perdu le fil.»

«Il y a un philosophe nommé Thomas Nagel, poursuit Elizabeth Costello, qui pose une question maintenant devenue relativement célèbre dans le milieu des philosophes professionnels: À quoi cela ressemble-t-il d'être une chauve-souris?

«Il ne saurait suffire d'imaginer simplement comment c'est de vivre comme une chauve-souris, dit M. Nagel – d'imaginer que nous passons nos nuits à voler de-ci, de-là en gobant des insectes, tout en naviguant à l'oreille plutôt qu'à la vue, et que nous passons nos journées suspendus la tête en bas, car tout ce que cela nous apprend c'est à quoi cela ressemblerait de nous *comporter* comme une chauve-souris. Alors que ce que nous désirons réellement savoir c'est ce que c'est d'*être* une chauve-souris, comment une chauve-souris est une chauve-souris; et cela, nous ne pourrons jamais le savoir parce que nos esprits sont inadéquats à la tâche – nos esprits ne sont pas des esprits de chauves-souris.

« Nagel me paraît un homme intelligent, pas antipathique. Il a le sens de l'humour. Mais son refus d'admettre que nous puissions jamais savoir ce que c'est qu'être autre chose qu'un des nôtres me paraît tragiquement restrictif, restrictif et restreint. Pour Nagel, une chauve-souris est une "créature fondamentalement *étrangère*", non pas aussi étrangère qu'un Martien mais sûrement plus étrangère qu'un autre être humain (en particulier, j'imagine, si cet être humain est un autre philosophe opérant à l'université).

« Ainsi nous avons établi un continuum qui mène du Martien, à un bout de la chaîne, à la chauve-souris, au chien, au singe (pas Peter le Rouge, cependant) et jusqu'à l'être humain (pas Franz Kafka, cependant), à l'autre bout ; et, à chaque étape, en nous déplaçant le long de ce continuum qui va de la chauve-souris à l'homme, dit Nagel, la réponse à la question : "À quoi cela ressemble-t-il pour X d'être X ?" devient plus facile à fournir.

« Je sais bien que Nagel ne fait référence aux chauves-souris et aux Martiens qu'afin de poser des questions qui l'intéressent, lui, sur la nature de la conscience. Mais, comme tous les écrivains, j'ai une tournure d'esprit littérale, et donc je voudrais m'arrêter à la chauve-souris. Lorsque Kafka écrit au sujet d'un singe, je suppose qu'il entend avant tout parler du singe ; lorsque Nagel écrit au sujet d'une chauve-souris, je suppose qu'avant tout, il entend parler d'une chauve-souris. »

Norma, assise à côté de lui, lâche un soupir d'exaspération qu'il est seul à entendre. Il est vrai aussi que lui seul était censé l'entendre.

« À certains moments, par exemple, poursuit sa mère, je sais ce que c'est qu'être un cadavre. Ce savoir me répugne. Il m'emplit de terreur ; je m'en détourne et refuse de le prendre en considération.

« Chacun de nous connaît de tels moments, en particulier lorsqu'on prend de l'âge. Le savoir qu'on en a n'est pas abstrait – "Tout être humain est mortel. Je suis un être humain, donc je suis mortel" –, mais incarné. Pour un bref moment nous *sommes* ce savoir. Nous vivons l'impossible : nous vivons par-delà notre mort et y jetons un regard rétrospectif, et cependant nous regardons en arrière comme seul un mort peut le faire.

« Quand je sais, par ce savoir, que je vais mourir, qu'est-ce donc, dans les termes de Nagel, que je sais ? Est-ce que je sais ce que c'est pour moi d'être comme un cadavre ou est-ce que je sais ce que c'est pour un cadavre d'être un cadavre ? La distinction me semble insignifiante. Ce que je sais est ce qu'un cadavre ne saurait savoir : qu'il s'est éteint, qu'il ne sait plus rien et qu'il ne saura plus jamais rien. Pour un instant, avant que ne s'effondre sous le coup de la panique la structure complète de mon savoir, je suis vivante au sein de cette contradiction, à la fois vivante et morte. »

Un léger grognement de Norma. Il cherche sa main, la serre dans la sienne.

« Voilà le genre de pensée dont nous sommes capables, nous autres humains, et même de bien plus, si nous nous forçons quelque peu ou si d'autres nous forcent. Mais nous résistons à ces pressions, et nous faisons rarement pression sur nous-mêmes ; nous ne pénétrons la mort par la pensée que lorsque nous y sommes amenés par la force des choses. Maintenant je vous demande : si nous sommes capables de penser notre propre mort, pourquoi ne serions-nous pas capables de pénétrer par la pensée la vie d'une chauve-souris ?

« À quoi cela ressemble-t-il d'être une chauve-souris ? Nagel suggère qu'avant de pouvoir répondre à une telle question, nous devons pouvoir ressentir la vie d'une chauve-souris à travers les modalités sensorielles d'une chauve-souris. Mais il a tort ; ou du moins il nous engage sur une fausse piste. Être une chauve-souris vivante consiste à être empli d'être ; être pleinement une chauve-souris c'est comme être pleinement humain, ce qui consiste à son tour à être empli d'être. Être chauve-souris, dans le premier cas, être humain dans le second, peut-être ; mais ce sont là des considérations secondaires. Être empli d'être, cela consiste à vivre comme un corps-âme. Un autre nom pour désigner cette expérience du plein-être est la *joie*.

« Être vivant c'est être une âme vivante. Un animal – et nous sommes tous des animaux – est une âme incarnée. C'est précisément ce que Descartes a vu et que, pour des raisons qui lui appartiennent, il a choisi de nier. Un animal vit, disait Descartes, de même qu'une machine vit. Un animal n'est rien que le mécanisme qui le constitue ; s'il a une âme, c'est de la même façon qu'une machine a une pile, pour lui fournir l'étincelle qui la met en marche ; mais l'animal n'est pas une âme incarnée, et la qualité de son être n'est pas la joie.

« Et puis il y a également le fameux *Cogito ergo sum*. C'est une formule qui m'a toujours mise mal à l'aise.

Elle implique qu'un être vivant qui ne fait pas ce que nous appelons penser est d'une façon ou d'une autre un être inférieur. À la pensée, à la cogitation, j'oppose la plénitude, le fait de s'incarner pleinement, la sensation d'être – non pas une conscience de soi comme une sorte de fantomatique machine à raisonner qui génère des pensées, mais au contraire la sensation – une sensation fortement affective – d'être un corps avec des membres qui se prolongent dans l'espace, bref d'être vivant au monde. Cette plénitude contraste fortement avec la proposition clé de Descartes, qui sonne un petit peu creux : comme le bruit d'un petit pois qui danse dans sa cosse desséchée.

« La plénitude de l'être est un état difficile à atteindre en réclusion. La réclusion dans une prison est la forme de punition que l'Occident préfère et qu'il s'efforce d'imposer au reste du monde en condamnant d'autres formes de punition (la bastonnade, la torture, la mutilation, l'exécution), aussi cruelles et peu naturelles. Qu'est-ce que cela nous dit sur nous-mêmes ? Pour moi cela suggère que la liberté du corps de se mouvoir dans l'espace est visée comme ce point où la raison peut de la façon la plus douloureuse et la plus effective nuire à l'être d'un autre. Et, en effet, c'est chez les créatures les moins à même d'endurer la réclusion – des créatures qui se conforment le moins à l'image cartésienne de l'âme comme un petit pois emprisonné dans sa cosse, et pour qui toute forme d'emprisonnement supplémentaire est hors de propos – que nous voyons les effets les plus dévastateurs : dans les zoos, les laboratoires, les institutions où le débordement de joie que procure le fait de vivre non pas *dans* ou *comme* un corps mais simplement d'être un être incarné n'a pas sa place.

« La question à poser ne devrait pas être : Avons-nous quelque chose en commun – la raison, la conscience de soi, une âme – avec d'autres animaux ? (Avec le corollaire que, dans la négative, nous avons le droit de les traiter comme bon nous semble, les emprisonnant, les massacrant, déshonorant leurs corps.) J'en reviens aux camps de la mort. L'horreur particulière des camps, l'horreur qui nous convainc que ce qui s'est passé là fut un crime contre l'humanité, n'est pas qu'en dépit de l'humanité qu'ils avaient en commun avec leurs victimes, les exécuteurs les traitaient comme de la vermine. Cela est trop abstrait. L'horreur est que les exécuteurs refusèrent de se penser à la place de leurs victimes, comme tout le monde le refusa aussi. Ils dirent : "Ce sont *eux* dans ces wagons à bestiaux qui passent." Ils ne dirent pas : "Comment serait-ce si c'était moi dans ce wagon à bestiaux ?" Ils dirent : "Ce doit être les morts qu'on brûle aujourd'hui, qui empestent l'air et retombent en cendres sur mes choux." Ils ne dirent pas : "Comment serait-ce si c'était moi qui brûlais ?" Ils ne dirent pas : "Je brûle, je retombe en cendres."

« En d'autres mots, ils fermèrent leurs cœurs. Le cœur est le siège d'une faculté, la sympathie, qui nous permet de partager par moments l'être d'un autre. La *sympathie* a tout à voir avec le sujet et très peu à voir avec l'objet, "l'autre", tel qu'on le voit d'emblée lorsqu'on se représente l'objet non pas comme une chauve-souris ("Puis-je partager l'être d'une chauve-souris ?"), mais comme un autre être humain. Il y a des gens qui sont capables de s'imaginer comme quelqu'un d'autre, il y en a d'autres qui n'ont pas cette capacité (lorsque ce manque est extrême, on parle de psychopathes), enfin il y a des gens qui ont cette capacité mais qui font le choix de ne pas l'exercer.

« Malgré Thomas Nagel, qui est sans doute un brave homme, malgré Thomas d'Aquin et René Descartes, avec lesquels j'ai plus de mal à sympathiser, il n'y a pas de limite à notre capacité à nous projeter à l'intérieur de l'être d'un autre. Il n'est pas de bornes à l'imagination sympathique. Si vous en voulez une preuve, considérez ce qui suit. Il y a quelques années j'ai écrit un livre intitulé *La Maison de la rue Eccles*. Pour écrire ce livre, il a fallu que je me projette à l'intérieur de l'existence de Marion Bloom. Ou bien j'ai réussi ou bien non. Si je n'ai pas réussi, j'ai du mal à imaginer pourquoi vous m'avez invitée ici aujourd'hui. En tout cas, voici où je veux en venir: *Marion Bloom n'a jamais existé*. Marion Bloom est une création issue de l'imagination de James Joyce. Si je puis me projeter dans l'existence d'un être qui n'a jamais existé, alors je puis me projeter dans l'existence d'une chauve-souris, d'un chimpanzé ou d'une huître, de n'importe quel être avec lequel je partage la substance de la vie.

« Je reviens une dernière fois sur les lieux de mort qui nous environnent, les lieux de massacre devant lesquels, dans un vaste effort collectif, nous fermons nos cœurs. Chaque jour un nouvel holocauste, et pourtant notre être moral demeure intact pour autant que je puisse en juger. Nous ne nous sentons pas atteints. Nous pouvons faire ce qui nous plaît, semblerait-il, et nous en tirer comme si de rien n'était.

« Nous montrons du doigt les Allemands et les Polonais et les Ukrainiens qui étaient et n'étaient pas au courant des atrocités commises autour d'eux. Nous aimons penser qu'ils furent intérieurement marqués après coup par les effets de cette forme spéciale d'ignorance. Nous aimons penser que dans leurs cauchemars ceux dont ils avaient refusé de connaître les souffrances revinrent les hanter. Nous aimons penser qu'ils se réveillèrent hagards tous les matins et moururent rongés de cancers. Mais sans doute n'en est-il pas allé ainsi. Les faits indiquent plutôt le contraire : que nous pouvons faire ce que bon nous semble et cependant nous en tirer sans dommage. »

Curieuse fin. Ce n'est que lorsqu'elle ôte ses lunettes et qu'elle range ses feuillets que les applaudissements commencent, et même alors ils sont dispersés. Une fin curieuse à une curieuse leçon, pense-t-il, mal jaugée, mal argumentée. Pas son *métier*, l'argumentation. Elle n'est pas à sa place.

Norma a levé la main, essaie d'attirer l'attention du doyen des humanités, qui préside la séance.

« Norma ! » chuchote-t-il. Il fait vigoureusement signe de la tête. « Non !

– Pourquoi ? réplique-t-elle à voix basse.

– Je t'en prie, chuchote-t-il, pas ici, pas maintenant ! »

« Il y aura une discussion plus longue de la leçon de notre éminente invitée vendredi à midi – vous trouverez les détails dans vos programmes –, mais Mme Costello a bien voulu accepter de répondre à une ou deux questions de l'assistance. Eh bien ? » Le doyen parcourt la salle du regard, l'air radieux. « Oui ! » dit-il, en reconnaissant quelqu'un derrière eux.

« J'en ai le droit ! lui chuchote Norma à l'oreille.

– Tu en as le droit, mais ne l'exerce pas, ce n'est pas une bonne idée ! répond-il tout bas.

– Mais on ne peut pas la laisser s'en tirer comme ça. Elle ne sait pas ce qu'elle dit !

– Elle est vieille, c'est ma mère. Je t'en prie ! »

Derrière eux quelqu'un a déjà pris la parole. Il se retourne et voit un grand homme barbu. Dieu sait, pense-t-il, pourquoi sa mère a accepté de répondre à des questions venant de l'auditoire. Elle devrait savoir que les leçons publiques attirent les toqués et les dingues comme des mouches sur un cadavre.

« Ce qui n'était pas clair pour moi, est en train de dire l'homme, c'est après quoi vous en avez, en fin de compte. Est-ce que vous dites qu'il faut fermer les élevages industriels ? Est-ce que vous dites qu'il faut arrêter de manger de la viande ? Est-ce que vous dites que nous devrions traiter plus humainement les animaux, les tuer plus humainement ? Est-ce que vous dites que nous devrions cesser les expériences *sur* les animaux ? Est-ce que vous dites que nous devrions cesser les expériences *avec* les animaux, même les expériences psychologiques bénignes comme celles de Köhler ? Pouvez-vous clarifier votre propos ? Merci. »

Clarifier. Pas un dingue du tout. Un peu de clarté ne ferait aucun mal à sa mère.

Debout devant le micro sans son texte devant elle, cramponnée aux bords du pupitre, sa mère a visiblement le trac. Elle n'a pas assez de *métier*, se dit-il à nouveau : elle ne devrait pas faire ce genre de choses.

« J'avais espéré ne pas avoir à énoncer des principes, dit sa mère. Si ce sont des principes que vous voulez tirer de cette causerie, devrais-je vous répondre, ouvrez donc votre cœur et écoutez ce que votre cœur dit. »

Elle semble vouloir en rester là. Le doyen paraît déconcerté. Aucun doute que le questionneur se sent déconcerté également. Lui-même, en tout cas, l'est. Pourquoi donc ne peut-elle pas tout simplement tomber le masque et dire ce qu'elle veut dire ?

Comme si elle avait perçu les remous de mécontentement, sa mère reprend. « Les proscriptions, alimentaires ou autres, ne m'ont jamais beaucoup intéressée. Les proscriptions, les lois. Je m'intéresse plus à ce qu'il y a derrière. Quant aux expériences de Köhler, je pense qu'il a écrit un livre merveilleux, et le livre n'aurait pas été écrit s'il n'avait pas pensé qu'il était un scientifique menant des expériences avec des chimpanzés. Mais le livre que nous lisons n'est pas le livre qu'il a cru écrire. Je me rappelle une chose que disait Montaigne : Nous croyons jouer avec le chat mais comment savons-nous que ce n'est pas le chat qui joue avec nous ? J'aimerais pouvoir me dire que les animaux dans nos laboratoires jouent avec nous. Mais hélas, il n'en va pas ainsi. »

Elle se tait brusquement. « Cela répond-il à votre question ? » demande le doyen. Le questionneur a un haussement d'épaules qui en dit long et se rassied.

Il reste encore le dîner à passer. Dans une demi-heure, le président invite à dîner au Club de la Faculté. Au départ, Norma et lui n'avaient pas été invités. Ensuite, quand on a découvert qu'Elizabeth Costello avait un fils à Appleton, on les a ajoutés à la liste des invités. Il soupçonne qu'ils ne seront pas à leur place. Ils seront certainement les plus jeunes, du plus bas échelon. D'un autre côté, il se peut que cela soit une bonne chose qu'il soit là. On aura peut-être besoin de lui pour maintenir la paix.

Avec une curiosité macabre, il se demande comment on se sera débrouillé du défi que présente le menu. Si l'invité d'honneur avait été un religieux islamique ou un rabbin, on peut présumer qu'on n'aurait pas servi de porc. Vont-ils donc, par déférence pour les végétariens, servir des croquettes de noix à tous les convives ? Ses distingués collègues devront-ils s'énerver pendant toute la soirée, en rêvant au sandwich au pastrami ou à la cuisse de poulet froid qu'ils se taperont une fois rentrés chez eux ? Ou les sages du collège auront-ils recours au poisson ambigu, qui a bien une épine dorsale, mais qui ne respire pas de l'air et n'allaite pas ses petits ?

Il n'est heureusement pas responsable du menu. Ce qu'il redoute c'est que, à la faveur d'un temps mort dans la conversation, quelqu'un ne sorte ce qu'il appelle La Question – « Qu'est-ce qui vous a amenée, madame, à devenir végétarienne ? » – et qu'elle ne monte sur ses grands chevaux et qu'elle ne leur serve ce que Norma et lui appellent la Réponse de Plutarque. Après cela il lui reviendra, à lui seul, de réparer les dégâts.

La réponse en question provient des essais moraux de Plutarque. Sa mère la connaît par cœur ; lui ne parvient à la reproduire qu'imparfaitement. « Vous me demandez pourquoi je refuse de manger de la chair ? Pour ma part, je suis étonnée que vous puissiez mettre en bouche le cadavre d'un animal mort, étonnée que vous ne trouviez pas détestable de mâcher de la chair hachée et d'avaler le jus de blessures mortelles. » Rien de tel que Plutarque pour arrêter net une conversation : c'est le mot jus qui produit cet effet. Citer Plutarque, c'est comme jeter le gant ; après cela, nul ne sait ce qui peut se produire.

Il voudrait que sa mère ne soit pas venue. C'est bien de la revoir ; c'est bien qu'elle puisse voir ses petits-enfants ; c'est bien pour elle d'être enfin reconnue ; mais le prix qu'il paye maintenant et le prix qu'il aura à payer au cas où les choses tourneraient mal lui semblent excessifs. Pourquoi ne peut-elle pas être une vieille dame ordinaire vivant la vie d'une vieille dame ordinaire ? Si elle veut ouvrir son cœur aux animaux, que ne le fait-elle donc chez elle, en l'ouvrant à ses chats ?

Sa mère est assise au centre de la table, en face du président Garrard. Lui-même est assis deux places plus loin ; Norma est en bout de table. Une place est restée vide – il se demande qui aurait dû l'occuper.

Ruth Orkin, au département de psychologie, relate à sa mère une expérience avec un jeune chimpanzé, une femelle élevée comme un être humain. Lorsqu'on lui demanda de trier des photographies et de les distribuer en différents tas, la guenon voulut absolument ajouter une photo d'elle-même sur le tas des photos d'êtres humains plutôt qu'avec les photos d'autres singes. « On est tenté de faire de cette histoire une lecture toute simple, dit Orkin, à savoir qu'elle voulait qu'on la considère comme l'une des nôtres. Toutefois, en tant que scientifiques, nous devons nous montrer prudents.

– Oh, je suis d'accord, dit sa mère. Dans son esprit, les deux tas pouvaient avoir une signification moins évidente. Ceux qui sont libres d'aller et de venir contre ceux qui doivent rester enfermés, par exemple. Elle a peut-être voulu dire qu'elle préférait faire partie de ceux qui sont libres.

– Ou peut-être avait-elle seulement cherché à plaire à son gardien, remarque le président Garrard. En lui disant qu'ils se ressemblaient.

– Un rien trop machiavélique pour un animal, ne croyez-vous pas ? dit un gros type blond dont il n'a pas saisi le nom.

– Machiavel le renard, disaient ses contemporains, rétorque aussitôt sa mère.

– Mais cela est quelque chose de tout à fait différent – les qualités fabuleuses des animaux, objecte le gros type.

– Oui », dit sa mère.

Tout marche comme sur des roulettes. On vient de leur servir du potage au potiron et personne ne se plaint. Peut-il se permettre de se décontracter ?

Il avait raison à propos du poisson. Comme plat principal, on a le choix entre du loup avec des pommes de terre nouvelles et des fettuccine aux aubergines grillées. Garrard prend des fettuccine, comme lui ; en fait, parmi les onze invités, il n'y en a que trois qui commandent du poisson.

« Intéressant de voir comment les communautés religieuses choisissent souvent de se définir en termes de prohibitions alimentaires, fait observer Garrard.

– Oui, dit sa mère.

– Je veux dire qu'il est intéressant que la définition prenne, par exemple, la forme suivante : “Nous sommes les gens qui ne mangeons pas de serpents”, plutôt que

"Nous sommes les gens qui mangeons des lézards". Ce que nous ne faisons pas, plutôt que ce que nous faisons. » Avant sa carrière dans l'administration, Garrard était en sciences politiques.

« Tout cela est lié à la propreté et l'absence de propreté, dit Wunderlich, qui en dépit de son nom est britannique. Des animaux propres ou malpropres, des habitudes propres ou malpropres. La malpropreté peut s'avérer un excellent critère pour décider qui appartient et qui n'appartient pas, qui est inclus et qui ne l'est pas.

– La malpropreté et la honte, remarque-t-il lui-même. Les animaux n'ont pas de honte. » Il est surpris de s'entendre parler. Mais pourquoi pas ? – la soirée se passe bien.

« Exactement, dit Wunderlich. Les animaux ne cachent pas leurs excréments, ils s'accouplent au grand jour. Ils n'ont pas le sens de la honte, disons-nous : c'est ce qui les rend différents de nous. Mais l'idée de base reste l'absence de propreté. Les animaux ont des habitudes malpropres, donc ils sont exclus. C'est la honte qui fait de nous des êtres humains, la honte de notre impureté. Adam et Ève : le mythe fondateur. Avant cela nous n'étions tous ensemble que des animaux. »

C'est la première fois qu'il entend parler Wunderlich. Il lui plaît bien, il aime sa manière oxfordienne, sérieuse et bégayante. Voilà qui soulage de la confiance en soi américaine.

« Mais il n'est pas possible que le mécanisme fonctionne ainsi, objecte Olivia Garrard, l'élégante épouse du président. C'est trop abstrait, c'est une idée qui manque de saveur. Les animaux sont des créatures avec lesquelles nous n'avons pas de rapports sexuels – c'est ainsi que nous les distinguons de nous. Rien que l'idée de rapports sexuels avec eux nous fait frémir. C'est à ce niveau-là qu'ils sont malpropres – tous autant qu'ils sont. Nous ne nous mélangeons pas avec eux. Nous tenons séparés les propres et les malpropres.

– Mais nous les mangeons. (C'est la voix de Norma.) Nous nous mélangeons bel et bien à eux. Nous les ingérons. Nous changeons leur chair en la nôtre. Il n'est donc pas possible que le mécanisme fonctionne ainsi. Il y a des espèces spécifiques d'animaux que nous ne mangeons pas. Ce sont certainement ceux-là qui sont malpropres, et non pas les animaux en général. »

Elle a raison, bien sûr. Mais elle a tort : c'est une erreur de ramener la conversation à la matière placée devant eux sur la table, la nourriture.

Wunderlich reprend la parole. « Les Grecs avaient le sentiment qu'il y avait quelque chose de mal dans l'abattage, mais pensaient pouvoir s'en sortir en le ritualisant. Ils faisaient donc une offrande sacrificielle, donnaient un pourcentage aux dieux, dans l'espoir de pouvoir ainsi conserver le reste. Même notion que celle de la dîme. Demandez aux dieux de bénir la chair que vous êtes sur le point de manger, demandez-leur de la déclarer propre.

– C'est là peut-être l'origine des dieux », dit sa mère. Un silence se fait. « Peut-être avons-nous inventé les dieux afin de pouvoir rejeter le blâme sur eux. Ils nous ont donné la permission de manger de la viande. Ils nous ont donné la permission de jouer avec des choses malpropres. Ce n'est pas notre faute, c'est la leur. Nous sommes tout juste leurs enfants.

– Est-ce cela votre conviction ? demande Mme Garrard, sur ses gardes.

– Et Dieu dit : Tout ce qui remue et vit vous servira de nourriture, cite-t-elle. C'est commode. Dieu nous a dit que c'était permis. »

Un nouveau silence. Ils attendent qu'elle continue. Elle est, après tout, payée pour amuser la compagnie.

« Norma a raison, dit sa mère. Le problème est de définir en quoi nous différons des animaux en général, et non seulement des animaux qu'on dit malpropres. L'interdit qui pèse sur certains animaux – porcs et autres – est assez arbitraire. C'est tout au plus un signal pour nous dire que nous sommes sur un terrain dangereux. Un terrain miné, en fait. Le terrain miné des proscriptions alimentaires. Il n'y a aucune logique dans un tabou, pas plus qu'il n'y a de logique dans un champ de mines – il n'est pas censé y en avoir. Vous ne devinerez jamais ce que vous pouvez manger ou ce sur quoi vous pouvez marcher, à moins d'être en possession d'une carte, d'une carte divine.

– Mais c'est de l'anthropologie, cela, objecte Norma du bout de la table. Cela ne nous dit rien au sujet de notre comportement aujourd'hui. Dans le monde moderne, les gens ne décident plus de leur régime en se fondant sur la permission divine. Si nous mangeons du porc et non pas du chien, c'est tout juste dû à la façon dont nous avons été élevés. N'êtes-vous pas d'accord, Elizabeth ? C'est tout juste l'une de nos coutumes. »

Elizabeth. Elle se prévaut d'une relation d'intimité.

Mais à quel jeu joue-t-elle ? Dans quel piège cherche-t-elle à faire tomber sa mère ?

« Il y a le dégoût, dit sa mère. Nous nous sommes peut-être débarrassés des dieux, mais nous ne nous sommes pas débarrassés du dégoût, qui est une version de l'horreur religieuse.

– Le dégoût n'est pas universel, objecte Norma. Les Français mangent des grenouilles. Les Chinois mangent n'importe quoi. On ne connaît pas le dégoût en Chine. »

Sa mère garde le silence.

« Ainsi il ne s'agit peut-être que de ce que vous avez appris à la maison: votre mère vous a dit que ça se mangeait ou que ça ne se mangeait pas.

– Ce qui est propre à être consommé et ce qui ne l'est pas, murmure sa mère.

– Il se peut (maintenant Norma va trop loin, se dit-il, maintenant elle se met à monopoliser la conversation de façon tout à fait déplacée) que toute cette opposition entre propreté et malpropreté ait une tout autre fonction, à savoir de permettre à certains groupes de se définir, négativement, comme élite, comme élus. Nous sommes les gens qui nous abstenons de a ou b ou c, et par cette capacité d'abstinence nous nous démarquons comme différents: comme une caste supérieure au sein d'une société, par exemple. Comme les Brahmanes. »

Il y a un silence.

« L'interdit de la viande qu'on trouve dans le végétarisme n'est qu'une forme extrême de l'interdit alimentaire, poursuit Norma sans lâcher prise ; et un interdit alimentaire est un moyen rapide et simple pour une élite de se définir. Les habitudes alimentaires d'autres gens sont malpropres, nous ne pouvons pas manger ou boire avec eux. »

Maintenant on en est presque à couteaux tirés. Sous la table, on se croise et se décroise les jambes, il règne un malaise certain. Heureusement on en a fini avec le plat de résistance – le loup, les fettuccine – et les serveuses s'affairent déjà à desservir.

« Avez-vous lu l'autobiographie de Gandhi, Norma ? demande sa mère.

– Non.

– Gandhi a été envoyé très jeune en Angleterre afin d'y étudier le droit. L'Angleterre s'enorgueillissait évidemment d'être un pays de gros mangeurs de viande. Mais sa mère lui fit promettre de ne pas manger de viande. Elle emplit une malle entière de vivres à emporter. Pendant le voyage en mer, il se contenta de quelques miettes de la table et pour le reste il puisa dans sa malle. À Londres il dut longuement chercher des logements et des restaurants qui servaient le genre de nourriture qui lui convenait. Les relations sociales avec les Anglais étaient difficiles du fait qu'il ne pouvait accepter ni rendre l'hospitalité. Et ce n'est qu'après avoir rencontré des éléments marginaux de la société anglaise – les membres de la Fabian Society, les théosophes et ainsi de suite – qu'il se mit à se sentir chez lui. Avant cela il n'était rien qu'un pauvre petit étudiant solitaire.

– Où voulez-vous en venir, Elizabeth ! dit Norma. Où voulez-vous en venir avec votre histoire ?

– Tout simplement qu'on peut difficilement concevoir le végétarisme de Gandhi comme un exercice de pouvoir. Cela le condamna à vivre en marge de la société. Et ce fut tout son génie de pouvoir intégrer à sa philosophie politique ce qu'il trouva dans ces milieux marginaux.

– Quoi qu'il en soit, remarque l'homme blond, Gandhi n'est pas un bon exemple. Son végétarisme n'était pas vraiment un engagement. Il était végétarien à cause de la promesse qu'il avait faite à sa mère. Il se peut qu'il ait tenu sa promesse, mais il la regrettait et s'en voulait de l'avoir faite.

– Vous ne croyez pas que les mères peuvent avoir une bonne influence sur leurs enfants ? » dit Elizabeth Costello.

Il y a un moment de silence. Il est grand temps que lui, le fils prodigue, prenne la parole. Il n'en fait rien.

« Mais votre propre végétarisme, madame, dit le président Garrard, versant de l'huile sur le feu, ne procède-t-il pas d'une conviction morale ?

– Non, je ne le crois pas, dit sa mère. Il procède du désir de sauver mon âme. »

Maintenant il y a vraiment un silence, interrompu seulement par le tintement des plats alors que les serveuses placent des omelettes norvégiennes devant eux.

« Eh bien, j'ai pour cela le plus grand respect, dit Garrard. Comme façon de vivre.

– Je porte des souliers de cuir, dit sa mère. J'ai sur moi un portefeuille de cuir. Je ne témoignerais pas trop de respect, à votre place.

– La cohérence, murmure Garrard. La cohérence est l'arme des petits esprits. Pour sûr, on doit pouvoir faire la distinction entre manger de la viande et porter du cuir.

– Ce n'est qu'une différence de degré dans l'obscénité, répond-elle.

– Moi aussi j'ai le plus grand respect pour les codes fondés sur le respect de la vie, dit le doyen Arendt, qui entre dans le débat pour la première fois. Je suis prêt à accepter que les tabous alimentaires ne doivent pas nécessairement être de simples coutumes. J'accepte qu'il existe des préoccupations morales sous-jacentes. Mais, en même temps, il faut bien dire que nos préoccupations, nos croyances sont un système qui demeure entièrement fermé aux animaux eux-mêmes. Vous ne pouvez pas expliquer à un bœuf que sa vie sera épargnée, pas plus que vous ne pouvez expliquer à un insecte que vous n'allez pas l'écraser. Dans la vie des animaux, les choses, bonnes ou mauvaises, arrivent, c'est tout. Aussi le végétarisme est-il une transaction très étrange, si l'on y réfléchit bien, où les bénéficiaires n'ont aucune idée du bénéfice qui leur est accordé. Et pas le moindre espoir de jamais s'en rendre compte. Parce qu'ils vivent dans un monde vide de toute conscience. »

Arendt fait une pause. C'est au tour de sa mère de prendre la parole, mais elle semble seulement désorientée, terne, fatiguée et désorientée. Il se penche vers elle. « La journée a été longue, Mère, dit-il. Il est peut-être temps d'y aller.

– Oui, il est temps, dit-elle.

– Vous ne prendrez pas de café ? s'informe le président Garrard.

– Non, cela me tiendrait éveillée. » Elle se tourne vers Arendt. « C'est un bon argument que vous avancez là. Pas une conscience que nous reconnaîtrions comme conscience. Pas de conscience, pour autant qu'on puisse en juger, d'un soi doté d'une histoire. Ce qui me gêne c'est ce qui tend à venir ensuite. Ils n'ont pas de conscience, donc. Donc quoi ? Donc nous sommes libres de les tuer ? Pourquoi ? Qu'y a-t-il de si spécial dans la forme de conscience que nous reconnaissons qui fait du meurtre de celui qui a cette conscience un crime alors que tuer un animal n'est pas punissable ? Il y a des moments…

– Pour ne rien dire des bébés », remarque Wunderlich. Tout le monde se tourne et regarde dans sa direction. « Les bébés n'ont aucune conscience de soi, pourtant nous estimons qu'il est plus hideux de tuer un bébé qu'un adulte.

– Alors ? dit Arendt.

– Et donc toute cette discussion sur la conscience et la question de savoir si les animaux en sont dotés n'est qu'un écran de fumée. Au fond on protège sa propre espèce. Vive les bébés humains, à bas les veaux. Ne pensez-vous pas, madame ?

– Je ne sais pas ce que je pense, dit Elizabeth Costello. Je me demande souvent ce que c'est de penser, de comprendre. Comprenons-nous vraiment mieux le monde que ne le font les animaux ? Comprendre quelque chose me fait penser à ces cubes Rubik avec lesquels on joue. Une fois que vous avez réussi à mettre en place toutes les petites briques, le tour est joué, vous comprenez. Cela n'a de sens que si vous vivez à l'intérieur d'un cube Rubik, mais si tel n'est pas le cas… »

Il y a une silence. « J'aurais pensé… », dit Norma ; mais à ce moment il se lève, et à son grand soulagement Norma s'arrête. Le président se lève de table, et tout le monde en fait autant. « Une merveilleuse conférence, madame, dit le président. De quoi nourrir notre réflexion. Nous attendons avec impatience ce que vous nous offrirez demain. »

4

La vie des animaux

DEUX. Les poètes et les animaux

Il est onze heures passées. Sa mère s'est retirée pour la nuit, Norma et lui sont en bas en train de ranger le désordre laissé par les enfants. Après cela, il a encore un cours à préparer.

« Tu comptes aller à son séminaire demain ? demande Norma.

– Il le faudra bien.

– Et le sujet, c'est quoi ?

– "Les poètes et les animaux". C'est le titre. C'est le département d'anglais qui l'organise. Ça se passe dans une salle de séminaire, donc je ne crois pas qu'ils attendent un public nombreux.

– Je me réjouis que ce soit à propos de quelque chose qu'elle connaît. Je trouve sa manie de philosopher plutôt pénible.

– Oh ! Qu'est-ce qui te fait dire ça ?

– Par exemple ce qu'elle disait à propos de la raison humaine. Sans doute voulait-elle avancer quelque chose sur la nature de l'entendement rationnel. Dire que les explications rationnelles ne sont tout au plus qu'une conséquence de la structure de l'esprit humain ; que les animaux ont leurs propres explications en accord avec la structure de leur propre esprit, auquel nous n'avons pas accès parce que nous ne partageons pas le même langage.

– Et quel mal y a-t-il à ça ?

– C'est naïf, John. C'est le genre de relativisme facile et superficiel qui impressionne les étudiants débutants. Le respect de la vision du monde de chacun, la vision du monde de la vache, la vision du monde de l'écureuil, et ainsi de suite. À la fin, cela mène à une paralysie intellectuelle totale. On passe tellement de temps à respecter les uns et les autres qu'on n'a plus le temps de penser.

– Un écureuil n'a-t-il pas une vision du monde ?

– Si, un écureuil a une vision du monde. Sa vision du monde comprend des glands, des arbres, le temps qu'il fait, des chats, des chiens, des voitures et des écureuils du sexe opposé. Elle comprend une explication de la façon dont ces phénomènes agissent les uns sur les autres et de la façon dont il faudrait agir sur eux afin de survivre. C'est tout. Il n'y a rien de plus. Voilà le monde d'après l'écureuil.

– Nous sommes sûrs de cela ?

– Nous sommes sûrs de cela dans le sens où des centaines d'années d'observation d'écureuils ne nous ont pas permis d'arriver à d'autres conclusions. S'il y a quoi que ce soit d'autre dans l'esprit de l'écureuil, cela ne se traduit pas en un comportement observable. En pratique, l'esprit de l'écureuil est un mécanisme très simple.

– Descartes avait donc raison, les animaux sont tout juste des automates biologiques.

– En gros, oui. On ne peut pas, dans l'abstrait, distinguer entre l'esprit d'un animal et une machine simulant un animal.

– Et les êtres humains sont différents ?

– John, je suis fatiguée et tu m'agaces à la fin. Les êtres humains inventent les mathématiques, ils fabriquent des télescopes, ils font des calculs, ils construisent des machines, ils poussent un bouton, et vlan ! *Sojourner* atterrit sur Mars, exactement comme prévu. Voilà pourquoi la rationalité n'est pas, comme ta mère le prétend, qu'un jeu. La raison nous fournit une connaissance réelle du monde réel. Cela a été testé et cela fonctionne. Tu es physicien, tu devrais le savoir.

– Je suis d'accord. Cela fonctionne. Néanmoins, n'existe-t-il pas une position externe d'après laquelle le fait d'exercer notre pensée et puis d'envoyer une sonde vers Mars apparaît singulièrement comme l'écureuil exerçant sa pensée avant de se précipiter pour s'emparer d'une noisette ? N'est-ce peut-être pas cela qu'elle voulait dire ?

– Mais il n'existe pas de telle position ! Je sais que cela peut paraître démodé, mais il faut que je le dise. Il n'existe pas de position en dehors de la raison à partir de laquelle on peut se mettre à discourir sur la raison et à émettre un jugement sur la raison.

– Excepté la position de quelqu'un qui s'est retiré de la raison.

– Ça, c'est de l'irrationalisme à la française, le genre de choses que dirait une personne qui n'a jamais mis les pieds dans un asile d'aliénés ni vu de quoi ont l'air des gens qui se sont *réellement* retirés de la raison.

– Excepté Dieu alors.

– Pas si Dieu est un Dieu de raison. Un Dieu de raison ne peut pas se tenir en dehors de la raison.

– Tu me surprends, Norma. Tu parles comme une rationaliste dépassée.

– Tu me comprends mal. C'est le terrain que ta mère a choisi. Ce sont ses termes à elle. Je ne fais qu'y répondre.

– Qui était l'invité absent ?

– Tu veux parler du siège inoccupé ? C'était Stern, le poète.

– Tu crois que c'était une protestation ?

– J'en suis sûre. Elle aurait dû y réfléchir à deux fois avant de parler de l'Holocauste. J'ai senti autour de moi le public se hérisser. »

Le siège inoccupé était en effet une protestation. Lorsqu'il arrive pour son cours du matin, il y a une lettre dans sa boîte, adressée à sa mère. Il la lui donne lorsqu'il revient la chercher. Elle la lit rapidement, puis la lui tend avec un soupir. « Qui est cet homme ? dit-elle.

– Abraham Stern. Un poète. Très respecté, d'après ce que je sais. Il est ici depuis une éternité. »

Il lit la note de Stern, une lettre manuscrite.

Chère Madame,

Excusez-moi de n'avoir pas assisté au dîner hier soir. J'ai lu vos livres et je sais que vous êtes une personne sérieuse, aussi vous fais-je l'honneur de prendre au sérieux ce que vous avez dit dans votre conférence.

Au cœur de votre propos, m'a-t-il semblé, il y avait la question du pain que l'on rompt. Si nous refusons de rompre le pain avec les bourreaux d'Auschwitz, pouvons-nous continuer à rompre le pain avec les assommeurs d'animaux ?

Vous avez repris à votre compte la métaphore habituelle entre les Juifs assassinés d'Europe et le bétail qu'on assomme. Les Juifs sont morts comme du bétail, donc le bétail meurt comme des Juifs, dites-vous. C'est là jouer avec les mots d'une façon que je ne saurais accepter. Vous ne saisissez pas la nature de la ressemblance ; je dirais même que vous faites exprès de ne pas comprendre, au point que cela frise le blasphème. L'homme est fait à l'image de Dieu, mais Dieu ne ressemble pas à l'homme. Si les Juifs furent traités comme du bétail, il ne s'ensuit pas que le bétail est traité comme des Juifs. Le renversement est une insulte à la mémoire des morts. Il évoque aussi les horreurs des camps à peu de frais.

Pardonnez-moi ma franchise. Vous disiez que vous étiez assez âgée pour ne plus avoir de temps à perdre à des raffinements et je suis moi aussi un vieil homme.

Acceptez, Madame, l'expression de mes sentiments distingués,

Abraham Stern

Il dépose sa mère auprès de ses hôtes du département d'anglais, puis s'en va à une réunion. La réunion traîne à n'en plus finir. Il est deux heures et demie lorsqu'il arrive à la salle de séminaire située dans Stubbs Hall.

Elle est en train de parler quand il entre. Il s'assied aussi silencieusement que possible près de la porte.

« Dans ce genre de poésie, dit-elle, les animaux représentent des qualités humaines : le lion le courage, le hibou la sagesse, et ainsi de suite. Même dans le poème de Rilke, la panthère est là à la place de quelque chose d'autre. Elle se dissout dans une danse d'énergie autour d'un centre, une image qui provient de la physique, la physique des particules élémentaires. Rilke ne va pas au-delà de ce point – au-delà de la panthère comme l'incarnation vitale du genre de force qui se libère dans une explosion atomique mais qui est ici contenue non pas tant par les barreaux de la cage que par ce que ces barreaux imposent à la panthère : un bondissement concentrique qui laisse la volonté en état de stupeur, comme sous narcose. »

La panthère de Rilke ? Quelle panthère ? Sa confusion doit être visible : sa voisine lui glisse une feuille photocopiée sous le nez. Trois poèmes : l'un de Rilke, intitulé « La panthère », les deux autres de Ted Hughes, intitulés « Le jaguar » et « Second coup d'œil sur le jaguar ». Il n'a pas le temps de les lire.

« Hughes écrit contre Rilke, poursuit sa mère. Il utilise la même mise en scène dans le zoo, mais cette fois c'est la foule des visiteurs qui a l'air hypnotisé, et parmi eux l'homme, le poète, extasié, horrifié, abasourdi, ses capacités de compréhension poussées au-delà de leur limite. La vision du jaguar, à la différence de celle de la panthère, n'est pas émoussée. Au contraire, ses yeux transpercent l'obscurité de l'espace. La cage n'a pour lui aucune réalité, il est *ailleurs*. Il est ailleurs parce que sa conscience est cinétique plutôt qu'abstraite : la force de ses muscles le meut à travers un espace de nature bien différente de la boîte tridimensionnelle de Newton – un espace circulaire où la force revient sur elle-même.

« Ainsi – en laissant de côté la question éthique de mettre en cage de grands animaux – Hughes s'efforce à tâtons de parvenir à une autre modalité d'être-dans-le-monde, une modalité qui ne nous est pas entièrement étrangère, puisque l'expérience d'avant la cage semble relever d'une expérience onirique, une expérience menée dans l'inconscient collectif. Dans ses poèmes, nous connaissons le jaguar non pas d'après ce qu'il paraît, mais d'après sa façon de se mouvoir. Le corps est tel que le corps se meut, ou tel que les courants de vie s'y meuvent. Les poèmes nous demandent d'imaginer notre propre façon d'entrer dans cette façon de se mouvoir, d'habiter ce corps.

« Avec Hughes il s'agit – je souligne – non pas de pénétrer à l'intérieur d'un autre esprit, mais d'habiter un autre corps. Voilà le genre de poésie sur laquelle je veux attirer votre attention aujourd'hui : une poésie qui n'essaie pas de trouver une idée dans l'animal, qui ne se fait pas à propos de l'animal, mais qui est au contraire la relation d'un réel échange avec lui.

« Ce qu'il y a de particulier avec les expériences poétiques de ce genre c'est que, quel que soit le degré d'intensité avec lequel elles se produisent, elles demeurent complètement indifférentes à l'égard de leurs objets. Sur ce point, ces poèmes diffèrent des poèmes d'amour, où l'intention est d'émouvoir son objet.

« Non pas que les animaux ne se soucient pas de ce que nous ressentons pour eux. Mais, lorsque nous traduisons en mots le courant de sentiments qui passe entre nous et les animaux, nous le mettons à jamais hors de portée de l'animal. Ainsi donc le poème n'est pas une offrande à son objet, comme l'est le poème d'amour. Il tombe dans une économie purement humaine à laquelle l'animal n'a aucunement part. Cela répond-il à votre question ? »

Quelqu'un d'autre a levé la main : un grand jeune homme à lunettes. Il ne connaît pas très bien la poésie de Ted Hughes, dit-il, mais d'après ce qu'il a entendu dire récemment, Hughes avait un élevage de moutons quelque part en Angleterre. Soit il se contente d'élever des moutons comme sujets poétiques (il y a un gloussement dans la salle), soit il est véritablement le propriétaire d'une exploitation qui élève des moutons pour le marché. « Comment concilier cela avec ce que vous disiez hier dans votre conférence, où vous sembliez plutôt opposée à l'abattage d'animaux pour la boucherie ?

– Je n'ai jamais rencontré Ted Hughes, répond sa mère, donc je suis incapable de vous dire à quelle sorte d'élevage il se livre. Mais permettez-moi d'essayer de répondre à votre question à un autre niveau.

« Je n'ai aucune raison de penser que Hughes estime qu'il est le seul à se montrer attentif aux animaux. Au contraire, je soupçonne qu'il croit avoir recouvré une attention que possédaient nos ancêtres et que nous avons perdue – il conçoit cette perte en des termes évolutionnistes plutôt qu'historiques, mais cela est une autre question. Je suppose qu'il croit regarder les animaux comme le faisaient les chasseurs du paléolithique.

« Cela inscrit Hughes dans une lignée de poètes qui célèbrent ce qui est primitif et qui répudient le penchant occidental pour la pensée abstraite. La lignée de Blake et Lawrence, de Gary Snyder aux États-Unis, ou

Robinson Jeffers. Hemingway aussi, dans sa période de chasse et de corridas.

« La corrida, il me semble, nous donne une indication. Tuez l'animal à tout prix, disent-ils, mais que ce soit un combat, un rituel, et honorez votre antagoniste pour sa force et sa bravoure. Et même, mangez-le après l'avoir vaincu, afin que sa force et son courage entrent en vous. Regardez-le dans les yeux avant de le tuer, et remerciez-le par la suite. Consacrez-lui des chants.

« Nous pouvons appeler cela du primitivisme. C'est une attitude qu'il est aisé de critiquer ou de ridiculiser. Elle est profondément masculine, et même machiste. Ses ramifications en politique sont des plus douteuses. Mais, toutes choses égales, il y a dans cette attitude quelque chose d'attirant au niveau de l'éthique.

« Cependant, cela n'a rien de pratique. On ne nourrit pas quatre milliards de personnes grâce aux efforts de matadors et de chasseurs de rennes armés d'arcs et de flèches. Nous sommes devenus trop nombreux. Nous n'avons pas le temps de respecter et d'honorer tous les animaux dont nous avons besoin pour nous nourrir. Nous avons besoin d'usines de la mort ; nous avons besoin d'animaux produits industriellement. Chicago nous a montré la voie ; c'est des abattoirs de Chicago que les nazis ont appris comment traiter des corps.

« Mais revenons à Hughes. Vous dites : Malgré ses apparences de primitiviste, Hughes n'est qu'un boucher, et que fais-je donc en sa compagnie ?

« Je répondrais que les écrivains nous apprennent plus qu'ils ne s'en rendent compte. En donnant corps au jaguar, Hughes nous montre que nous aussi nous pouvons incarner des animaux – par le processus de l'invention poétique qui mêle le sens et le souffle d'une façon que personne n'a jamais pu et ne saura jamais expliquer. Il nous montre comment faire exister le corps vivant en nous-mêmes. Quand nous lisons le poème du jaguar, quand nous nous le rappelons ensuite en toute tranquillité, nous sommes pour un bref instant le jaguar. Il court en nous comme une onde, il se rend maître de notre corps, il est nous.

« Tout va pour le mieux jusqu'ici. Je ne crois pas que Hughes lui-même serait en désaccord avec ce que j'ai dit jusqu'à présent. Cela ressemble beaucoup au mélange de chamanisme, de possession spirite et de psychologie archétypale qu'il épouse lui-même. En d'autres mots, une expérience primitive (se retrouver face à face avec un animal), un poème primitiviste et une théorie primitiviste de la poésie pour le justifier.

« C'est aussi le genre de poésie avec laquelle les chasseurs et ceux que j'appelle les gestionnaires de l'écologie peuvent se sentir à l'aise. Quand Hughes, le poète, se tient devant la cage du jaguar, il contemple un jaguar individuel et est possédé par cette vie de jaguar individuelle. Il doit en aller ainsi. Les jaguars en général, la sous-espèce du jaguar, l'idée du jaguar, ne sauraient l'émouvoir parce que nous ne pouvons pas faire l'expérience d'abstractions. Néanmoins, le poème qu'écrit Hughes a pour sujet *le* jaguar, la jaguarité incarnée dans ce jaguar-là. De même que plus tard, lorsqu'il écrit ses merveilleux poèmes sur le saumon, ils portent sur les saumons comme occupants transitoires de la vie de saumon, de la biographie de saumon. Aussi malgré le caractère vivace et concret de la poésie, il subsiste quelque chose de platonicien en elle.

« Dans la vision écologiste, le saumon, les algues sous-marines et les insectes aquatiques agissent les uns sur les autres dans une vaste danse avec la terre et le temps qu'il fait. Le tout est plus grand que la somme des parties. Dans la danse, chaque organisme a un rôle : ce sont ces multiples rôles, plutôt que les êtres particuliers qui tiennent ces rôles, qui participent à la danse. Pour ce qui est des acteurs à proprement parler, aussi longtemps qu'ils se renouvellent eux-mêmes, aussi longtemps qu'ils continuent de se présenter, nous n'avons pas besoin de leur prêter attention.

« J'ai usé du mot *platonicien* et je maintiens cet adjectif. Nos yeux suivent la créature elle-même, mais notre esprit suit le système d'interactions dont elle est l'incarnation terrestre et matérielle.

« L'ironie est terrible. Une philosophie écologiste qui nous dit de vivre côte à côte avec d'autres créatures se justifie en faisant appel à une idée, une idée d'un ordre supérieur à toute créature vivante. Une idée, pour finir – et c'est là l'écrasante force de cette ironie – qu'aucune autre créature que l'Homme n'est capable de saisir. Chaque créature vivante se bat pour sa vie individuelle, et refuse, en se battant, d'accepter l'idée que le saumon ou le moucheron serait d'un ordre moins important que l'idée du saumon ou l'idée du moucheron. Mais lorsque nous voyons le saumon se battre pour avoir la vie sauve, nous nous disons qu'il est tout juste programmé pour se battre ; nous disons, avec Thomas d'Aquin, qu'il est prisonnier d'un esclavage naturel ; nous disons, il manque de conscience de soi.

« Les animaux ne croient pas à l'écologie. Même les ethnobiologistes ne font pas semblant d'y croire. Même les ethnobiologistes ne disent pas que la fourmi sacrifie sa vie afin de perpétuer l'espèce. Ce qu'ils disent est subtilement différent : la fourmi meurt et la fonction de sa mort est la perpétuation de l'espèce. La vie-de-l'espèce est une force qui agit à travers l'individu, mais que l'individu est incapable de comprendre. Dans ce sens, l'idée est innée, et la fourmi fonctionne d'après cette idée comme un ordinateur fonctionne d'après un programme.

« Nous, gestionnaires de l'écologie – je m'excuse de m'étendre si longuement, je vais bien au-delà de votre question, j'en aurai fini dans un moment –, nous comprenons la vaste danse, donc nous pouvons décider combien on peut pêcher de truites ou combien on peut capturer de jaguars avant que la stabilité de la danse ne soit perturbée. Le seul organisme sur lequel nous ne prétendons pas avoir ce pouvoir de vie et de mort est l'Homme. Pourquoi ? Parce que l'Homme est différent. L'Homme comprend la danse alors que les autres danseurs ne le peuvent pas. L'Homme est un être intellectuel. »

Pendant qu'elle parle, son esprit à lui s'est mis à vagabonder. Son anti-écologisme, il l'a déjà entendue là-dessus. Des poèmes sur les jaguars, c'est très bien, pense-t-il, mais on ne trouvera pas une bande d'Australiens attroupés autour d'un mouton, écoutant ses stupides bêê et écrivant des poèmes sur cette scène. N'est-ce pas cela qui est tellement suspect dans toute cette entreprise des droits de l'animal : elle se fait sur le dos de gorilles pensifs et de jaguars sexy et de pandas qu'on a envie d'embrasser parce que objet véritable de notre inquiétude ; les poulets et les porcs, pour ne rien dire des souris blanches ou des crevettes, ne feront jamais la une des journaux.

Maintenant Elaine Marx, qui a présenté la conférence d'hier, pose une question. « Dans votre leçon vous avez soutenu que divers critères – Cette créature possède-t-elle la raison ? Cette créature possède-t-elle la parole ? – ont été utilisés de mauvaise foi pour justifier des distinctions qui n'ont aucune base réelle, entre l'*Homo* et d'autres primates, par exemple, et pour ainsi justifier leur exploitation.

« Et cependant le simple fait que vous puissiez argumenter contre ce raisonnement, en montrant ce qu'il a de fallacieux, signifie que vous avez une certaine foi dans le pouvoir de la raison, de la vraie raison par opposition à la raison fausse.

« Je vais rendre ma question plus concrète en renvoyant au cas de Lemuel Gulliver. Dans *Les Voyages de Gulliver*, Swift nous donne la vision d'une utopie de la raison, le pays de ceux qu'on appelle les Houyhnhnms, mais cela s'avère être un lieu où Gulliver n'a pas sa place, alors qu'il est ce que Swift représente comme ce qu'il y a de plus proche de nous, ses lecteurs. Mais qui parmi nous voudrait vivre au pays des Houyhnhnms, avec son végétarisme rationnel, son gouvernement rationnel et son approche rationnelle de l'amour, du mariage et de la mort ? Même un cheval ne voudrait pas vivre dans une société totalitaire aussi parfaitement enrégimentée. De manière plus pertinente pour nous, quels sont les résultats obtenus par des sociétés totalement réglementées ? N'est-il pas un fait qu'ou bien elles s'effondrent, ou bien elles se transforment en régime militariste ?

« Voici ma question précise : N'attendez-vous pas trop du genre humain quand vous nous demandez de vivre sans exploiter d'autres espèces, sans cruauté ? N'est-il pas plus humain d'accepter notre propre humanité – même si cela signifie accueillir les Yahous carnivores en nous – plutôt que de finir comme Gulliver, espérant atteindre un état qu'il n'atteindra jamais, et pour une bonne raison : ce n'est pas dans sa nature, qui est une nature humaine ?

– Question intéressante, répond sa mère. Je trouve en Swift un écrivain qui nous intrigue. Par exemple, sa *Modeste Proposition*. Chaque fois qu'une majorité écrasante de lecteurs s'accorde sur la manière de lire un livre, je tends l'oreille. Au sujet de *Modeste Proposition*, le consensus veut que Swift n'ait pas voulu dire ce qu'il dit, ou semble dire. Il dit, ou semble dire, que des familles irlandaises pourraient gagner leur vie en élevant leurs enfants pour la table de leurs maîtres anglais. Mais il est impossible qu'il veuille dire cela, disons-nous, parce que nous savons tous qu'il est atroce de tuer et de manger des bébés humains. Cependant, à y bien réfléchir, poursuivons-nous, les Anglais sont déjà en train de tuer des bébés humains, en les laissant mourir de faim. Aussi, à y bien réfléchir, les Anglais commettent déjà une atrocité.

« Voilà la lecture orthodoxe, à peu de choses près. Mais pourquoi, je me le demande, fait-on ingurgiter cela avec une telle véhémence à nos jeunes lecteurs ? C'est ainsi que vous lirez Swift, leur disent leurs enseignants, et pas autrement. S'il est atroce de tuer et de manger des bébés humains, pourquoi n'est-il pas atroce de tuer et de manger des cochonnets ? Si vous voulez que Swift soit un ironiste noir plutôt qu'un pamphlétaire qui cède à la facilité, vous devriez peut-être examiner les prémisses qui rendent sa fable si aisée à digérer.

« Je me tourne à présent vers *Les Voyages de Gulliver*.

« D'un côté vous avez les Yahous, qu'on associe à la viande crue, l'odeur des excréments, et ce que nous appelons la bestialité. De l'autre côté, vous avez les Houyhnhnms, qu'on associe à l'herbe, aux odeurs suaves, et à la régulation rationnelle des passions. Entre les deux, vous avez Gulliver, qui veut être un Houyhnhnm mais qui sait secrètement qu'il est un Yahou. Tout cela est parfaitement clair. Comme pour la *Modeste Proposition*, la question est de savoir comment on l'interprète.

« Une observation. Les chevaux expulsent Gulliver. Leur raison manifeste est qu'il ne satisfait pas aux critères de rationalité. La vraie raison est qu'il ne ressemble pas à un cheval, mais à quelque chose d'autre : à un Yahou déguisé, en fait. Ainsi donc : le critère de la raison qui a été invoqué par des bipèdes carnivores afin de revendiquer un statut spécial pour eux-mêmes peut également être invoqué par des quadrupèdes herbivores.

« Le critère de la raison. *Les Voyages de Gulliver* me semble opérer à l'intérieur de la division tripartite d'Aristote entre les dieux, les bêtes et les hommes. Tant qu'on s'efforce de ranger les trois acteurs en deux catégories seulement – quelles sont les bêtes, quels sont les humains ? – la fable demeure dénuée de sens à nos yeux. Ainsi qu'aux yeux des Houyhnhnms. Les Houyhnhnms sont des dieux à leur façon, froids et apolliniens. Le test auquel ils soumettent Gulliver est le suivant : est-il un dieu ou une bête ? Ils estiment que le test est approprié. Nous, instinctivement, nous pensons que non.

« Ce qui m'a toujours laissée perplexe dans *Les Voyages de Gulliver* – et c'est une perspective à laquelle vous pouviez vous attendre de la part d'une ex-coloniale –, c'est que Gulliver voyage toujours seul. Gulliver entreprend des voyages d'exploration vers des pays inconnus, mais il ne débarque pas en compagnie d'une bande armée, *comme cela s'est passé dans la réalité*, et le livre de Swift ne dit rien à propos de ce qui aurait normalement dû faire suite aux efforts de Gulliver, le pionnier: des expéditions successives, des expéditions pour coloniser Lilliput ou l'île des Houyhnhnms.

« Voici la question que je pose : Et si Gulliver et une expédition armée avaient débarqué et avaient abattu quelques Yahous quand ceux-ci se faisaient menaçants, et avaient ensuite abattu un cheval, pour se nourrir ? Qu'est-ce que cela apporterait à la fable un rien trop propre, un rien trop désincarnée, un rien trop déshistorisée de Swift ? Certainement, cela donnerait un sale coup aux Houyhnhnms, en montrant clairement qu'il existe une troisième catégorie à côté des dieux et des bêtes, à savoir celle de l'homme, dont fait partie leur ancien hôte, Gulliver ; cela montrerait en outre que, si les chevaux représentent la raison, les hommes, eux, représentent la force physique.

« Se rendre maître d'une île et massacrer sa population, cela dit en passant, c'est exactement ce que firent Ulysse et ses hommes à Thrinacia, l'île consacrée à Apollon – acte pour lequel ils furent punis sans merci par le dieu. Et cette histoire, à son tour, semble faire appel à des couches de croyances plus anciennes encore, qui remontent aux temps où les taureaux étaient des dieux et où tuer et manger un dieu pouvait attirer sur vous une malédiction.

« Vous excuserez cette réponse confuse – en effet, nous ne sommes pas des chevaux, nous n'avons pas leur beauté nue, nette et rationnelle ; au contraire, nous sommes des primates subéquins, connus sous l'appellation d'homme. Vous dites qu'il n'y a rien d'autre à faire que d'accepter pleinement ce statut, cette nature. Très bien, allons-y. Mais poussons jusqu'à ses limites la fable de Swift et reconnaissons que, dans cette histoire, le fait d'accepter pleinement le statut d'homme va de pair avec le massacre et l'asservissement d'une race d'êtres divins ou divinement créés et a de la sorte attiré une malédiction sur nous. »

Il est trois heures et quart, quelques heures avant le dernier rendez-vous de sa mère. Il l'accompagne jusqu'a son bureau le long d'allées bordées d'arbres où tombent les dernières feuilles d'automne.

« Crois-tu vraiment, Mère, que des cours de poésie vont fermer les abattoirs ?

– Non.

– Alors pourquoi le faire ? Tu disais que tu étais fatiguée de ces arguties sur les animaux, visant à prouver par des syllogismes qu'ils sont ou non dotés d'une âme. Mais la poésie n'est-elle rien qu'une autre manière de délibérer avec subtilité et d'admirer en vers les muscles des grands félins ? Ce que tu avais à dire sur les débats de ce genre, n'était-ce pas qu'ils ne changent rien à rien ? Il me semble que ce que tu cherches à changer dans les comportements est d'un niveau trop élémentaire, trop primaire, pour être changé au moyen de discussions. Le fait d'être carnivore exprime quelque chose de profondément vrai sur les êtres humains, tout comme sur les jaguars. Tu ne voudrais pas soumettre un jaguar à un régime de graines de soja.

– Parce qu'il mourrait. Les êtres humains ne meurent pas d'un régime végétarien.

– Non, en effet. Mais il ne *veulent* pas d'un régime végétarien. Ils aiment manger de la viande. Il y a quelque chose d'ataviquement satisfaisant à cela. C'est la vérité toute nue. Tout comme c'est la vérité toute nue que les animaux méritent, dans un sens, ce qui leur arrive. Pourquoi perdre son temps à essayer de leur venir en aide, quand ils ne cherchent pas à s'aider eux-mêmes ? Qu'ils mijotent dans leur propre jus. Si on devait me demander en quoi consiste l'attitude générale envers les animaux qu'on mange, je dirais : le mépris. Nous les maltraitons parce que nous les méprisons ; nous les méprisons parce qu'ils n'offrent aucune résistance.

– Je ne suis pas d'accord, dit sa mère. Les gens se plaignent que nous traitions les animaux comme des objets, mais en fait nous les traitons comme des prisonniers de guerre. Sais-tu que lorsque les premiers zoos furent ouverts au public, les gardiens étaient obligés de protéger les animaux contre les attaques des spectateurs ? Les spectateurs estimaient que les animaux étaient là pour être insultés et molestés, comme des prisonniers lors d'un triomphe. Nous étions autrefois en guerre avec les animaux; c'est ce qu'on appelait la chasse, bien que, en fait, la guerre et la chasse soient une seule et même chose – Aristote l'a clairement vu. Cette guerre a duré quatre millions d'années. Nous ne l'avons gagnée de façon définitive qu'il y a quelques centaines d'années, quand nous avons inventé les armes à feu. Ce n'est qu'une fois la victoire absolue assurée que nous avons été en mesure de cultiver la compassion. Mais notre compassion est toute en surface. Au-dessous subsiste une attitude plus primitive. Le prisonnier de guerre n'appartient pas à notre tribu. Nous pouvons faire de lui ce que nous voulons. Nous pouvons le sacrifier aux dieux. Nous pouvons lui couper la gorge, lui arracher le cœur, le jeter au feu. Il n'y a pas de lois en ce qui concerne les prisonniers de guerre.

– Et c'est ce dont tu veux guérir l'humanité ?

– John, je ne sais pas ce que je veux faire. Mais je ne veux sûrement pas me taire.

– Très bien. Mais en général on ne tue pas les prisonniers de guerre. On en fait des esclaves.

– Eh bien, c'est ce que sont nos cheptels captifs : des populations esclaves. Leur travail est de se reproduire pour nous. Même leur sexualité devient une espèce de labeur. Nous ne les haïssons pas, parce qu'ils ne valent plus la peine d'être haïs. Nous les regardons, comme tu le disais, avec mépris.

– Cependant, il y a toujours des animaux que nous détestons. Les rats, par exemple. Les rats ne se sont pas rendus. Ils résistent. Ils se sont reformés en unités souterraines dans nos égouts. Ils ne sont pas gagnants, mais ils ne sont pas perdants non plus. Pour ne rien dire des insectes et des microbes. Ils peuvent encore nous battre. Ils nous survivront certainement. »

La dernière étape de la visite de sa mère prendra la forme d'un débat. Son contradicteur sera le grand homme blond du dîner d'hier soir, qui s'avère être Thomas O'Hearne, professeur de philosophie à Appleton.

On s'est mis d'accord pour que O'Hearne ait trois occasions de présenter ses positions, et sa mère trois occasions de répondre. Étant donné que O'Hearne a eu la courtoisie de lui envoyer un résumé à l'avance, elle sait en gros ce qu'il dira.

« Ma première réserve à l'égard du mouvement des droits des animaux, commence O'Hearne, est que, si on ne reconnaît pas sa nature historique, il court le risque de devenir, comme le mouvement des droits de l'homme, une croisade occidentale de plus contre les pratiques du reste du monde, revendiquant l'universalité pour de simples normes personnelles. » Il poursuit en donnant un bref aperçu de la montée des sociétés protectrices des animaux en Grande-Bretagne et aux États-Unis au dix-neuvième siècle.

« Pour ce qui est des droits de l'homme, continue-t-il, d'autres cultures et d'autres religions répondent assez justement qu'elles ont leurs propres normes et ne voient pas pourquoi elles devraient adopter celles de l'Occident. De la même façon, disent-elles, elles ont leurs propres normes pour le traitement des animaux et ne voient pas pourquoi elles devraient adopter les nôtres – en particulier lorsque les nôtres sont d'une création aussi récente.

« Dans sa présentation d'hier, notre conférencière a été très dure envers Descartes. Mais Descartes n'a pas inventé l'idée que les animaux appartiennent à un autre ordre que l'humanité : il s'est contenté de l'exprimer d'une nouvelle façon. L'idée que nous avons l'obligation envers les animaux eux-mêmes de les traiter avec compassion – par opposition à une obligation envers nous-mêmes – est très récente, très occidentale, et même très anglo-saxonne. Aussi longtemps que nous tenons à accéder à des universaux moraux auxquels d'autres traditions sont insensibles, et à essayer de les leur imposer par la propagande ou même la pression économique, nous allons rencontrer une résistance, et cette résistance sera justifiée. »

C'est au tour de sa mère.

« Les préoccupations que vous exprimez sont substantielles, professeur O'Hearne, et je ne suis pas sûre de pouvoir leur fournir une réponse substantielle. Vous avez raison, évidemment, au sujet de l'histoire. La bonté envers les animaux n'est devenue une norme sociale que fort récemment, au cours des cent cinquante ou deux cents dernières années, et dans une partie du monde seulement. Vous avez également raison de lier cette histoire à l'histoire des droits de l'homme, étant donné que le souci des animaux est, historiquement parlant, le résultat de considérations philosophiques plus générales – pour le sort des esclaves et des enfants, entre autres.

« Cependant, la gentillesse envers les animaux – et j'emploie ici le mot gentillesse dans son sens plein, en acceptant que nous appartenions tous à une même gent, une même nature – a été plus généralisée que vous ne semblez l'indiquer. Avoir des animaux domestiques, par exemple, n'est en rien une manie occidentale : les premiers voyageurs en Amérique du Sud rencontrèrent des villages où les humains et les animaux vivaient ensemble, pêle-mêle. Et partout dans le monde les enfants frayent tout naturellement avec les animaux. Ils ne voient aucune ligne de partage. Cela, il faudra le leur apprendre, tout comme il faudra leur apprendre qu'il n'y a rien de mal à les tuer et à les manger.

« Pour en revenir à Descartes, je voudrais simplement dire que la discontinuité qu'il voyait entre les animaux et les êtres humains procédait d'une information lacunaire. La science à l'époque de Descartes ne savait rien des grands singes ou des mammifères marins supérieurs, et n'avait donc aucune raison de mettre en question la supposition que les animaux ne peuvent pas penser. Et elle n'avait évidemment pas le moindre accès aux fossiles qui devaient révéler une graduation continue de créatures anthropoïdes allant des primates supérieurs jusqu'à l'*Homo sapiens* – des anthropoïdes, précisons-le, qui furent exterminés par l'homme dans son ascension à la toute-puissance.

« Si j'accepte votre point essentiel concernant l'arrogance de la culture occidentale, je n'en pense pas moins qu'il convient que ceux qui furent à la pointe de l'industrialisation de la vie des animaux et de la transformation de la chair animale en produits de consommation soient aussi les premiers à essayer de réparer la faute commise. »

O'Hearne présente sa seconde thèse. « D'après la littérature scientifique que j'ai pu consulter, dit-il, les efforts pour montrer que les animaux peuvent penser de façon stratégique, manier des concepts généraux, ou communiquer symboliquement, ont connu des succès très limités. La meilleure performance dont les singes supérieurs aient été capables ne dépasse pas celle d'un être humain frappé d'un insurmontable défaut d'élocution et sévèrement retardé mentalement. Si tel est le cas, ne convient-il pas de considérer les animaux, et même les animaux supérieurs, comme appartenant à un domaine juridique et éthique entièrement différent, plutôt que de les placer dans cette sous-catégorie humaine tout à fait déprimante ? N'y a-t-il pas une certaine sagesse dans la façon de voir traditionnelle selon laquelle les animaux ne sauraient jouir de droits légaux parce qu'ils ne sont pas des personnes, même pas des personnes potentielles comme le sont les fœtus ? Dans la mise au point de règles qui faciliteraient nos relations avec les animaux, ne vaudrait-il pas mieux que de telles règles s'appliquent à nous et à notre façon de les traiter, comme c'est le cas présentement, plutôt que de dépendre de droits que les animaux ne peuvent ni revendiquer ni faire respecter, ni même comprendre ? »

Au tour de sa mère. « Pour répondre adéquatement, professeur O'Hearne, il faudrait plus de temps que je n'en ai, étant donné que je voudrais d'abord examiner toute la question des droits et comment on en vient à en avoir. Aussi permettez-moi de faire une seule observation : le programme d'expériences scientifiques qui vous amène à conclure que les animaux sont des imbéciles est profondément anthropocentrique. Ce programme valorise l'aptitude à se sortir d'un labyrinthe stérile, mais ignore le fait que si le chercheur qui a conçu le labyrinthe était parachuté dans la jungle de Bornéo, il ou elle mourrait de faim dans la semaine. En fait, j'irais même plus loin. Si on me disait, en tant qu'être humain, que les normes d'après lesquelles les animaux sont évalués au cours de ces expériences sont des normes humaines, je prendrais cela comme une insulte. Ce sont les expériences elles-mêmes qui sont débiles. Les béhavioristes qui les conçoivent affirment que nous comprenons seulement en créant des modèles abstraits et en mettant ces modèles à l'épreuve de la réalité. Quelle absurdité ! Nous comprenons en nous plongeant nous-mêmes et notre intelligence dans la complexité. Il y a quelque chose de débilitant dans la manière dont le béhaviorisme scientifique refuse de faire face à la complexité de la vie.

« Quant au fait que les animaux seraient trop bêtes et trop stupides pour se faire entendre eux-mêmes, considérez l'enchaînement d'événements suivant. Quand Albert Camus était jeune garçon en Algérie, sa grand-mère lui demanda de lui amener l'une des poules du poulailler. Il obéit, puis il la regarda couper la tête de la volaille avec un couteau de cuisine, recueillant son sang dans un bol pour ne pas souiller le sol.

« Le cri de mort de cette poule s'imprima si vivement dans la mémoire du garçon qu'en 1958 il rédigea une attaque passionnée contre la guillotine. C'est en partie suite à cette polémique que la peine capitale fut abolie en France. Qui oserait affirmer que la poule n'a pas parlé ? »

O'Hearne. « Je fais la déclaration suivante après

mûre réflexion, conscient des associations historiques qu'elle peut évoquer. Je ne crois pas que la vie soit aussi importante pour les animaux qu'elle ne l'est pour nous. Il y a certainement chez les animaux une lutte instinctive contre la mort, instinct qu'ils ont en commun avec nous. Mais ils ne comprennent pas la mort comme nous le faisons, ou plus exactement, comme nous manquons de la comprendre. Il y a, dans l'esprit humain, un effondrement de l'imagination devant la mort, et cet effondrement de l'imagination – évoqué si précisément dans la leçon d'hier – constitue le fondement de notre peur de la mort. Cette peur n'existe pas et ne saurait exister chez les animaux, puisque l'effort de comprendre l'extinction, et l'échec de cette démarche, l'échec à la maîtriser, n'ont tout simplement pas lieu.

« Pour cette raison, aimerais-je suggérer, mourir, pour un animal, c'est tout au plus quelque chose qui survient, quelque chose contre quoi il peut y avoir une révolte de l'organisme, mais non pas une révolte de l'âme. Et plus on descend sur l'échelle de l'évolution, plus cela est vrai. Pour un insecte, la mort n'est rien d'autre que l'arrêt des systèmes qui maintiennent l'organisme physique en état de fonctionnement, et rien de plus.

« Pour les animaux, la mort est en continuité avec la vie. Et ce n'est que chez certains êtres humains très imaginatifs qu'on rencontre une horreur de mourir si forte qu'ils la projettent alors sur d'autres êtres, y compris des animaux. Les animaux vivent, et puis ils meurent : c'est tout. Aussi est-ce une grave erreur de mettre sur un pied d'égalité un boucher qui tue un poulet et un bourreau qui exécute un être humain. Ces événements ne sont pas comparables. Ils ne sont pas à une même échelle, ils ne sont pas sur une même échelle.

« Il nous reste à évoquer la question de la cruauté. Il est licite de tuer des animaux, dirais-je, parce que leur vie n'est pas aussi importante à leurs yeux que notre vie l'est aux nôtres ; l'ancienne façon de le dire était que les animaux n'ont pas d'âmes immortelles. Par contre, je regarderais comme illicite la cruauté gratuite. Donc il est tout à fait approprié que nous militions en faveur d'un traitement humain des animaux, même et surtout dans les abattoirs. Ceci a été depuis longtemps un objectif des sociétés protectrices des animaux, et je leur rends hommage.

« Mon dernier point concerne la nature étrangement abstraite des préoccupations pour les animaux au sein du mouvement des droits des animaux. Je tiens à m'excuser d'avance auprès de notre conférencière pour la dureté apparente de ce que je suis sur le point de dire, mais je crois que cela doit être dit.

« Parmi tous ceux qui aiment les animaux que je vois autour de moi, je distinguerais deux catégories. D'un côté, des chasseurs, des gens qui ont de l'estime pour les animaux à un niveau très élémentaire, non réfléchi ; qui passent des heures à les observer et à les traquer ; et qui, après les avoir tués, prennent plaisir au goût de leur viande. De l'autre côté, des gens qui ont peu de contact avec les animaux, du moins avec ces espèces qu'ils ont le souci de protéger, comme la volaille ou le bétail, et qui veulent néanmoins que tous les animaux mènent – dans un *vacuum* économique –

une vie utopique où chacun est miraculeusement nourri et où personne ne fait sa proie de nul autre.

« Des deux, lesquels, je vous le demande, aiment le mieux les animaux ?

« C'est parce que toute cette campagne pour les droits des animaux, y compris le droit à la vie, est si abstraite que je la trouve peu convaincante et finalement sans effet. Ses militants parlent beaucoup de ce que nous avons en commun avec les animaux, mais comment vivent-ils à vrai dire ce que nous partageons ? Thomas d'Aquin dit que l'amitié entre êtres humains et animaux est impossible, et j'aurais tendance à être d'accord. Vous ne pouvez être l'ami ni d'un Martien ni d'une chauve-souris, pour la simple raison que vous avez trop peu de choses en commun avec eux. Nous pouvons certainement désirer avoir quelque chose en commun avec les animaux, mais cela n'est pas la même chose que vivre en communauté avec eux. C'est tout juste un échantillon de la nostalgie d'avant la Chute. »

Au tour de sa mère, à nouveau, son dernier tour.

« Quiconque affirme que la vie importe moins aux animaux qu'elle ne nous importe n'a jamais tenu entre ses mains un animal qui se bat pour rester en vie. Tout l'être de l'animal est projeté dans cette lutte, sans réserve aucune. Quand vous dites qu'il manque à cette lutte une dimension d'horreur intellectuelle ou imaginative, je ne puis qu'acquiescer. Il n'appartient pas au mode d'être des animaux d'éprouver une horreur intellectuelle : tout leur être est dans la chair vivante.

« Si je ne vous convaincs pas, c'est parce que mes paroles, ici, n'ont pas le pouvoir de vous faire saisir la totalité de cet être animal, sa nature non abstraite et non intellectuelle. C'est pourquoi je vous invite à lire les poètes qui rendent au langage l'être vivant, électrique; et si les poètes ne vous émeuvent pas, je vous invite à descendre, côte à côte, avec la bête qu'on aiguillonne vers son exécuteur.

« Vous dites que la mort n'importe pas aux yeux de l'animal, parce que l'animal ne comprend pas la mort. Cela me rappelle un de ces philosophes universitaires que j'ai lu en préparant la conférence d'hier. Ce fut une expérience déprimante. Elle suscita en moi une réponse swiftienne. Si cela est ce que la philosophie humaine a de mieux à offrir, me suis-je dit, je préférerais aller vivre parmi les chevaux.

« Pouvons-nous, strictement parlant, se demandait ce philosophe, dire que le veau regrette sa mère ? Le veau se rend-il suffisamment compte de la signification de la relation avec la mère, le veau se rend-il suffisamment compte du sens de l'absence maternelle, enfin le veau en sait-il assez sur le manque pour savoir que son sentiment est un sentiment de manque ?

« D'un veau qui n'a pas la maîtrise des concepts de présence et d'absence, de soi et d'autrui – ainsi va l'argument –, on ne peut pas, strictement parlant, dire que quelque chose lui manque. Afin de pouvoir regretter, strictement parlant, quelque chose, il devrait d'abord suivre un cours de philosophie. Quel genre de philosophie est-ce donc que cela ? Jetez cette vieille défroque aux orties ! À quoi bon ces distinctions futiles ?

« À mes yeux, un philosophe qui dit que la distinction entre humain et non-humain dépend du fait d'avoir la peau blanche ou noire, et un philosophe qui dit que la distinction entre humain et non-humain dépend du fait de savoir différencier entre un sujet et un prédicat, sont plus semblables qu'ils ne sont dissemblables.

« D'habitude, je me méfie des gestes d'exclusion. Je connais un éminent philosophe qui affirme qu'il n'a tout simplement pas l'intention de philosopher au sujet des animaux avec des gens qui mangent de la viande. Je ne suis pas sûre de vouloir aller jusque-là – franchement, je n'en ai pas le courage –, mais je dois admettre que je ne ferais pas des pieds et des mains pour rencontrer le monsieur dont je viens de citer le livre. Plus exactement, je ne ferais pas des pieds et des mains pour rompre le pain avec lui.

« Serais-je prête à discuter d'idées avec lui ? Voilà réellement la question cruciale. Il n'est de discussion possible que s'il y a un terrain d'entente. Quand les adversaires sont à couteaux tirés, nous disons : "Qu'ils raisonnent ensemble, et, ce faisant, qu'ils clarifient leurs points de désaccord, et qu'ainsi ils se rapprochent. Ils peuvent n'avoir rien d'autre en commun, mais au moins ils ont en commun la raison."

« Pour l'heure, cependant, je ne suis pas sûre de vouloir admettre que j'ai la raison en commun avec mon adversaire. Pas quand la raison soutient d'un bout à l'autre la longue tradition philosophique à laquelle il appartient, en remontant jusqu'à Descartes, et par-delà Descartes, aux stoïciens et à Aristote, en passant par Thomas d'Aquin et saint Augustin. Si le dernier point que j'ai en commun avec lui est la raison, et si la raison est ce qui me distingue du veau, alors merci bien, mais je préfère parler à quelqu'un d'autre. »

Voilà la note sur laquelle le doyen Arendt doit

mettre fin aux débats: une note acrimonieuse où résonne l'hostilité et l'amertume. Lui, John Bernard, est sûr que ce n'est pas ce qu'envisageaient Arendt ou son comité. Eh bien, ils auraient dû lui demander son avis avant d'inviter sa mère. Il aurait pu le leur dire.

Il est minuit passé, Norma et lui sont au lit, il est épuisé, il devra se lever à six heures pour conduire sa mère à l'aéroport. Mais Norma est en furie et ne veut pas lâcher prise. « Tout ça n'est rien que manies alimentaires et les manies alimentaires sont toujours un exercice de pouvoir. Ça m'énerve de la voir arriver ici et essayer d'obtenir des gens, et en particulier des enfants, qu'ils changent leurs habitudes alimentaires. Et maintenant ces conférences absurdes ! Elle essaie d'étendre son pouvoir inhibant sur tout un chacun ! »

Il veut dormir, mais il ne peut pas complètement trahir sa mère. « Elle est parfaitement sincère, murmure-t-il.

– Cela n'a rien à voir avec la sincérité. Elle n'a pas le moindre discernement quant à elle-même. C'est parce qu'elle a si peu de discernement sur ce qui la motive qu'elle paraît sincère Les fous sont sincères. »

Avec un soupir, il accepte la bagarre. « Je ne vois pas la moindre différence, dit-il, entre la révulsion qu'on éprouve à manger de la viande et ma propre révulsion à l'idée de manger des escargots ou des sauterelles. Je ne discerne pas mes motifs et je m'en fiche royalement. Je trouve tout simplement que c'est dégoûtant. »

Norma lance un grognement de mépris. « Tu ne donnes pas des conférences en produisant des arguments pseudo-philosophiques pour dire pourquoi tu ne manges pas des escargots. Tu n'essaies pas de transformer une manie personnelle en un tabou général.

– Peut-être. Mais pourquoi ne pas essayer de la voir comme une prédicatrice, une réformatrice sociale, plutôt que comme une excentrique essayant d'imposer ses préférences à d'autres gens ?

– Libre à toi de voir en elle une prédicatrice. Mais jette un coup d'œil sur tous les autres prédicateurs et leurs projets déments pour diviser l'humanité en sauvés et en damnés. Est-ce là le genre de compagnie que tu souhaites à ta mère ? Elizabeth Costello et sa seconde Arche, avec ses chiens, ses chats et ses loups, dont aucun, évidemment, n'a jamais commis le péché de manger de la viande, pour ne rien dire du virus de la malaria, du virus de la rage et du virus du sida qu'elle veut également sauver afin de pouvoir refourbir son Meilleur des Mondes.

– Norma, tu divagues.

– Je ne divague pas. J'aurais plus de respect pour elle si elle n'essayait pas de me poignarder dans le dos en racontant aux enfants ses histoires de pauvres petits veaux et ce que les méchants humains leur font. J'en ai assez de les voir rechigner devant leur assiette et me demander, “Maman, est-ce que c'est du veau ?” quand c'est du poulet ou du thon. Ce n'est rien qu'un jeu de pouvoir. Son grand héros Franz Kafka jouait le même jeu avec sa famille. Il refusait de manger ci, il refusait de manger ça, il préférait mourir de faim, disait-il. Bientôt tout le monde se sentait coupable de manger devant lui, et il pouvait tout à son aise se sentir vertueux. C'est un jeu morbide, et je ne veux pas que les enfants y jouent à mon détriment.

– Encore quelques heures et elle sera partie, alors on retrouvera une vie normale.

– Bien. Dis-lui au revoir de ma part, je n'ai pas l'intention de me lever tôt. »

Sept heures, le soleil vient de se lever, et sa mère et lui sont en route vers l'aéroport.

« Je suis désolé pour Norma, dit-il. Elle est dans une période de stress. Je ne crois pas qu'elle soit en état de comprendre tes idées. Peut-être peut-on dire la même chose de moi. Ta visite a été si courte, je n'ai pas eu le temps de comprendre pourquoi tu t'es engagée si intensément dans cette histoire d'animaux. »

Elle regarde les essuie-glaces aller et venir. « La meilleure explication, dit-elle, c'est que je ne t'ai pas raconté pourquoi, ou que je n'ose pas te le dire. Quand je pense aux mots, ils me paraissent tellement outrés qu'il vaut mieux les prononcer la tête dans un coussin ou dans un trou dans la terre, comme faisait le roi Midas.

– Je ne te suis pas. Qu'est-ce que tu ne peux pas dire ?

– C'est qu'en fait je ne sais plus où j'en suis. J'ai l'air d'être tout à fait à l'aise parmi les gens, j'ai l'air d'avoir avec eux des relations tout à fait normales. Est-il possible, me suis-je demandé, qu'ils soient tous complices d'un crime de proportions ahurissantes ? Tout cela, est-ce que je l'imagine ? Je dois être folle ! Pourtant tous les jours j'en vois les preuves. Et ceux-là même que je soupçonne m'avancent ces preuves, me les exhibent, me les offrent. Des cadavres. Des morceaux de cadavres qu'ils ont payés de leurs deniers.

« C'est comme si je venais en visite chez des amis et que je leur faisais un compliment sur le lampadaire dans leur living, et qu'ils me disent, "Oui, joli, n'est-ce pas ? C'est fait avec de la peau juive polonaise, nous trouvons que c'est ce qui se fait de mieux, les peaux de jeunes vierges juives polonaises". Et quand je vais dans la salle de bains, le papier d'emballage du savon indiquerait "Treblinka – stéarate 100 % humain". Est-ce que je rêve, je me demande ? Chez qui suis-je tombée ?

« Pourtant je ne suis pas en train de rêver. Je regarde dans tes yeux, dans ceux de Norma, ceux des enfants, et je ne vois que de la gentillesse, de la gentillesse humaine. Calme-toi, me dis-je, tu te fais une montagne d'un rien. C'est la vie. Tous les autres parviennent à s'en accommoder, pourquoi pas toi ? *Pourquoi pas toi ?* »

Elle se tourne vers lui le visage ruisselant de larmes. Que veut-elle, se demande-t-il. Est-ce qu'elle veut que moi je réponde à sa question ?

Il gare la voiture, éteint le moteur, prend sa mère dans ses bras. Il inhale l'odeur froide de crème de beauté, de chair vieillie. « Là, là, lui chuchote-t-il dans l'oreille. Là, là. Ce sera bientôt fini. »

5
Les humanités en Afrique

I

Il y a douze ans qu'elle n'a pas vu sa sœur ; elle ne l'a pas vue depuis l'enterrement de leur mère, ce jour où il pleuvait à Melbourne. Cette sœur, qui pour elle est restée Blanche, mais qui porte le nom de Sœur Bridget depuis si longtemps qu'elle doit maintenant se prendre pour une vraie petite Sœur Brigitte d'Irlande, est partie s'installer – pour de bon, semble-t-il – en Afrique, répondant à l'appel de sa vocation. Après des études supérieures en lettres classiques, elle a changé de cap et acquis une formation de missionnaire médecin, et elle a monté les échelons jusqu'au poste d'administrateur d'un hôpital considérable en milieu rural au Zululand. Depuis que le fléau du sida sévit dans cette région, elle s'emploie à faire porter de plus en plus les efforts de l'hôpital de Sainte-Marie-du-Mont, Marianhill, sur le sort des enfants nés avec le virus. Il y a deux ans, Blanche a publié un livre, *Vivre pour l'espérance*, sur l'œuvre de Marianhill. Contre toute attente, le livre a eu du succès. Elle a fait une tournée de conférences au Canada et aux États-Unis, pour faire connaître le travail de son Ordre, et pour trouver des financements ; on a parlé d'elle dans *Newsweek*. Ainsi, ayant renoncé à une carrière universitaire pour embrasser une vie d'obscur labeur, Blanche se retrouve soudain célèbre, assez célèbre, à présent, pour se voir conférer un doctorat *honoris causa* par l'une des universités de son pays d'adoption.

C'est à l'occasion de cette distinction honorifique, de la cérémonie durant laquelle elle sera décernée, qu'elle-même, Elizabeth, sœur cadette de Blanche, s'est rendue dans une contrée qu'elle ne connaît pas, et qu'elle n'a jamais eu particulièrement envie de connaître, et dans cette ville horrible (elle est arrivée en avion il y a quelques heures à peine, et a pu voir au-dessous d'elle cette cité tentaculaire qui s'étend sur des hectares de terre mutilée, d'où émergent de vastes terrils). La voilà arrivée, et elle est fourbue. De longues heures de sa vie passées à survoler l'océan Indien; il est futile de croire qu'elle rattrapera jamais ce temps perdu. Elle devrait faire une sieste, se requinquer un peu, retrouver son humour, avant de revoir Blanche; mais elle est trop énervée, trop désorientée, trop – elle le sent confusément – mal en point. Est-ce quelque chose qu'elle aurait attrapé dans l'avion? Va-t-elle tomber malade parmi des étrangers? Quelle horreur! Elle prie le ciel de se tromper.

On leur a retenu des chambres dans le même hôtel, Sœur Bridget Costello et Mme Elizabeth Costello. Au moment des réservations, on leur a demandé si elles souhaitaient des chambres séparées ou si elles préféraient partager une suite. Des chambres séparées, avait-elle dit; et elle imagine que Blanche a dit la même chose. Elle et Blanche n'ont jamais été vraiment proches; elle n'a aucune envie, maintenant qu'elles ne sont même plus des femmes d'un certain âge, mais bel et bien des personnes âgées, d'être obligée d'entendre Blanche dire ses prières du soir ou de voir le genre de dessous en faveur parmi les Sœurs maristes.

Elle défait ses bagages, tourne en rond, allume la télévision, l'éteint. Sans savoir trop comment, dans tout ça, elle s'endort, allongée de tout son long, tout habillée, ses chaussures aux pieds. C'est le téléphone qui la réveille. À tâtons, elle finit par trouver le combiné. *Où suis-je ?* se demande-t-elle. *Qui suis-je ?* « Elizabeth ? dit une voix, c'est toi ? »

Elles se retrouvent dans le salon de l'hôtel. Elle aurait cru qu'on aurait quelque peu relâché le règlement en ce qui concerne la tenue imposée aux religieuses. Mais si tel est le cas, le vent de libéralisme en matière vestimentaire n'est pas arrivé jusqu'à Blanche. Elle porte le voile, la chemise blanche austère, la jupe grise qui lui descend à mi-mollets, et les grosses chaussures noires qui étaient réglementaires il y a des dizaines d'années. Son visage est sillonné de rides, le dos de ses mains marqué de taches brunes ; mais autrement, elle porte bien son âge. Le genre de femme qui vivra jusqu'à quatre-vingt-dix ans, se dit-elle. Décharnée, c'est le mot qui, à contrecœur, lui vient à l'esprit : *décharnée comme une vieille poule*. Quant à ce que Blanche voit devant elle, quant à ce qu'est devenue la sœur restée dans le siècle, elle aimerait mieux ne pas s'appesantir là-dessus.

Elles s'embrassent, commandent du thé. Elles échangent quelques propos sans conséquence. Blanche a des neveux, bien qu'elle ne se soit jamais comportée comme une tante ; il faut donc lui donner des nouvelles de sa nièce et de son neveu qu'elle a rarement vus et qui pourraient aussi bien être des étrangers pour elle. Durant leur conversation, elle, Elizabeth, se demande : *Est-ce que c'est pour ça que je suis venue jusqu'ici – pour me faire effleurer la joue, pour échanger ces mots usés, pour faire ce geste qui s'efforce de ranimer un passé déjà presque estompé ?*

Familiarité. Ressemblance familiale. Deux vieilles femmes dans une ville inconnue, qui sirotent leur thé, et cachent le désarroi qu'elles s'inspirent mutuellement. Ce qui se passe là pourrait donner matière à quelque chose, cela ne fait pas l'ombre d'un doute. Quelque chose comme une histoire qui rôde furtivement, aussi discrète qu'une souris cachée dans un coin. Mais elle est trop fatiguée, maintenant, pour chercher à savoir ce qu'il en est.

« À neuf heures et demie, entend-elle Blanche dire.

– Quoi ?

– Neuf heures et demie. On vient nous chercher à neuf heures et demie. On nous retrouve ici. » Blanche repose sa tasse. « Tu as l'air crevée, Elizabeth. Va dormir un peu. J'ai un discours à préparer. Ils m'ont demander de faire un discours. Donnant donnant.

– Un discours ?

– Une allocution. Je dois faire une allocution demain devant l'assemblée des nouveaux diplômés. Je suis désolée, mais il va falloir que tu prennes ton mal en patience. »

II

Elle est placée, avec d'autres invités de marque, au premier rang. Il y a des années qu'elle n'a pas assisté à une cérémonie solennelle de remise des diplômes. Fin de l'année universitaire. L'été est aussi chaud ici en Afrique qu'en Australie. Elle estime, d'après la masse compacte de jeunes gens en toge noire assis derrière elle, que l'on va décerner quelque deux cents diplômes aux étudiants en humanités. Mais c'est d'abord le tour de Blanche, seule à recevoir un diplôme *honoris causa*. On la présente à l'assemblée. Revêtue de la toge rouge des récipiendaires d'un doctorat, l'enseignante se tient devant eux, les mains croisées, tandis que l'orateur en titre de l'université énumère ses mérites et lit la liste de tout ce qu'elle a accompli au cours de sa vie. On la conduit jusqu'au siège d'où préside le recteur. Elle fléchit un genou, et c'en est fait. Longs applaudissements. Sœur Bridget Costello, épouse du Christ et docteur ès lettres, qui par sa vie et ses œuvres a redonné quelque lustre, pour un temps, au nom de missionnaire.

Elle prend place derrière le pupitre réservé aux orateurs. L'heure est venue de dire ce qu'elle a à dire, Bridget, Blanche.

« Monsieur le Recteur, dit-elle, honorables membres de l'université,

« Vous m'honorez ici ce matin, et je suis sensible à l'honneur que vous me faites et que j'accepte non pas en mon propre nom mais au nom de ces dizaines de personnes qui, depuis un demi-siècle, ont consacré leur labeur et leur amour aux enfants de Marianhill et, par l'entremise de ces petits enfants, à Notre Seigneur.

« Pour nous honorer, vous avez choisi le mode dans lequel vous vous trouvez le plus à l'aise, c'est-à-dire l'attribution d'un diplôme universitaire, pour être précis, un doctorat en *litterae humaniores*, en lettres humaines, ou, selon une terminologie plus lâche, en humanités. Au risque de vous parler de choses que vous connaissez mieux que moi, j'aimerais profiter de cette occasion pour dire quelques mots sur les humanités, sur leur histoire et sur la situation où elles se trouvent aujourd'hui ; et aussi vous livrer quelques remarques sur l'humanité. Il se peut que ce que j'ai à dire ait quelque rapport, c'est mon très humble espoir, avec la situation dans laquelle vous, qui êtes au service des humanités, vous vous trouvez, en Afrique, mais aussi bien dans le monde entier, à savoir en état de siège.

« Qui aime bien châtie bien, dit-on. Permettez-moi de commencer en vous rappelant que ce n'est pas au sein de l'université qu'ont vu le jour ce qu'on appelle aujourd'hui les humanités, mais que dans un souci de précision historique j'appellerai dorénavant *studia humanitatis* ou études humaines, études de l'homme et de la nature de l'homme par opposition aux *studia divinatis*, dont l'objet est le divin. L'université n'a pas donné le jour aux études en sciences humaines, et, lorsqu'elle a fini par considérer les sciences humaines comme un objet d'étude universitaire légitime, elle ne leur a pas non plus ménagé un accueil propre à les promouvoir. Au contraire, l'université n'a accueilli les sciences humaines que sous une forme desséchée et étriquée. Cette forme étriquée consistait en l'étude des textes ; l'histoire des sciences humaines depuis le quinzième siècle est tellement imbriquée dans l'histoire de l'étude des textes qu'on pourrait dire que c'est la même chose.

« Comme je n'ai pas toute la journée pour vous

entretenir du sujet – votre doyen m'a expressément demandé de me limiter à un quart d'heure au grand maximum, "au grand maximum", ce sont là ces propres mots –, je vais dire ce que j'ai à dire sans mener mon raisonnement pas à pas et sans fournir les preuves historiques auxquelles votre assemblée d'étudiants et de chercheurs aurait droit.

« L'étude des textes, dirais-je si j'avais plus de temps à ma disposition, était le souffle de vie des études humaines du temps que ces études étaient ce que l'on peut à juste titre qualifier de mouvement historique, le mouvement humaniste. Mais il ne fallut pas longtemps pour que ce souffle de vie dans l'étude des textes fût étouffé. L'histoire de l'étude des textes depuis n'est qu'une suite de laborieux efforts pour ressusciter cette vie, en vain.

« Le texte pour lequel on a inventé la discipline de l'étude textuelle était la Bible. Ceux qui se consacraient à cette étude se considéraient comme des serviteurs dont la tâche était de recouvrer le vrai message de la Bible, et particulièrement le véritable enseignement de Jésus. La figure qu'ils employaient pour décrire leur travail était la figure de la renaissance ou de la résurrection. Le lecteur du Nouveau Testament devait rencontrer face à face pour la première fois le Christ relevé des morts, né à nouveau, *Christus renascens*, qui ne serait plus obscurci par le voile de la glose et des commentaires des clercs. C'est dans ce but que ces hommes d'étude apprirent d'abord le grec, puis l'hébreu, puis, plus tard, d'autres langues du Moyen-Orient. L'étude des textes signifiait d'abord le recouvrement du texte vrai, puis la traduction vraie de ce texte; et la traduction vraie s'avéra inséparable de l'interprétation vraie, tout comme l'interprétation vraie s'avéra inséparable de la compréhension véritable de la matrice culturelle et historique qui avait produit le texte. C'est ainsi que les études linguistiques, les études littéraires – en tant qu'études herméneutiques –, les études culturelles et historiques – études qui sont le noyau de ce qu'on appelle les humanités – en arrivèrent à se trouver liées.

« Pourquoi, seriez-vous fondés à demander, appeler cette constellation d'études consacrées au recouvrement de la parole vraie du Seigneur *studia humanitatis* ? Poser cette question revient en fin de compte à demander: Pourquoi les *studia humanitatis* ne s'épanouirent-elles qu'au quinzième siècle de notre ère et pas des centaines d'années plus tôt ?

« La réponse procède pour une grande part d'un accident historique, à savoir le déclin et, pour finir, le sac de Constantinople qui amena les Byzantins lettrés à fuir en Italie. – Pour respecter la règle du quart d'heure imposée par votre doyen, je passerai sur la présence encore vive d'Aristote, de Galien et d'autres philosophes grecs dans le monde chrétien occidental au Moyen Âge, et sur le rôle qu'a joué l'Espagne arabe dans la transmission de leurs enseignements.

« *Timeo Danaos et dona ferentes*. Les dons qu'apportèrent les hommes de l'est n'étaient pas seulement des grammaires de la langue grecque, mais des textes d'auteurs de la Grèce antique. La compétence linguistique qui était censée permettre la lecture du Nouveau Testament grec ne pouvait s'acquérir et s'approfondir qu'en se plongeant dans ces textes séduisants de l'époque préchrétienne. Il ne fallut pas longtemps, comme on pouvait s'y attendre, pour que l'étude de ces textes, qu'on devait par la suite appeler les classiques, devînt une fin en soi.

« Mais le phénomène va plus loin : on en arriva à justifier l'étude des textes de l'antiquité non seulement pour des raisons linguistiques, mais aussi pour des raisons philosophiques, selon l'argument que Jésus avait été envoyé sur terre pour racheter les hommes. Racheter les hommes de quoi ? D'un état qui n'était pas rédimé, bien sûr. Mais que savons-nous du genre humain dans un état non rédimé ? La seule documentation substantielle qui couvre tous les aspects de la vie est la documentation que nous a laissée l'antiquité. Ainsi, pour saisir le dessein derrière l'Incarnation – c'est-à-dire pour saisir le sens de la rédemption –, nous devons nous lancer, à travers les classiques, dans les *studia humanitatis*.

« C'est ainsi que, pour brosser à grands traits ce bref historique, il advint que les études bibliques et les études de l'antiquité grecque et romaine se trouvèrent associées dans une relation qui n'alla jamais sans antagonisme, et c'est ainsi qu'il advint que l'étude des textes et les disciplines sur lesquelles elle s'appuie tombèrent sous la rubrique dénommée "humanités".

« Assez d'histoire. Assez pour vous expliquer pourquoi vous, qui peut-être, dans votre for intérieur, vous sentez divers et mal assortis, vous vous retrouvez rassemblés sous un même toit pour recevoir un diplôme en humanités. Maintenant, dans les quelques minutes qui me restent, je vais vous dire pourquoi je n'ai pas ma place parmi vous, et pourquoi je n'ai nul message de réconfort à vous adresser, malgré la générosité du geste par lequel vous m'honorez.

« Le message que j'ai à vous adresser est que vous vous êtes fourvoyés il y a bien longtemps, cela remonte même peut-être à cinq siècles. La poignée d'hommes au sein desquels est né le mouvement dont, je le crains, vous représentez la fin exténuée – ces hommes, dis-je, étaient animés, du moins au début, par la volonté de trouver la Parole Vraie, qu'ils entendaient alors, et que je continue à entendre comme la parole rédemptrice.

« Cette parole ne saurait se trouver dans les classiques, que vous entendiez par classiques Homère et Sophocle, ou que vous entendiez par ce mot Homère, Shakespeare et Dostoïevski. En des temps plus heureux que le nôtre, on pouvait encore se bercer de l'illusion que les classiques de l'antiquité nous offraient un enseignement et une façon de vivre. À l'époque où nous vivons, nous avons par compromis, et plutôt en désespoir de cause, accepté de prétendre que l'étude des classiques en soi offrait peut-être une façon de vivre ou, à défaut d'une façon de vivre, au moins un moyen de gagner sa vie qui, si l'on ne saurait prouver qu'il fasse un bien certain, n'est du moins accusé ni par les uns ni par les autres de faire du mal à quiconque.

« Mais l'élan qui portait la première génération de clercs à se pencher sur les textes ne saurait se laisser écarter de l'objectif qui est le sien. Je suis fille de l'Église catholique, non pas de l'Église réformée, mais je rends hommage à Martin Luther qui tourne le dos à Desiderius Erasmus, trouvant que son collègue, malgré ses immenses qualités d'érudit, s'est fourvoyé dans des domaines d'étude qui, à l'aune de l'ultime savoir, ne comptent pour rien. Les *studia humanitatis* ont mis longtemps à mourir, mais aujourd'hui, à la fin du deuxième millénaire de notre ère, elles sont bel et bien sur leur lit de mort. Et c'est une mort que je dirais d'autant plus amère qu'elle leur vient du monstre intronisé par ces disciplines comme premier principe qui anime l'univers: le monstre de la raison, de la raison mécanique. Mais cela est une autre histoire, pour un autre jour.»

III

Ça finit là, c'est la fin de l'oraison de Blanche, accueillie moins par des applaudissements que par ce qui semble, entendu du premier rang de l'auditoire, un murmure de perplexité générale. On reprend ce qui est à l'ordre du jour: un par un on appelle les impétrants pour leur remettre leur peau d'âne; et la cérémonie s'achève par une procession solennelle à laquelle Blanche, drapée dans sa toge rouge, participe. Ensuite, elle, Elizabeth, est libre de circuler un moment dans la foule des invités, et de les écouter bavarder.

Leurs bavardages s'avèrent porter surtout sur la cérémonie qui a traîné en longueur. Ce n'est qu'au foyer qu'elle entend parler en particulier de l'allocution de Blanche. Un homme de haute taille, qui a sur le bras une toge bordée d'hermine, parle avec véhémence à une femme en noir. «Mais pour qui elle se prend, dit-il, pour profiter de l'occasion et nous faire la leçon ! Une missionnaire qui débarque de la cambrousse du Zululand – qu'est-ce qu'elle sait des humanités ? Et puis nous servir cet intégrisme catholique – qu'est-ce qu'elle fait de l'œcuménisme ? »

Elle est invitée – invitée de l'université, invitée de sa sœur, invitée de ce pays. Si ces gens veulent se formaliser, c'est leur droit. Elle ne va pas mettre le doigt entre l'arbre et l'écorce. Que Blanche parte en guerre toute seule.

Mais ne pas se trouver mêlée à l'affaire se révèle moins facile que ça. Un déjeuner officiel est prévu et elle est invitée. Quand elle prend sa place, elle se trouve à côté du même homme de haute taille qui, entre-temps, s'est débarrassé de sa défroque moyenâgeuse. Elle n'a pas d'appétit, un sentiment de nausée lui noue l'estomac, elle préférerait retourner dans sa chambre d'hôtel et s'allonger un moment, mais elle se fait violence. « Permettez-moi de me présenter, dit-elle. Je m'appelle Elizabeth Costello. Sœur Bridget est ma sœur. Ma sœur germaine, j'entends. »

Elizabeth Costello. Elle voit bien que le nom ne lui dit rien. Son nom à lui est inscrit sur le carton posé sur la table : Professeur Peter Godwin.

« J'imagine que vous enseignez ici, continue-t-elle pour faire la conversation. Qu'est-ce que vous enseignez ?

– J'enseigne la littérature, la littérature anglaise.

– Cela a dû vous piquer au vif, ce qu'a dit ma sœur. Il ne faut pas lui en vouloir. Elle aime la bagarre, c'est tout. Une bonne empoignade, ça lui plaît. »

Blanche, Sœur Bridget, la bagarreuse, est assise à l'autre bout de la table, toute à sa conversation avec son voisin. Elle ne les entend pas.

« Nous sommes dans un âge séculier, réplique Godwin. On ne peut pas revenir en arrière. On ne peut pas condamner une institution qui marche avec son temps.

– Par institution, vous voulez dire l'université ?

– Oui, les universités, mais en particulier les facultés de lettres et sciences humaines qui restent le noyau de toute université. »

Les humanités, noyau de l'université. Elle voit cela de l'extérieur, mais si on lui demandait de dire ce qui est au cœur de l'université de nos jours, ce qui constitue la discipline fondamentale, elle dirait que c'est de faire des profits. C'est ce qui apparaît à Melbourne, État de Victoria ; et cela ne l'étonnerait pas qu'il en soit de même à Johannesburg en Afrique du Sud.

« Mais est-ce que c'est vraiment ce que ma sœur a dit, qu'il faut revenir en arrière ? Est-ce qu'elle ne dit pas plutôt quelque chose de plus intéressant, de plus stimulant pour l'esprit – que, dès le départ, quelque chose dans l'étude des humanités a été conçu de travers ? Qu'on s'est trompé quelque part dans les espoirs qu'on avait, dans ce qu'on attendait des humanités, alors qu'elles ne pouvaient répondre à nos attentes ? Je ne suis pas forcément d'accord avec elle ; mais, à ce que j'ai compris, c'est ce qu'elle cherchait à démontrer.

– La véritable étude de l'humanité est celle de l'homme, dit le professeur Godwin, citant Pope. Et la nature de l'humanité est une nature déchue. Votre sœur elle-même serait d'accord avec ça. Mais cela ne devrait pas pour autant nous empêcher d'essayer – d'essayer de nous améliorer. Votre sœur voudrait nous voir abandonner tout espoir en l'homme et revenir à

Dieu. C'est ce que je veux dire par revenir en arrière. Elle veut revenir à l'époque avant la Renaissance, avant le mouvement humaniste dont elle a parlé, avant même le douzième siècle qui fut relativement éclairé. Elle veut que nous replongions dans le fatalisme chrétien de ce que j'appellerais le bas Moyen Âge.

– Connaissant ma sœur, j'hésiterais à dire qu'il y a en elle quoi que ce soit de fataliste. Mais vous devriez discuter vous-même avec elle, et donner votre point de vue. »

Le professeur Godwin se concentre sur sa salade. Il y a un silence. Assise de l'autre côté de la table, la femme en noir, qu'elle suppose être sa femme, lui adresse un sourire. « Est-ce que j'ai bien entendu ? Vous vous appelez Elizabeth Costello ? dit-elle. Vous n'êtes pas l'écrivain Elizabeth Costello ?

– Et si, c'est ce que je fais pour gagner ma vie. J'écris.

– Et vous êtes la sœur de Sœur Bridget ?

– C'est bien ça. Mais Sœur Bridget a de nombreuses sœurs. Je ne suis que sa sœur par le sang. Les autres sont de vraies sœurs, des sœurs en l'esprit. »

Elle lance cette remarque comme une boutade, mais cela semble désarçonner Mme Godwin. C'est peut-être pourquoi Blanche hérisse les gens d'ici : elle emploie des mots comme esprit et Dieu mal à propos, en des lieux où ils n'ont pas leur place. Bon, elle n'est pas croyante, mais dans le cas présent elle se range aux côtés de Blanche.

Mme Godwin est en train de parler avec son mari tout en lui lançant des regards entendus. « Elizabeth Costello, l'écrivain, mon chéri, dit-elle.

– Ah oui », dit le professeur Godwin ; mais le nom ne lui dit rien, c'est clair.

« Mon mari travaille sur le dix-huitième siècle, dit Mme Godwin.

– Ah bon. Bonne époque où se trouver. L'âge de la Raison.

– Je ne crois pas qu'aujourd'hui nous voyions cette période en termes aussi simplistes », dit le professeur Godwin. Il semble sur le point d'ajouter quelque chose, mais n'en fait rien.

La conversation avec les Godwin languit, c'est clair. Elle se tourne vers son voisin de droite, mais il est absorbé par sa discussion avec quelqu'un d'autre.

« Pendant mes études, dit-elle en se retournant vers les Godwin, c'était en 1950 à peu près, nous lisions beaucoup de D.H. Lawrence. Évidemment nous lisions aussi les classiques, mais ce n'est pas sur eux que portait notre véritable effort. D.H. Lawrence, T.S. Eliot étaient les écrivains qui nous faisaient longuement réfléchir. Blake, peut-être aussi, pour le dix-huitième siècle. Et Shakespeare peut-être aussi, parce que nous savons tous que Shakespeare transcende son temps. Lawrence nous accrochait parce qu'il promettait une forme de salut. Si nous adorions les dieux des ténèbres, nous disait-il, nous serions sauvés. Nous le croyions. Nous faisions tout ce dont nous étions capables pour adorer les dieux des ténèbres, selon les indications voilées que Lawrence lâchait ici et là. Eh bien, nous avons adoré en vain, nous n'avons pas été sauvés. Aujourd'hui, en repensant à tout cela, je dirais que c'était un faux prophète.

« Ce que je veux dire, c'est que les étudiants que nous

étions consacraient leurs efforts de lecture les plus enthousiastes à scruter chaque page à la recherche de quelque chose pour les guider, les guider dans leur perplexité. Et cela nous le trouvions dans Lawrence, ou dans Eliot, dans les premiers textes d'Eliot: quelque chose pour nous guider, sur une voie différente peut-être, mais qui nous guidait néanmoins dans la conduite de notre vie. En comparaison, nos autres lectures n'étaient rien d'autre que du bachotage pour réussir les examens.

« Si les humanités veulent survivre, c'est sûrement à cet élan, à cette soif de conseils qui montrent la voie, qu'elles doivent répondre: une soif qui n'est, en fin de compte, rien d'autre qu'une quête du salut. »

Elle a beaucoup parlé, beaucoup plus qu'elle n'en avait l'intention. En fait, dans le silence qui tombe sur l'assistance, elle se rend compte que d'autres ont écouté ses propos. Même sa sœur s'est tournée vers elle.

« Nous ne nous étions pas rendu compte, dit le doyen d'une voix forte de la place où il préside, lorsque Sœur Bridget nous a demandé de vous inviter à cette heureuse cérémonie, que c'est Elizabeth Costello, l'écrivain, que nous aurions parmi nous. Bienvenue à vous. Nous sommes enchantés de vous voir ici.

– Merci, dit-elle.

– Je n'ai pu m'empêcher d'entendre quelques bribes de ce que vous disiez, poursuit le doyen. Ainsi vous partagez l'avis de votre sœur sur le sombre avenir des humanités ? »

Il faut qu'elle se montre prudente, qu'elle sache où elle met les pieds. « Tout ce que je disais c'est que nos lecteurs, et nos jeunes lecteurs en particulier, viennent à nous avec une certaine faim et que si nous n'assouvissons pas cette faim, nous ne devons pas nous étonner qu'ils se détournent de nous. Mais ma sœur et moi faisons des métiers différents. Elle vous a dit sa façon de penser. Pour ma part, je dirais qu'il suffit que les livres nous apprennent quelque chose sur nous-mêmes. N'importe quel lecteur devrait se satisfaire de ça. Ou presque n'importe quel lecteur. »

Ils observent sa sœur pour voir comment elle réagit. Nous apprendre quelque chose sur nous-mêmes : n'est-ce pas là l'objet du *studium humanitatis*, justement ?

« Sommes-nous en train de faire la conversation à la table du déjeuner, demande Sœur Bridget, ou est-ce que nous parlons sérieusement ?

– Nous parlons sérieusement, dit le doyen. Nous sommes tout à fait sérieux. »

Peut-être devrait-elle revoir son jugement à son sujet. Peut-être n'est-il pas seulement un bureaucrate universitaire de plus qui s'acquitte de ses devoirs d'hôte, mais une âme qui connaît les faims de l'âme. Il faut lui faire crédit et envisager cette possibilité. En fait, c'est peut-être ce qu'ils sont tous autour de cette table, au fond d'eux-mêmes : des âmes affamées. Elle ne devrait pas porter de jugement hâtif. Ils sont ce qu'ils sont, mais ils ne sont pas idiots. Et maintenant, ils ont dû se rendre compte, que cela leur plaise ou pas, qu'ils ont trouvé en Sœur Bridget quelqu'un qui sort de l'ordinaire.

« Je n'ai pas besoin de consulter des romans, dit sa sœur, pour savoir de quelle mesquinerie, de quelle bassesse, de quelle cruauté les êtres humains sont capables. C'est notre point de départ, à nous tous.

Nous sommes des créatures déchues. Si l'étude de l'humanité ne va pas plus loin que de nous donner l'image de nos possibilités les plus noires, j'ai mieux à faire, merci bien. Si, d'autre part, l'étude de l'humanité est susceptible d'être l'étude de ce que l'homme peut être après sa re-naissance, alors c'est une tout autre histoire. Cependant assez de leçons, vous avez eu votre compte pour aujourd'hui.

– Mais, dit le jeune voisin de table de Mme Godwin, c'est justement cela que défendait l'humanisme, ainsi que la Renaissance : ce dont l'humanité en tant que telle est capable. Ils voulaient voir l'homme s'élever. Les humanistes n'étaient pas des crypto-athées. Ce n'était pas des luthériens qui essayaient de passer pour des catholiques. Ils étaient catholiques. Des chrétiens, comme vous, ma Sœur. Prenez Lorenzo Valla, par exemple. Valla n'avait rien contre l'Église, mais il se trouve qu'il savait mieux le grec que Jérôme, et qu'il signala quelques erreurs que Jérôme avait commises dans sa traduction du Nouveau Testament. Si l'Église avait accepté en principe que la Vulgate de Jérôme était le fruit d'un travail humain, et donc susceptible d'être améliorée, plutôt que la vraie parole de Dieu, l'histoire de l'Occident aurait peut-être été tout à fait différente. »

Blanche garde le silence. Le jeune homme ne lâche pas prise et poursuit son raisonnement.

« Si l'Église dans son ensemble s'était montrée capable de reconnaître que ses enseignements et tout son système de croyances étaient fondés sur des textes, et que ces textes étaient, d'une part, susceptibles d'avoir été corrompus et ainsi de suite par les scribes, et, d'autre part, d'avoir été déformés par la traduction, parce que la traduction n'est jamais que quelque chose d'imparfait, et si l'Église avait aussi été capable de reconnaître que l'interprétation des textes est une affaire complexe, extrêmement complexe, au lieu de revendiquer l'exclusivité de l'interprétation, nous n'aurions pas cette discussion à l'heure qu'il est.

– Mais, dit le doyen, comment en sommes-nous arrivés à savoir combien cette histoire d'interprétation est difficile, si ce n'est en prenant quelques leçons d'histoire, leçons que l'Église du quinzième siècle aurait été bien en peine de prévoir ?

– Quelles leçons, par exemple ?

– Ce que nous a appris le contact avec des centaines d'autres cultures, chacune ayant sa langue, son histoire, sa mythologie et sa façon particulière de voir le monde.

– Dans ce cas, j'avancerais, dit le jeune homme, que ce sont les humanités, et les humanités seules, et la formation que l'on acquiert à l'étude des humanités, qui nous permettront de trouver notre voie dans un monde multiculturel, et justement, justement (il en est presque à frapper la table du poing, tant il s'échauffe), parce que l'affaire des humanités, c'est de lire et d'interpréter. Les humanités commencent, notre conférencière l'a bien dit, avec l'étude des textes, et se développent pour former un ensemble de disciplines qui se consacrent à l'interprétation.

– Ce sont en fait les sciences humaines », dit le doyen.

Le jeune homme fait une grimace. « Cette appellation brouille les pistes, Monsieur le Doyen. Avec votre permission, je m'en tiendrai soit à *studia*, soit à disciplines. »

Si jeune, se dit-elle, et si sûr de lui. Il s'en tiendra à *studia.*

« Que faites-vous de Winckelmann ? » dit sa sœur.

Winckelmann ? Le jeune homme se tourne vers elle, avec l'air de ne pas comprendre.

« Winckelmann se serait-il reconnu dans le portrait que vous peignez de l'humaniste comme technicien de l'interprétation des textes ?

– Je ne sais pas. Winckelmann était un grand érudit. Peut-être s'y serait-il reconnu.

– Ou Schelling, continue sa sœur. Ou n'importe lequel de ceux qui croyaient, plus ou moins ouvertement, que la Grèce offrait un idéal de civilisation qui valait mieux que l'idéal judéo-chrétien. Ou, en fait, ceux qui croyaient que l'humanité s'était fourvoyée et devrait retourner à ses racines primitives et repartir de zéro. En d'autres termes, les anthropologues. Lorenzo Valla – puisque vous évoquez Lorenzo Valla – était anthropologue. Son point de départ était la société humaine. Vous dites que les premiers humanistes n'étaient pas des crypto-athées. C'est vrai. Mais c'étaient des crypto-relativistes. Jésus à leurs yeux appartenait totalement au monde qui était le sien, ou comme nous dirions aujourd'hui à la culture qui était la sienne. Leur tâche, en tant que savants, était de comprendre ce monde et de l'interpréter pour les hommes de leur temps. Tout comme, par la suite, ce serait leur tâche d'interpréter le monde d'Homère. Et ainsi de suite jusqu'à Winckelmann. »

Elle s'arrête brusquement, lance un coup d'œil au doyen. Lui aurait-il fait un signe ? Aurait-il fait le geste incroyable de tapoter le genou de Sœur Bridget sous la table ?

« Oui, dit le doyen, tout cela est passionnant. Nous aurions dû vous inviter à nous donner toute une série de conférences, ma Sœur. Malheureusement, certains d'entre nous sont appelés ailleurs. Une autre fois peut-être... » Il laisse cette possibilité en l'air ; Sœur Bridget acquiesce élégamment de la tête.

IV

Elles sont de retour à l'hôtel. Elle est fatiguée, il faut qu'elle prenne quelque chose pour calmer sa nausée qui persiste, il faut qu'elle s'allonge. Mais la question continue à la tarauder : pourquoi Blanche montre-t-elle tant d'hostilité envers les humanités ? *Je n'ai pas besoin de consulter des romans*, a dit Blanche. Est-ce que cette hostilité serait, confusément, dirigée contre elle ? Bien qu'elle ait religieusement envoyé ses livres à Blanche dès leur sortie, il n'apparaît pas qu'elle en ait lu un seul. L'a-t-on convoquée en Afrique comme représentante des humanités, ou du roman, ou des deux, pour lui donner une dernière leçon avant que l'une et l'autre descendent dans la tombe ? Blanche la voit-elle réellement sous ce jour ? La vérité – et elle devrait le faire comprendre à Blanche – est qu'elle n'a jamais été une *aficionada* des humanités. C'est un domaine où règne trop de complaisance masculine, trop d'amour-propre. Il faut qu'elle mette les choses au point avec Blanche.

« Winckelmann, dit-elle à Blanche. Qu'est-ce que tu voulais montrer en mettant Winckelmann sur le tapis ?

– Je voulais leur rappeler à quoi l'étude des classiques finirait par mener. À l'hellénisme comme une autre religion. Une alternative au christianisme.

– C'est bien ce que je pensais. Une alternative pour quelques esthètes, quelques individus éminemment cultivés, produits des meilleures écoles d'Europe. Sûrement pas une alternative pour le *vulgum pecus*.

– Tu ne vois pas ce que je veux dire, Elizabeth. L'hellénisme était bel et bien une alternative. Aussi minable qu'elle ait été, l'Hellade était la seule alternative à la vision chrétienne que l'humanisme était en mesure de proposer. Ils pouvaient montrer la société grecque – une image totalement idéalisée de la société grecque, mais comment les braves gens auraient-ils pu le savoir ? – et dire : *Admirez, voici comment nous devrions vivre, non pas dans l'au-delà mais ici-bas*. »

L'Hellade : des hommes à demi nus, le torse luisant d'huile d'olive, assis sur les marches du temple discourant sur le bien et le vrai, tandis qu'à l'arrière-plan des petits garçons aux membres déliés s'adonnent à la lutte et qu'un troupeau de chèvres broute paisiblement. Des esprits libres dans des corps libres. Il y a là bien plus qu'une image idéalisée : c'est un rêve, une illusion. Mais de quoi devons-nous vivre, sinon de rêves ?

« Je ne suis pas en désaccord avec toi, dit-elle. Mais qui croit encore à l'hellénisme aujourd'hui ? Qui même connaît encore le mot ?

– Tu ne vois toujours pas ce que je veux dire. L'hellénisme fut l'unique vision de la bonne vie que l'humanisme a été capable de proposer. Quand l'hellénisme s'est avéré un échec – ce qui était inévitable puisque cela n'avait rien à voir avec la vie réelle des gens –, l'humanisme a fait faillite. Ce jeune homme, au déjeuner, cherchait à défendre l'idée des humanités comme un ensemble de techniques, c'est-à-dire les sciences humaines. C'est sec comme de la poussière. Quel jeune homme ou quelle jeune femme qui a du sang dans les veines voudrait passer sa vie à fouiner dans les archives ou faire de *l'explication de texte ad vitam æternam* ?

– Mais sûrement, l'hellénisme n'était qu'un stade de l'histoire des humanités. Des visions plus vastes, plus complètes de ce que peut être la vie humaine ont vu le jour depuis. La société sans classes, par exemple. Ou un monde dont on aurait exorcisé la pauvreté, la maladie, l'analphabétisme, le racisme, le sexisme, l'homophobie, la xénophobie, et toute la suite de la litanie des maux. Je ne défends aucune de ces visions du monde en particulier. Mais je veux faire valoir que les gens ne peuvent pas vivre sans espoir, ou peut-être sans illusions. Si tu allais demander à n'importe lequel de ceux qui ont déjeuné avec nous de dire, en tant qu'humanistes ou du moins membres actifs de la confrérie et praticiens des humanités, à quoi visent leurs efforts, ils te répondraient sûrement que, plus ou moins directement, ils cherchent à améliorer le sort de l'humanité.

– Certes. Et en cela ils se montreraient les vrais héritiers de leurs ancêtres humanistes. Qui proposaient une vision séculière du salut. La re-naissance sans l'intervention du Christ. Par les efforts de l'homme et de lui seul. À l'exemple des Grecs. Ou à l'exemple des Indiens d'Amérique. Ou à l'exemple des Zoulous. Eh bien, cela ne peut se faire.

– Cela ne peut se faire, dis-tu. Parce que, même si ni les uns ni les autres n'en savaient rien, les Grecs étaient damnés, les Indiens étaient damnés, les Zoulous étaient damnés.

– Je n'ai pas dit un mot de la damnation. Je me contente de parler de l'histoire, et de ce qu'a laissé l'entreprise humaniste. Cela ne peut se faire. *Extra ecclesiam, nulla salvatio*. »

Elle secoue la tête. « Blanche, Blanche, Blanche, qui aurait cru que tu finirais comme une catholique pure et dure. »

Blanche lui adresse un pâle sourire. Un éclair de lumière joue sur ses lunettes.

V

C'est samedi, le dernier jour entier qu'elle passera en Afrique. Elle le passe à Marianhill, la mission dont sa sœur a fait l'œuvre de sa vie et où elle a élu domicile. Demain, elle partira pour Durban. De Durban, elle prendra un vol pour Bombay, et de là elle continuera sur Melbourne. Et c'en sera fait. *Nous ne nous reverrons pas, Blanche et moi*, se dit-elle, *pas dans cette vie*.

C'était pour la cérémonie de remise du doctorat qu'elle était venue, mais ce que Blanche voulait réellement lui faire voir, ce qu'il y avait derrière l'invitation, c'était l'hôpital. Elle le sait bien, pourtant elle regimbe. Ce n'est pas quelque chose qu'elle tient à voir. Elle n'a pas l'estomac assez bien accroché pour ça. Elle a vu tout ça à la télévision, trop souvent, et elle ne peut plus supporter de le voir encore : des membres rachitiques, des ventres gonflés, les grands yeux impassibles des enfants qui se meurent, qu'on ne peut sauver, qu'on ne peut soigner. *Que l'on écarte de moi cette coupe amère !* supplie-t-elle dans son for intérieur. *Je suis trop vieille pour supporter ce spectacle, trop vieille et trop faible. Tout ce que je saurais faire, c'est pleurer.*

Mais dans les circonstances présentes, elle ne peut pas refuser, pas quand c'est sa sœur qui le lui demande. Et, en l'occurrence, cela ne s'avère pas si terrible, pas assez terrible pour la bouleverser. Les infirmières sont impeccables, l'équipement est neuf – fruit des efforts de Sœur Bridget pour réunir des fonds –, l'ambiance est détendue, joyeuse même. Dans les différents services, mêlées au personnel soignant, il y a des femmes en costume traditionnel. Elle pense que ce sont des mères ou des grands-mères des enfants, mais Blanche éclaire sa lanterne : ce sont des guérisseuses, dit-elle, des guérisseuses traditionnelles. Et puis elle se rappelle : c'est pour cela que Marianhill est célèbre, c'est la grande innovation apportée par Blanche, ouvrir l'hôpital à tous, aux médecins indigènes à côté des médecins formés à la médecine occidentale.

Quant aux enfants, Blanche a peut-être caché quelque part les cas les plus sévères pour qu'elle ne les voie pas, mais elle est surprise de voir combien même un enfant en train de mourir peut être gai. C'est bien comme Blanche le dit dans son livre : avec de l'amour, des soins et les médicaments appropriés, on peut mener ces innocents jusqu'aux portes de la mort sans qu'ils aient peur.

Blanche l'emmène aussi voir la chapelle. En pénétrant dans la modeste bâtisse de brique et de fer, ce qui la frappe tout de suite est le crucifix de bois sculpté derrière l'autel qui représente un Christ émacié au visage figé comme un masque, coiffé d'une couronne de vraies épines d'acacia, les mains et les pieds percés non de clous mais de boulons d'acier. Le corps est presque grandeur nature ; la croix s'élève presque jusqu'aux poutres nues ; l'ensemble domine la chapelle de sa structure écrasante.

Le Christ est l'œuvre d'un sculpteur local, lui explique Blanche. La mission l'a adopté il y a des années, lui a fourni un atelier et lui paie un salaire mensuel. Est-ce qu'elle souhaite le rencontrer ?

C'est pourquoi, maintenant, ce vieillard aux dents jaunies, vêtu d'un bleu de travail, qui parle un anglais hésitant, qu'on lui a présenté tout simplement comme Joseph, déverrouille pour elle la porte d'une remise dans un coin écarté de la mission. L'herbe est touffue devant la porte : il y a longtemps que personne n'est venu ici.

Une fois dedans, elle doit écarter les toiles d'araignée. Joseph cherche à tâtons l'interrupteur qu'il actionne plusieurs fois en vain. « L'ampoule est morte », dit-il, mais il ne fait rien pour la changer. La seule lumière vient de la porte ouverte et des fentes entre le toit et les murs. Ses yeux mettent un moment à s'accoutumer à la pénombre.

Il y a une sorte de longue table au milieu de la remise. Empilées en désordre sur la table ou contre elle, des sculptures de bois. Au mur, entassées sur des planches, de longues pièces de bois, certaines encore couvertes de leur écorce, et des boîtes en carton poussiéreuses.

« Mon atelier, dit Joseph. Quand je suis jeune, je travaille ici toute la journée. Mais maintenant je suis trop vieux. »

Elle ramasse un crucifix, pas le plus grand, mais assez grand quand même : un Christ en croix, d'une cinquantaine de centimètres, en bois lourd, rouge. « Comment appelez-vous ce bois ?

– Du karee. Du bois de karee.

– Et c'est vous qui l'avez sculpté ? » Elle tient le crucifix à bout de bras. Comme dans la chapelle, le visage de l'homme supplicié est un masque simplifié, formalisé, sur un seul plan, des fentes pour les yeux, les coins de la bouche épaisse tombants. Le corps, en revanche, est traité de façon assez naturaliste, d'après quelque modèle européen, dirait-elle. Les genoux se soulèvent, comme si l'homme essayait de soulager la douleur dans ses bras en faisant porter son poids sur le clou qui lui perce les pieds.

« Je sculpte tous les Jésus. La croix c'est quelquefois mon assistant, mes assistants.

– Et où sont vos assistants en ce moment ? Est-ce qu'il n'y a plus personne qui travaille ici ?

– Non, mes assistants tous partis. Trop de croix. Trop de croix à vendre. »

Elle plonge le regard dans une des boîtes. Des crucifix en miniature, de dix ou douze centimètres, comme celui que porte sa sœur, des dizaines et des dizaines, avec le même visage plat, le même masque, les genoux soulevés dans la même position.

« Vous ne sculptez jamais rien d'autre ? Des animaux ? Des visages ? Des gens ordinaires ? »

Joseph fait la grimace. « Les animaux, c'est pour touristes, dit-il avec mépris.

– Et vous ne sculptez pas pour les touristes ? Vous ne faites pas d'objets d'art pour les touristes ?

– Non, pas d'art pour touristes.

– Pourquoi sculptez-vous, alors ?

– Pour Jésus, dit-il, pour Notre Sauveur. »

VI

« J'ai vu la collection de Joseph, dit-elle. Ça relève un peu de l'obsession, tu ne crois pas ? Une seule et unique image, reproduite à l'infini. »

Blanche ne répond pas. Elles sont en train de déjeuner, un déjeuner qu'en temps normal elle qualifierait de frugal à l'extrême : tranches de tomate, quelques feuilles de laitue fanées, œuf dur. Mais elle n'a pas faim. Elle rechigne sur la laitue ; l'odeur de l'œuf lui donne la nausée.

« Comment ça marche, d'un point de vue économique, le côté économique de l'art religieux, par les temps qui courent ? continue-t-elle.

– Joseph était naguère un employé de Marianhill. On le payait pour sculpter et pour des bricolages à droite et à gauche. Depuis dix-huit mois, il est à la retraite. Il a de l'arthrite aux mains. Tu as bien dû le voir.

– Mais qui achète ce qu'il sculptait ?

– Nous avons deux débouchés à Durban. D'autres missions nous en prennent aussi, pour les revendre. Ce ne sont peut-être pas des objets d'art, selon les critères occidentaux, mais ce sont des objets authentiques. Il y a quelques années, Joseph a exécuté une commande pour l'église d'Ixopo. Il s'est fait quelque deux mille rand. Nous recevons aussi des commandes en gros de petits crucifix. Des écoles, des écoles catholiques nous les achètent pour la distribution des prix.

– Pour la distribution des prix ? On arrive premier en catéchisme et on reçoit un des crucifix de Joseph en prix.

– Plus ou moins. Qu'est-ce qu'il y a de mal à ça ?

– Rien. Mais quand même, il en a trop produit, non ? Il doit en avoir des centaines d'exemplaires dans la remise, tous pareils. Pourquoi est-ce que vous ne lui avez pas fait faire quelque chose d'autre, en dehors des crucifix, des crucifixions ? Qu'est-ce que ça fait à – j'ose à peine employer le mot – l'âme de quelqu'un de passer sa vie à sculpter, toujours et encore, un homme à l'agonie, quand cet employé n'est pas occupé aux bricolages qu'on lui demande, je veux dire. »

Blanche lui lance un sourire glacial. « Un homme, Elizabeth ? dit-elle. Un homme à l'agonie ?

– Un homme, un dieu, un homme dieu, je t'en prie, Blanche, n'en fais pas toute une histoire. Qu'est-ce que cela fait à un homme qui a des dons certains de passer sa vie d'une façon aussi peu créatrice que l'a fait ton Joseph ? Ses dons sont peut-être limités, ce n'est peut-être pas un artiste au sens propre du mot ; mais, tout de même, n'aurait-il peut-être pas été plus judicieux de l'encourager à élargir un peu ses horizons ? »

Blanche pose son couteau et sa fourchette. « Soit, voyons les choses en face, et considérons les critiques que tu émets dans leur forme extrême. Joseph n'est pas un artiste, mais il en serait peut-être devenu un si nous, si moi, nous l'avions encouragé à se diversifier en allant visiter des galeries de peinture ou au moins en allant voir d'autres sculpteurs pour savoir ce qui se faisait ailleurs. Au lieu de cela, Joseph est resté un artisan – il a été maintenu au modeste niveau d'artisan. Il vivait ici à la mission, dans l'obscurité totale, et faisait et refaisait toujours la même sculpture dans des tailles différentes, dans des bois différents, jusqu'à ce que l'arthrite se mette dans ses mains et qu'il ne puisse plus travailler. Ainsi Joseph, comme tu le dis, a été empêché d'élargir ses horizons. On lui a refusé une vie plus riche, une vie d'artiste précisément. Est-ce que cela exprime bien ton accusation ?

– Plus ou moins. Pas forcément une vie d'artiste, je n'aurais pas la bêtise de préconiser ça, mais seulement une vie plus riche.

– Bien. Si c'est là ce dont tu m'accuses, je vais te répondre. Joseph a passé trente ans de sa vie sur cette terre à représenter et à offrir au regard d'autrui, mais surtout à son propre regard, Notre Sauveur à l'agonie. D'heure en heure, de jour en jour, d'année en année, il a imaginé cette agonie, et avec une fidélité que tu peux admirer de tes propres yeux, l'a reproduite du mieux qu'il a pu, sans y apporter de variations, sans y introduire d'éléments à la mode, sans y mettre quoi que ce soit de sa propre personnalité. Lequel de nous, c'est la question que je te pose, Jésus se réjouira-t-il le plus d'accueillir dans son royaume : Joseph et ses mains devenues inutiles, ou toi ? ou moi ? »

Elle n'aime pas entendre sa sœur monter sur ses grands chevaux et faire des sermons. C'est ce qu'elle a fait dans son discours à Johannesburg, et la voilà qui recommence. Dans ces moments-là, ce qu'il y a en

Blanche de plus intransigeant se fait jour ; ce qu'elle a d'intransigeant, de rigide, de brutal.

« Je crois que Jésus se réjouirait encore davantage, dit-elle aussi sèchement qu'elle en est capable, s'il savait que Joseph avait eu quelque choix. Qu'on ne l'avait pas fait entrer en piété *manu militari*.

– Eh bien, va donc le lui demander. Demande-lui si on l'a forcé à faire quoi que ce soit. » Blanche marque une pause. « Est-ce que tu crois que Joseph n'est qu'un pantin dont je tire les ficelles, Elizabeth ? Est-ce que tu crois que Joseph n'a pas la moindre compréhension de la façon dont il a passé sa vie ? Va donc lui parler. Et écoute ce qu'il a à dire.

– Je vais le faire. Mais j'ai une autre question à poser, une question à laquelle Joseph ne peut pas répondre parce que c'est une question qui s'adresse à toi. Pourquoi est-ce que le modèle que toi, ou sinon toi du moins l'institution que tu représentes, pourquoi faut-il que le modèle que vous placez devant Joseph en lui disant de le copier, de l'imiter, soit ce que je ne saurais qualifier que de gothique ? Pourquoi un Christ mourant dans des contorsions, plutôt qu'un Christ vivant ? Un homme à la fleur de l'âge, un homme de trente ans : qu'est-ce qui vous empêche de le montrer vivant, dans toute la beauté de la vie ? Et tant que j'y suis, qu'est-ce que tu as contre les Grecs ? Les Grecs n'auraient jamais fait des statues et des peintures d'un homme aux ultimes moments de son agonie, déformé, hideux, pour s'agenouiller en adoration devant ces statues. Si tu te demandes pourquoi les humanistes, dont tu voudrais nous voir nous moquer, sont allés chercher au-delà du christianisme et du mépris affiché du christianisme pour le corps humain, et partant pour l'homme lui-même, ces images de supplices devraient t'en donner une idée. Tu devrais savoir, tu ne peux pas l'avoir oublié, que les représentations de Jésus à l'agonie sont propres à l'Église d'Occident. Elles étaient totalement étrangères à Constantinople. L'Église d'Orient les aurait trouvées obscènes, et aurait eu bien raison.

« Franchement, Blanche, il y a quelque chose dans la tradition de la crucifixion qui me paraît mesquin, rétrograde, médiéval au pire sens du terme – des moines mal lavés, des prêtres illettrés, des paysans soumis. Que cherchez-vous à faire en reproduisant en Afrique l'époque la plus sordide, la plus stagnante de l'histoire européenne ?

– Holbein, dit Blanche. Grünewald. Si tu veux voir la forme humaine *in extremis*, c'est cela qu'il faut voir. Jésus mort. Jésus au tombeau.

– Je ne vois pas où tu veux en venir.

– Holbein et Grünewald n'étaient pas des artistes du Moyen Âge catholique. Ils appartenaient à la Réforme.

– Je ne suis pas en train de chercher querelle à l'Église catholique historique, Blanche, je demande seulement ce que toi, toi-même, as contre la beauté. Pourquoi est-ce que les gens ne pourraient pas contempler une œuvre d'art en se disant *voilà ce que, en tant qu'espèce, nous sommes capables d'être, voilà ce que je suis capable d'être*, plutôt que de regarder quelque chose et de se dire, *mon Dieu, je vais mourir et je vais être mangé par les vers* ?

– D'où les Grecs. J'imagine que c'est ce que tu veux dire. L'Apollon du Belvédère. La Vénus de Milo.

– Oui, d'où les Grecs. Et d'où ma question : qu'est-ce

que tu fais exactement à importer en Afrique, à importer au Zululand, grands dieux, cette obsession totalement étrangère, gothique, de la laideur et de la mortalité du corps humain ? Si tu veux importer l'Europe en Afrique, ne vaudrait-il pas mieux importer les Grecs ?

– Est-ce que tu t'imagines, par hasard, Elizabeth, que les Grecs sont totalement étrangers au Zululand ? Une fois de plus, si tu ne veux pas m'entendre, aie au moins la décence d'écouter Joseph. Est-ce que tu t'imagines que Joseph sculpte Jésus parce qu'il ne connaît rien d'autre et que, si tu faisais visiter le Louvre à Joseph, cela lui ouvrirait les yeux et qu'il se mettrait, pour le bien des siens, à sculpter de belles dames en train de se parer, ou des hommes qui font jouer leur musculature ? Est-ce que tu sais que les Européens, lors de leurs premiers contacts avec les Zoulous, je parle d'Européens cultivés, des hommes sortis des meilleures écoles privées d'Angleterre, pensaient qu'ils avaient redécouvert les Grecs ? Ils l'ont dit explicitement. Ils ont sortis leurs carnets à dessins et ont tracé des croquis dans lesquels des guerriers zoulous armés de leurs lances et de leurs gourdins apparaissent dans des attitudes, avec des corps de proportions exactement semblables à celles des Hector ou des Achille que l'on trouve dans les illustrations de l'*Iliade* au dix-neuvième siècle, sauf qu'ils sont noirs de peau. Des membres parfaits, à peine vêtus, un port fier, de belles manières, des vertus martiales – tout y était ! Sparte en pleine Afrique : c'était ce qu'ils croyaient avoir trouvé. Pendant des décennies, ces mêmes garçons sortis des bonnes écoles privées, qui se faisaient une idée romantique de l'antiquité grecque, ont administré le Zululand au nom de la Couronne d'Angleterre. Ils voulaient à tout prix que le Zululand soit Sparte. Ils voulaient à tout prix que les Zoulous soient des Grecs. Ainsi, pour Joseph, pour son père et son grand-père, les Grecs ne sont pas du tout une lointaine tribu. Leurs nouveaux maîtres leur ont offert les Grecs comme modèle du genre d'hommes qu'ils devraient être et pouvaient être. On leur a offert le modèle grec et ils l'ont rejeté. Au lieu de cela, ils ont cherché ailleurs dans le monde méditerranéen. Ils ont fait le choix de devenir chrétiens, adeptes du Christ vivant. Joseph a choisi Jésus pour modèle. Va donc lui parler. Il te le dira.

– Je ne connais pas bien ces chemins écartés de l'histoire, Blanche – les Britanniques et les Zoulous. Je ne suis pas à même de discuter avec toi.

– Cela ne s'est pas produit seulement au Zululand. Il s'est passé la même chose en Australie. Et dans tout le monde colonial, pas aussi clairement, c'est tout. Ces jeunes garçons d'Oxford, de Cambridge et de Saint-Cyr offrirent à leurs nouveaux sujets barbares un faux idéal. *Débarrassez-vous de vos idoles*, dirent-ils. *Vous pouvez être comme des dieux*. *Regardez donc les Grecs*. Et en vérité, qui peut distinguer les dieux des hommes en Grèce, dans la Grèce romantique que connaissaient ces jeunes gens, héritiers des humanistes ? *Venez dans nos écoles*, disaient-ils, *nous vous enseignerons comment vous y prendre. Nous ferons de vous des disciples de la raison et des sciences qui dérivent de la raison ; nous ferons de vous les maîtres de la nature. Grâce à nous, vous viendrez à bout de la maladie et de toutes les corruptions de la chair. Vous vivrez éternellement.*

« Eh bien, les Zoulous ne se sont pas laissé prendre. » Elle fait un geste de la main en direction de la fenêtre, des bâtiments de l'hôpital sous un soleil de feu, de la route qui monte en lacets sur les collines arides. « La réalité, c'est ça : la réalité du Zululand, la réalité de l'Afrique. C'est la réalité d'aujourd'hui, et la réalité de l'avenir, aussi loin qu'on peut l'envisager. Et c'est pourquoi les Africains viennent à l'église s'agenouiller aux pieds de Jésus sur la croix, les femmes africaines surtout qui portent le fardeau de cette réalité. Parce qu'elles souffrent et qu'il souffre avec elles.

– Pas parce qu'il leur promet une autre vie, une vie meilleure, après la mort ? »

Blanche fait non de la tête. « Non. À ceux qui viennent à Marianhill, je ne promets rien d'autre que de les aider à porter leur croix. »

VII

Huit heures et demie dimanche matin, et déjà le soleil est de feu. À midi, le chauffeur viendra la chercher pour l'emmener à Durban prendre l'avion du retour.

Deux fillettes en robes aux couleurs criardes, pieds nus, courent vers la corde de la cloche et se mettent à tirer dessus. Accrochée au sommet de son montant, la cloche se balance avec des mouvements spasmodiques.

« Est-ce que tu vas venir ? dit Blanche.

– Oui, je serai là. Est-ce qu'il faut que je me mette quelque chose sur la tête ?

– Viens comme tu es. On ne fait pas de manières ici. Mais je te préviens : nous avons la visite d'une équipe de télévision.

– La télévision ?

– Des Suédois. Ils font un film sur le sida au Kwa-Zulu.

– Et le prêtre ? Est-ce qu'on a dit au prêtre que la messe sera filmée ? D'ailleurs, qui est le prêtre ?

– Le Père Msimungu de Dalehill dira la messe. Il n'a pas d'objection à ce qu'on filme. »

Le Père Msimungu arrive dans une Golf encore tout à fait en bon état ; c'est un homme jeune, dégingandé, des lunettes sur le nez. Il va tout de suite à la pharmacie revêtir ses habits sacerdotaux ; elle prend place avec Blanche et une demi-douzaine d'autres religieuses au premier rang de l'assemblée des fidèles. Les projecteurs des caméramans sont déjà en place, braqués sur elles. Sous cette lumière crue, elle ne peut manquer de voir combien elles sont toutes vieilles. Les Sœurs de Marie : une espèce en voie d'extinction, une vocation à bout de souffle.

Sous le toit de tôle, il fait déjà une chaleur étouffante dans la chapelle. Elle se demande comment Blanche dans sa lourde tenue peut la supporter.

Msimungu dit la messe en zoulou, mais de temps en temps, elle arrive à distinguer un mot d'anglais. Cela commence relativement calmement, mais dès la première quête, un chantonnement monte du troupeau. Lorsqu'il se lance dans son homélie, Msimungu doit élever la voix pour se faire entendre. Il a une voix de baryton, qui surprend chez un homme aussi jeune. Elle semble monter sans effort du fond de sa poitrine.

Msimungu se retourne, s'agenouille devant l'autel. Le silence se fait. Au-dessus de lui se dresse la tête couronnée du Christ supplicié. Puis il se retourne et élève l'hostie. Un cri de joie monte de la masse des fidèles d'où commence à venir un trépignement cadencé qui fait vibrer le plancher.

Elle se sent chanceler. L'air est lourd de l'odeur de sueur. Elle empoigne le bras de Blanche. « Il faut que je sorte ! » murmure-t-elle. Blanche jette sur elle un regard qui la jauge. « Il n'y en a plus pour bien longtemps », lui répond-elle à voix basse, et elle se détourne.

Elle respire profondément, pour essayer de reprendre ses esprits, mais cela ne sert à rien. Une sensation de froid semble lui monter des orteils, gagne sa tête ; un frisson lui court sur le cuir chevelu, et elle se sent partir.

Elle se réveille, allongée sur le dos dans une pièce aux murs nus qu'elle ne reconnaît pas. Blanche est là, debout, la regardant de tout son haut, ainsi qu'une jeune femme en uniforme blanc. « Excusez-moi, bafouille-t-elle en essayant de se relever pour s'asseoir. Est-ce que je me suis évanouie ? »

La jeune femme pose une main rassurante sur son épaule. « Ça va aller. Mais il faut vous reposer. »

Elle lève les yeux vers Blanche. « Excusez-moi, répète-t-elle. Trop de continents. »

Blanche la regarde, l'air de ne pas comprendre.

« Trop de continents, répète-t-elle. Trop de fardeaux. » Sa voix sonne frêle à ses oreilles, lointaine. « Je n'ai pas mangé comme il faut, dit-elle. C'est sans doute l'explication. »

Mais est-ce là l'explication ? Est-ce qu'un estomac barbouillé pendant deux jours peut être la cause d'une syncope ? Blanche doit le savoir. Blanche doit avoir l'expérience du jeûne, de l'évanouissement. Pour sa part, elle pense que son indisposition n'est pas d'ordre physique. Si elle était en telle disposition, peut-être aurait-elle été contente de connaître un nouveau continent, de tirer profit de l'expérience. Mais elle n'est pas en telle disposition. C'est ce que lui dit son corps, à sa manière. Son corps proteste, tout cela est trop étrange, c'en est trop : je veux me retrouver dans un milieu que je connais, dans la vie qui m'est familière.

Un manque : voilà ce dont elle souffre. Une syncope : symptôme de manque. Cela lui rappelle quelqu'un. Qui ? Cette petite Anglaise pâlotte dans le film *La Route des Indes*, celle qui n'a pas assez de cran, qui est prise de panique et qui fait honte à tout le monde. Celle qui ne supporte pas la chaleur.

VIII

Le chauffeur l'attend. Elle a fait ses bagages et elle est prête ; elle se sent encore un peu pâle, les jambes en coton. « Au revoir, dit-elle à Blanche. Au revoir, Sœur Blanche. Je vois ce que tu voulais dire. Rien à voir avec la messe du dimanche matin à Saint-Patrick. J'espère qu'ils ne m'ont pas filmée, quand j'ai chaviré. »

Blanche sourit. « S'ils ont pris des images, je leur demanderai de les couper. » Une pause interrompt leur échange. Elle se dit : *Elle va peut-être me dire maintenant pourquoi elle m'a fait venir ici*.

« Elizabeth, dit Blanche (y a-t-il quelque chose de

nouveau dans le ton de sa voix, quelque chose de plus doux, ou est-ce une idée qu'elle se fait ?), souviens-toi que c'est leur Évangile, leur Christ. C'est ce qu'ils ont fait de lui, eux, les gens ordinaires. Ce qu'ils ont fait de lui et ce qu'il leur a permis de faire de lui. Par amour. Et pas seulement en Afrique. Tu verrais des scènes semblables au Brésil, aux Philippines, et même en Russie. Les gens ordinaires ne veulent pas des Grecs. Ils ne veulent pas du royaume des formes pures. Ils ne veulent pas des statues de marbre. Ils veulent quelqu'un qui souffre comme eux. Comme eux, et pour eux. »

Jésus. Les Grecs. Elle ne s'attendait pas à ça, ce n'est pas ça qu'elle voulait, pas à la dernière minute, alors qu'elles se disent au revoir pour la dernière fois peut-être. Il y a quelque chose d'implacable chez Blanche. Implacable jusqu'à la mort. Elle aurait dû comprendre la leçon. Des sœurs ne cessent jamais de s'empoigner. Pas comme les hommes qui lâchent prise bien trop facilement. Prisonnière jusqu'au bout de l'étreinte de Blanche.

« Ainsi, te voilà vainqueur, pâle Galiléen, dit-elle sans essayer de cacher l'amertume qui perce dans sa voix. Est-ce que c'est ça que tu voulais m'entendre dire, Blanche ?

– Plus ou moins. Tu as parié sur un perdant, ma chère. Si tu avais misé sur un autre Grec, tu aurais peut-être eu une chance. Orphée au lieu d'Apollon. L'extatique plutôt que le rationnel. Quelqu'un qui change de forme, qui change de couleur selon l'endroit où il se trouve. Quelqu'un qui peut mourir, mais qui ensuite revient. Un caméléon. Un phénix. Quelqu'un qui plaît aux femmes. Parce que ce sont les femmes qui vivent le plus près du sol. Quelqu'un qui circule parmi les gens, qu'ils peuvent toucher – ils peuvent plonger leurs doigts dans son flanc, sentir la blessure, l'odeur du sang. Mais ce n'est pas ce que tu as fait, et tu as perdu. Tu as misé sur les Grecs, mais pas les bons, Elizabeth. »

IX

Un mois a passé. Elle est de retour chez elle, réinstallée dans sa vie, l'aventure africaine est loin. De ses retrouvailles avec Blanche, elle ne sait encore quoi penser, même si le souvenir de leurs adieux sans chaleur fraternelle la taraude.

« Il y a une histoire que je veux te raconter, écrit-elle. C'est à propos de Mère. »

Elle écrit pour elle-même, c'est-à-dire pour quiconque se trouve avec elle dans la pièce quand elle y est toute seule ; mais les mots ne lui viendront pas, elle le sait, si elle ne se dit pas que ce qu'elle écrit est une lettre à Blanche.

Durant sa première année à Oakgrove, Mère s'est liée d'amitié avec un homme nommé Phillips, qui lui aussi habitait l'établissement. Je te parle de lui, mais tu ne te souviens probablement pas de lui. Il avait une voiture; ils sortaient ensemble, au théâtre, au concert; ils formaient un couple, un couple civilisé en quelque sorte. Mère l'appelait toujours « Monsieur Phillips », en toutes circonstances, et je pensais qu'elle me laissait entendre par là qu'il ne fallait pas aller chercher plus loin. Et puis Monsieur Phillips a eu de gros problèmes de santé qui ont mis fin à leurs petites sorties.

Quand j'ai fait sa connaissance, Monsieur P. était un vieux monsieur guilleret, pipe, blazer, foulard au cou, moustache à la David Niven. Il avait fait une assez belle carrière d'avocat. Il soignait son apparence, il avait des passe-temps, il lisait; il était encore plein de vie, comme disait Mère.

L'un de ses passe-temps était l'aquarelle. J'ai vu quelques-unes de ses peintures. Ses silhouettes humaines étaient raides, mais je trouvais qu'il avait un sens authentique du paysage, du bush, le sens de la lumière et du changement de la lumière dans le lointain.

Il avait peint Mère dans son ensemble d'organdi bleu, avec une écharpe qui flottait derrière elle. Pas très réussi comme portrait, mais je l'ai gardé. Je l'ai encore quelque part dans la maison.

J'ai moi aussi posé pour lui. C'était après une opération qu'il avait subie, il devait garder la chambre, ou du moins préférait ne pas sortir. C'était l'idée de Mère, que je pose pour lui. «Essaie donc de le faire sortir un peu de lui-même, avait-elle dit. Moi je n'y arrive pas. Il passe ses journées tout seul, à broyer du noir.»

Monsieur Phillips ne voulait voir personne, parce qu'il avait subi une opération, une laryngectomie. Cela lui avait laissé un trou qui devait lui permettre de parler, à l'aide d'une prothèse. Mais il avait honte de ce vilain trou dans sa gorge, qui laissait voir la chair à vif, et c'est pour cela qu'il évitait de se montrer. Il ne pouvait pas parler de toute façon, pas de façon compréhensible – il n'avait pas pris la peine d'apprendre à respirer convenablement pour ce faire. Au mieux, il arrivait à émettre une sorte de croassement. Cela devait être profondément humiliant pour un homme qui aimait plaire aux femmes.

Lui et moi nous sommes entendus par écrit, en échangeant

des petites notes, à la suite de quoi j'ai posé pour lui pendant quelque temps le samedi après-midi. Sa main tremblait déjà un peu alors, il ne pouvait guère travailler plus d'une heure par séance, le cancer ne rongeait pas seulement sa gorge.

Il occupait l'un des meilleurs appartements de Oakgrove, au rez-de-chaussée, avec une porte-fenêtre qui donnait sur le jardin. Pour mon portrait, je posais près de cette porte-fenêtre, assise sur une chaise de bois sculpté avec un dossier très droit, enveloppée d'un sarong ocre et bordeaux, imprimé à la main, que j'avais trouvé à Jakarta. Je ne sais pas si cela me flattait particulièrement, mais je pensais que les coloris plairaient à son œil de peintre, qu'ils lui donneraient de quoi jouer avec sa palette.

Un samedi – patience, j'en arrive au nœud de l'histoire –, c'était une belle journée, chaude, les pigeons roucoulaient dans les arbres, il a reposé son pinceau en secouant la tête, et il a croassé quelque chose que je n'ai pas saisi. « Je n'ai pas entendu, Aidan », ai-je dit. « Marche pas », a-t-il répété. Puis il a écrit quelque chose sur son bloc-notes et me l'a apporté. « J'aimerais vous peindre nue », avait-il écrit. Et puis, à la ligne, au-dessous : « Aurais bien aimé ça. »

Cela avait dû lui coûter d'avouer cette pensée. *Aurais bien aimé ça*, irréel du passé. Mais que voulait-il dire au juste ? On pouvait penser qu'il voulait dire *J'aurais aimé vous peindre quand vous étiez encore jeune*, mais je ne crois pas. *J'aurais aimé vous peindre quand j'étais encore un homme* : cette interprétation est plus vraisemblable. Comme il me montrait ce qu'il avait écrit, j'ai remarqué que sa lèvre tremblait. Je sais qu'il ne faut pas attacher d'importance aux lèvres qui tremblent et aux yeux qui larmoient chez les vieillards, mais quand même…

J'ai souri, essayé de le rassurer, j'ai repris ma pose, et lui est retourné à son chevalet; la séance a repris, sauf que je voyais bien qu'il ne peignait plus, il était planté là avec le pinceau qui séchait entre ses doigts. Alors, je me suis dit – j'y viens, enfin – *Au diable après tout*, j'ai dénoué le sarong, et l'ai laissé tomber de mes épaules, j'ai enlevé mon soutien-gorge que j'ai accroché au dossier de la chaise, et j'ai dit: «Comme ça, ça va, Aidan?»

Je peins avec mon pénis – est-ce que Renoir n'a pas dit quelque chose comme ça, Renoir aux femmes dodues à la peau laiteuse? *Avec ma verge,* nom féminin. Eh bien, me suis-je dit, voyons un peu si nous pouvons réveiller *la verge* de Monsieur Phillips qui est si profondément endormie. Je me suis réinstallée, lui offrant de nouveau mon profil, tandis que les pigeons dans les arbres continuaient leurs roucoulades comme si de rien n'était.

Est-ce que cela a marché, est-ce que de me voir à demi nue a rallumé quelque chose en lui, je ne saurais le dire. Mais j'ai senti son regard qui pesait sur moi, sur mes seins, et franchement, cela m'a fait du bien. J'avais quarante ans à l'époque, j'avais eu deux enfants, ce n'était plus les seins d'une jeune femme, mais cela m'a paru bon quand même, je l'ai pensé alors, et je continue à le penser, dans cet endroit ménagé pour se rabougrir peu à peu et mourir. Une bénédiction.

Et puis, au bout d'un moment, comme les ombres s'allongeaient dans le jardin et que la fraîcheur tombait, j'ai repris une tenue décente. «Au revoir, Aidan, Dieu vous bénisse», ai-je dit; et lui a écrit «Merci» sur son bloc qu'il m'a montré, et on en est resté là. Je ne pense pas qu'il s'attendait à ce que je revienne le samedi suivant, et je n'y suis pas allée. Est-ce qu'il a fini son tableau tout seul? Je n'en sais rien. Il l'a peut-être détruit. Il ne l'a certainement pas montré à Mère.

Pourquoi est-ce que je te raconte cette histoire, Blanche? Parce que j'y vois un lien avec la conversation que nous avons euc, toi et moi, à propos des Grecs et des Zoulous, et la vraie nature des humanités. Je ne renonce pas encore à disputer avec toi; je n'abandonne pas le terrain.

L'épisode dont je te parle, mon passage dans la salle de séjour de Monsieur Phillips, aussi insignifiant soit-il, m'a laissée perplexe pendant des années; ce n'est que maintenant, en rentrant d'Afrique, que je crois pouvoir l'expliquer.

Ma conduite avait pour une part quelque chose de triomphant, de la fanfaronnade, dont je ne suis pas fière: la femme qui titille de ses appas l'homme sur le déclin, qui exhibe son corps tout en le tenant à distance. *L'allumeuse* – tu te souviens comme c'était la mode de jouer les allumeuses autrefois?

Mais il y avait quelque chose de plus. Cela ne me ressemblait pas du tout de me comporter de la sorte. Où avais-je pris cette idée, je ne cessais de me le demander. Où avais-je appris à prendre cette pose où je portais mon regard au loin, paisiblement, avec ma robe qui retombait de ma taille comme une nuée exposant mon corps de déesse? J'avais appris cela *des Grecs*, je m'en rends compte maintenant, Blanche: des Grecs et de ce que des générations de peintres de la Renaissance ont fait des Grecs. Ce n'était pas moi qui étais assise là, ou pas seulement moi-même. À travers moi, c'était une déesse qui se manifestait, Aphrodite, ou Héra, ou peut-être même Artémis. J'étais parmi les immortelles.

Et ce n'est pas tout. J'ai employé il y a un instant le mot *bénédiction*. Pourquoi? Parce que ce qui se passait avait un rapport avec mes seins, j'étais bien sûre de ça, avec mes seins et avec le lait maternel. Ces antiques déesses grecques faisaient toutes sortes de choses, mais rien n'exsudait d'elles, alors que j'exsudais quelque chose, au sens figuré: j'exsudais quelque chose dans la pièce de Monsieur Phillips, je le sentais, et je parie qu'il le sentait aussi, et qu'il a continué à le sentir après mon départ.

Les Grecs n'exsudent pas. Celle qui exsude, c'est Marie de Nazareth. Pas la timide vierge de l'Annonciation, mais la mère que nous voyons dans le Corrège, celle qui des doigts soulève le bout de son sein pour faire téter son enfant; qui, confiante en sa vertu, se découvre sans gêne sous l'œil du peintre, et donc sous nos yeux.

Imagine la scène dans l'atelier du Corrège ce jour-là, Blanche: le peintre fait signe de son pinceau «Soulève-le, comme cela. Non, non, pas du creux de la main, entre deux doigts seulement.» Il traverse la pièce, et lui montre comment faire. Et la femme obéit, faisant de son corps ce qu'il lui dit de faire. Pendant tout ce temps, dans l'ombre, d'autres hommes observent: des apprentis, d'autres peintres, des visiteurs.

Qui était celle qui lui servait de modèle ce jour-là: une fille de la rue? La femme d'un mécène? L'atmosphère dans le studio est électrisée, mais par quoi? Un courant érotique? Les membres de tous ces hommes, leurs verges, sont-ils parcourus d'un frisson? Sans aucun doute. Mais il y a autre chose dans l'air. De l'adoration. Le pinceau s'immobilise comme ils sont en adoration devant le mystère qui vient de se révéler à eux: du corps de la femme, coule une source de vie.

Est-ce que le Zululand a quelque chose qui égale un moment pareil, Blanche? J'en doute. Rien comme ce mélange d'esthétique et d'érotique, qui donne le vertige. Cela n'a lieu qu'une seule fois dans l'histoire de l'humanité, dans l'Italie de la Renaissance, quand des images, des observances et des rites chrétiens immémoriaux se trouvent envahies par le rêve humaniste de la Grèce antique.

Dans notre conversation sur l'humanisme et les humanités, il y a un mot que nous avons, l'une comme l'autre, soigneusement évité: le mot *humanité*. Quand Marie bénie entre toutes les femmes sourit de son sourire lointain et angélique et soulève délicatement le bout rosé de son sein sous nos yeux, quand moi, l'imitant, je découvre mes seins pour le vieux Monsieur Phillips, nous accomplissons des actes d'humanité. Des actes pareils ne peuvent être accomplis par les animaux, qui ne sauraient se découvrir parce qu'ils ne se couvrent pas. Rien ne nous force, Marie ou moi, à faire ce geste. Mais par ce qui déborde, de ce qui découle de nos cœurs humains nous le faisons nonobstant: nous nous défaisons des robes qui nous vêtent, et nous nous révélons, nous révélons la vie et la beauté dont nous sommes bénies.

La beauté. Je suis sûre que du fin fond du Zululand, où tu as tant de corps dévêtus à contempler, tu pourras m'accorder, Blanche, qu'il n'y a rien d'une plus grande beauté humaine que des seins de femme. Rien d'une plus grande beauté humaine, rien de plus mystérieusement humain, au point que les hommes souhaitent les caresser sans fin, du pinceau, du ciseau à sculpter ou de la main, que ces poches adipeuses au galbe étrange, et rien de plus humainement attachant que notre complicité – je veux dire la complicité des femmes – qui flatte leur obsession.

Les humanités nous enseignent l'humanité. Après des siècles de nuit chrétienne, les humanités nous rendent notre beauté, notre beauté humaine. Voilà ce que tu as oublié de dire. Voilà ce que nous apprennent les Grecs, Blanche, les bons. Je te laisse y réfléchir.

Ta sœur,
Elizabeth

Voilà ce qu'elle écrit. Ce qu'elle n'écrit pas, et qu'elle n'a nulle intention d'écrire, est la suite de l'histoire, de l'histoire de Monsieur Phillips et de leurs séances du samedi après-midi dans la maison de vieux.

Car l'histoire ne se termine pas comme elle l'a racontée, lorsqu'elle se couvre pudiquement, que Monsieur Phillips lui écrit sa note de remerciement et qu'elle quitte son appartement. Non l'histoire repart, un mois plus tard, lorsque sa mère dit en passant que Monsieur Phillips est retourné à l'hôpital pour un nouveau traitement de radiothérapie, et qu'il est revenu mal en point, le moral au plus bas. Pourquoi ne passe-t-elle pas le voir, pour essayer de le remonter un peu ?

Elle frappe à sa porte, attend quelques instants, entre.

À le voir, il n'y a pas à s'y tromper. Ce n'est plus un petit vieux guilleret, tout juste un vieillard, un vieux sac d'os qui attend que la charrette vienne le chercher. Étendu sur le dos, les bras écartés, les mains molles, des mains qui, en l'espace d'un mois, sont si bleuies et si noueuses, qu'on se demande comment elles ont jamais pu tenir un pinceau. Il ne dort pas, il est couché là, il attend. Et aussi il écoute, sûrement, les bruits qui viennent du dedans, les bruits de la douleur. (N'oublions pas cela, Blanche, se dit-elle : n'oublions pas la douleur. Les terreurs de la mort ne suffisent pas : en plus, il y a la douleur, qui monte crescendo. Pour mettre fin à notre visite en ce monde, que pourrait-on trouver de plus ingénieusement, de plus diaboliquement cruel ?)

Elle se tient au chevet du vieillard. Bien qu'il n'y ait rien d'agréable à tenir cette main froide et bleuie dans la sienne, elle le fait. Rien d'agréable dans tout cela. Elle tient sa main, la serre, et dit « Aidan ! » de sa voix la plus affectueuse, et elle regarde les larmes lui monter aux yeux, les larmes des vieilles gens qui ne comptent pas pour grand-chose parce qu'elles leur viennent trop facilement. Elle n'a rien de plus à dire, et lui non plus certainement par ce trou qu'il a dans le cou, et qui est maintenant pudiquement couvert d'une compresse de gaze. Elle reste là, debout, à lui caresser la main jusqu'à ce que l'infirmière Naidoo arrive avec le thé et les cachets sur son chariot ; alors elle l'aide à s'asseoir pour boire (avec une tasse à bec, comme un enfant de deux ans, il n'y a pas de limites aux humiliations à subir).

Le samedi suivant, elle retourne le voir, et le samedi d'après ; cela devient de la routine. Elle lui tient la main et essaie de le réconforter tout en mesurant, d'un œil froid, les étapes de son déclin. Ces visites se déroulent avec le minimum de mots. Mais un samedi, il est un peu plus vaillant que d'habitude, un peu plus guilleret, il pousse vers elle le petit bloc et elle lit le message qu'il a écrit avant son arrivée : « Vous avez une bien belle poitrine. Je ne l'oublierai jamais. Merci pour tout, douce Elizabeth. »

Elle lui rend le bloc-notes. Qu'y a-t-il à dire ? *Dis adieu à ce que tu as aimé.*

Avec la force brutale qui lui reste dans les os, il arrache la page, la froisse et la laisse tomber dans la corbeille, puis il met un doigt sur ses lèvres, comme pour dire : *C'est notre secret.*

Au diable, après tout, se dit-elle pour la deuxième fois. Elle va jusqu'à la porte, la verrouille. Dans la petite alcôve où sont pendus ses effets, elle ôte sa robe, son soutien-gorge. Puis elle revient vers le lit, s'assied de côté, pour lui permettre de bien voir ce qu'elle a à montrer et reprend la pose qu'elle avait pour le tableau. *Gâtons-le*, pense-t-elle : *gâtons un peu le bonhomme, offrons-lui un petit extra pour son samedi.*

Elle se dit d'autres choses aussi, assise sur le lit en cet après-midi frais (ce n'est plus l'été à présent, mais l'automne, la fin de l'automne), si frais qu'au bout d'un moment elle se met à frissonner un peu. *Des adultes consentants* : c'est une des choses qu'elle se dit. *Ce que des adultes consentants fabriquent derrière des portes closes ne regarde qu'eux.*

Voilà qui serait un autre bon endroit où finir l'histoire. Quelle que soit la véritable nature de cette prétendue gâterie, il n'est pas nécessaire de la répéter. Samedi prochain, s'il est encore vivant, elle passera, elle lui prendra la main qu'elle tiendra de nouveau dans la sienne ; mais c'en est fini des séances de pose où elle offre sa poitrine, c'en est fini de la bénédiction. Après cela, ses seins doivent rester couverts, couverts pour toujours peut-être. Cela pourrait finir comme cela, avec cette pose tenue pendant vingt bonnes minutes, à ce qu'elle estime, malgré les frissons de froid. Comme histoire, comme récit, cela pourrait s'arrêter là, et resterait assez pudique pour être mis sous enveloppe à l'adresse de Blanche, sans pour autant compromettre ce qu'elle voulait dire sur les Grecs.

Mais en fait, cela continue quelques instants de plus, cinq ou dix minutes, et ce qui se passe est justement ce qu'elle ne peut pas dire à Blanche. Cela dure assez longtemps pour lui donner le temps, à elle, la femme, de laisser sa main retomber sur le couvre-lit et commencer à caresser, bien doucement, l'emplacement où la verge, si cette verge était encore en vie, encore en éveil, devrait se trouver ; et puis, faute de réaction, elle repousse les couvertures et dénoue le cordon qui retient le pyjama de Monsieur Phillips, un pyjama de finette, comme elle n'en a pas vu depuis des années – elle n'aurait pas cru qu'on en trouvait encore dans les magasins –, cela lui donne le temps d'entrouvrir le devant de la culotte et de donner un baiser sur la petite chose toute flasque, de la prendre dans sa bouche, de la tourner et de la retourner jusqu'à ce qu'elle la sente s'animer confusément. C'est la première fois qu'elle voit des poils pubiens devenus gris. C'est bête de sa part de ne pas s'être avisée que cela arrive. Cela lui arrivera aussi, tôt ou tard. Et cela ne sent pas bien bon non plus, l'odeur des parties intimes d'un vieillard, lavées à la va-vite.

C'est loin d'être idéal, se dit-elle, se retirant et recouvrant le vieux Monsieur Phillips, avec un sourire, lui tapotant la main. L'idéal serait de lui envoyer une jeune beauté pour faire cet office, une fille de joie aux seins jeunes et pleins, dont les vieillards rêvent. Elle n'aurait aucun scrupule à la payer pour sa visite. Cadeau d'anniversaire, c'est ainsi qu'elle appellerait ça, si la fille demandait des explications, si cadeau d'adieu avait une connotation trop froide. Mais aussi, passé un certain âge tout est loin de ce qui est idéal ; Monsieur Phillips ferait bien de se faire à cette idée. Seuls les dieux sont jeunes pour toujours, les dieux inhumains. Les dieux et les Grecs.

Quant à elle, Elizabeth, couchée sur le vieux sac d'os, les seins pendants, s'activant de son mieux sur cet organe de reproduction quasiment arrivé à extinction, quel nom les Grecs donneraient-ils à un tel spectacle ? Pas *eros*, sûrement pas, c'est par trop grotesque. *Agapè ?* Ça non plus. Cela veut-il dire que les Grecs n'ont pas de mot pour la chose ? Faudrait-il attendre de voir les chrétiens arriver avec le nom idoine de *caritas* ?

Parce que c'est de cela qu'il s'agit, elle en est convaincue. Parce qu'au fond de son cœur qui se gonfle, elle le sait, par la différence totale, infinie qu'il y a entre ce qu'il y a dans son cœur et ce que verrait l'infirmière Naidoo, si par malchance Naidoo utilisait son passe, ouvrait grand la porte et s'amenait dans la chambre.

Ce n'est pourtant pas ce qui la préoccupe au premier chef – ce que l'infirmière Naidoo penserait de tout cela, ce que les Grecs en penseraient, ou ce que sa mère à l'étage du dessus en penserait. Ce qui la préoccupe plus que tout, c'est ce qu'elle, elle va penser de tout ça, dans la voiture en rentrant chez elle, ou quand elle se réveillera demain matin ou dans un an d'ici. Que peut-on penser de moments pareils, imprévus, improvisés, qu'on n'aurait pas attendus de soi. Est-ce que ce ne sont que des trous, des trous dans le cœur, dans lesquels on met le pied et au fond desquels on tombe, et n'arrête pas de tomber ?

Blanche, ma chère Blanche, pense-t-elle, *pourquoi cette barrière entre nous ? Pourquoi ne pouvons-nous pas nous parler sans détour, le cœur à nu, comme devraient le faire ceux qui sont sur le point de passer de vie à trépas ? Mère n'est plus ; le vieux Monsieur Phillips n'est plus que cendres dispersées aux quatre vents ; du monde où nous avons grandi, il ne reste plus que toi et moi. Sœur de ma jeunesse, ne meurs pas en terre étrangère en laissant mes questions sans réponse !*

6

Le problème du mal

On l'a invitée à parler à un congrès à Amsterdam, un congrès sur un problème vieux comme le monde, le problème du mal: pourquoi y a-t-il le mal dans le monde, et que peut-on y faire, si tant est qu'on puisse y faire quelque chose.

Il ne faut pas trop de perspicacité pour deviner pourquoi les organisateurs sont tombés sur elle: à cause d'une conférence qu'elle a faite l'an passé dans une université américaine, conférence qui lui a valu d'être prise à partie dans les pages de *Commentary* (on l'accusait de faire bon marché de l'Holocauste) et d'être défendue par des gens dont le soutien pour une grande part la gêne: antisémites qui ne s'avouent pas, et militants qui font du sentiment sur les droits des animaux. À cette occasion, elle avait parlé de ce qu'elle considérait, et continue à considérer, comme la mise en esclavage de populations entières d'animaux. Un esclave: un être dont la vie et la mort sont dans les mains de quelqu'un d'autre. Les bœufs, les moutons, les volailles sont-ils autre chose? On n'aurait pas rêvé les camps de la mort si l'on n'avait pas eu l'exemple des usines de traitement industriel de la viande qui les ont précédés.

Elle avait dit cela et était allée plus loin : cela lui semblait évident, à peine digne de s'y attarder. Mais elle avait fait un pas de plus, un pas de trop. Le massacre des êtres sans défense se répète autour de nous, de jour en jour, avait-elle dit, un carnage dont l'échelle, l'horreur et la portée morale ne diffèrent en rien de ce que nous appelons l'Holocauste ; pourtant nous préférons ne pas le voir.

D'une égale portée morale : c'est cela qui les avait fait tiquer. Les étudiants du Centre Hillel avaient protesté. Ils exigeaient que Appleton College, en tant qu'institution, prenne ses distances à l'égard de ses déclarations. En fait, l'université devrait aller plus loin et s'excuser de lui avoir offert une tribune.

Dans son pays, les journaux s'étaient fait une joie de s'emparer de l'histoire. Le journal *Age* avait publié un article sous le titre : LA LAURÉATE DE NOMBREUX PRIX PRESTIGIEUX EST ACCUSÉE D'ANTISÉMITISME et avait reproduit le paragraphe incriminé de son discours, bourré de fautes de ponctuation. Le téléphone s'était mis à sonner à toute heure : des journalistes pour la plupart, mais aussi des inconnus, y compris une femme restée anonyme qui avait hurlé dans l'appareil « Salope de fasciste ! ». Après cela, elle avait cessé de répondre au téléphone. C'était elle, tout d'un coup, qui se retrouvait au banc des accusés.

C'était un sac d'embrouilles qu'elle aurait pu prévoir et qu'elle aurait dû éviter. Alors que vient-elle faire à la tribune encore une fois ? Si elle avait le moindre jugement, elle resterait à l'écart des feux de la rampe. Elle est vieille, tout le temps fatiguée, elle a perdu le peu de goût des débats polémiques qu'elle a pu avoir, et, de toute façon, comment peut-on espérer que le problème du mal, si tant est que le mot *problème* soit le mot juste, soit assez vaste pour couvrir le mal, se trouvera résolu par quelques palabres de plus ?

Mais lorsque l'invitation est arrivée, elle se trouvait sous l'emprise pernicieuse d'un roman qu'elle était en train de lire. Le roman portait sur la pire dépravation qui soit, et l'avait plongée dans le plus profond abattement. *Pourquoi me faire subir une chose pareille ?* avait-elle envie de crier à Dieu sait qui. L'invitation était arrivée ce jour-là. Elizabeth Costello, écrivain respecté, voudrait-elle faire la grâce de sa présence à une réunion de théologiens et de philosophes, et accepter de parler sur le sujet général de « Silence, complicité et culpabilité » ?

Le livre qu'elle lisait ce jour-là était de Paul West, un Anglais, mais qui semblait s'être libéré des préoccupations les plus triviales du roman anglais. Son livre portait sur Hitler, et sur la tentative d'assassinat de Hitler par des officiers de la Wehrmacht, et tout allait à peu près bien jusqu'à ce qu'elle en arrive aux chapitres décrivant l'exécution des conjurés. Où West avait-il bien pu trouver ses renseignements ? Avait-il vraiment pu y avoir des témoins qui, en rentrant chez eux ce soir-là, avant d'oublier, avant que la mémoire, pour son salut, n'efface tout, avaient mis noir sur blanc, en des termes qui ont dû calciner la page, le récit de ce qu'ils avaient vu, jusqu'aux paroles que le bourreau avait adressées aux âmes remises entre ses mains, des vieillards branlants pour la plupart, dépouillés de leur uniforme, affublés pour le dernier acte de nippes de détenus, pantalons de serge raides de crasse, tricots mangés aux mites, sans chaussures, sans ceintures, privés de leurs fausses dents et de leurs lunettes, épuisés, frissonnants, les mains dans les poches pour retenir leur culotte, gémissant de peur, ravalant leurs larmes, obligés d'écouter les railleries de ce grossier personnage, de ce boucher aux ongles noircis par du sang vieux d'une semaine, qui leur expliquait ce qui allait se passer lorsque la corde se serrerait d'un coup sec, comment la merde allait couler le long de leurs vieilles jambes débiles, comment leurs verges molles de vieillards allait avoir un dernier sursaut ? L'un après l'autre ils montèrent au gibet, dans un lieu indéfinissable qui aurait pu aussi bien être un garage ou un abattoir, sous des lampes à arc pour que, dans sa tanière au fond des bois, Adolf Hitler, chef des armées, puisse bien les voir sur les images filmées et distinguer leurs sanglots, puis leurs contorsions et enfin leur immobilité, l'immobilité de la viande morte et inerte, et bien se convaincre qu'il avait eu sa revanche.

Voilà ce que Paul West, romancier, avait traité, sur des pages et des pages, sans rien omettre; et c'est ce qu'elle a lu, écœurée du spectacle, écœurée d'elle-même, écœurée d'un monde dans lequel de telles choses se passent, au point qu'elle a fini par repousser le livre, restant là sur sa chaise, la tête dans les mains. *C'est obscène!* avait-elle envie de crier, mais elle n'a pas crié, parce qu'elle ne savait pas à qui il fallait destiner le mot: à elle-même, à West, au haut comité des anges qui surveillent, impassibles, tout ce qui advient. Obscène parce que de telles choses ne devraient pas se produire, mais obscène aussi parce que, une fois qu'elles se sont produites, elles ne devraient pas être mises à la lumière du jour, mais devraient être étouffées, rester cachées à jamais dans les entrailles de la terre, comme ce qui se passe dans les abattoirs partout dans le monde, si l'on tient à rester sain d'esprit.

La lettre d'invitation est arrivée alors que ce qu'il y a d'obscène dans le livre de West lui empestait encore l'esprit. C'est pourquoi, en bref, elle se retrouve à Amsterdam, avec le mot obscène en travers de la gorge. Obscène: pas seulement les méfaits des sbires de Hitler, pas seulement les méfaits du bourreau, mais les pages même du livre noir de Paul West. Des scènes qui n'ont pas leur place au grand jour, dont les yeux des jeunes filles et des enfants méritent d'être protégés.

Comment Amsterdam va-t-elle réagir à Elizabeth Costello dans l'état où elle est? Est-ce que le solide vocable calviniste de *mal* a encore quelque force parmi ces citoyens de bon sens, pragmatiques et bien adaptés à la Nouvelle Europe? Même s'il y a plus d'un demi-siècle que le diable a marché sans vergogne au pas de l'oie dans leurs rues, ils ne peuvent avoir oublié. Adolf et ses cohortes bottées n'ont pas lâché leur emprise sur l'imagination populaire. Chose curieuse du reste, quand on pense que Koba, l'Ogre rouge, son frère aîné et son mentor, et à tous égards bien plus meurtrier, bien plus ignoble, bien plus propre à glacer l'âme, a presque disparu des mémoires. Mesurer la vilenie à l'aune de la vilenie est un acte qui en lui-même laisse un goût immonde dans la bouche. Vingt millions, six millions, trois millions, cent mille: on arrive à un point où l'esprit chavire devant les chiffres; et plus on vieillit – c'est du moins ce qui lui est arrivé à elle –, plus vite il chavire. Un moineau abattu de sa branche par un lance-pierre, une ville anéantie par des bombes : qui oserait dire quel est le pire ? Le mal, ici comme là, un univers du mal inventé par un dieu du mal. Osera-t-elle dire cela à ses hôtes pleins de bonté, à ses auditeurs, bons, sensibles, intelligents dans cette ville rationnellement organisée, bien gérée ? Il vaut mieux tenir sa langue, il vaut mieux ne pas trop élever la voix. Elle voit d'ici la prochaine manchette dans l'*Age* : COSTELLO EST D'ACCORD : LA NATURE DE L'UNIVERS EST LE MAL.

Elle sort de l'hôtel et va faire un tour le long du canal, vieille femme en imperméable, encore légèrement étourdie, encore légèrement vacillante sur ses jambes après les longues heures de vol depuis les antipodes. Désorientée : est-ce simplement parce qu'elle a perdu ses repères qu'elle a de telles idées noires ? Si c'est le cas, elle ferait bien de moins voyager. Ou de voyager davantage.

Le sujet sur lequel elle doit parler, le sujet sur lequel elle s'est entendue avec ses hôtes est « Témoignage, silence et censure ». La communication elle-même, ou la plus grande partie de son texte, n'a pas été difficile à écrire. Après les années qu'elle a passées au bureau exécutif du PEN Club Australie, elle est capable de discourir sur la censure dans son sommeil. Si elle voulait se faciliter la vie, elle pourrait leur lire son texte habituel sur la censure, qui est tout prêt, passer quelques heures au Rijksmuseum, puis prendre un train jusqu'à Nice, où, fort opportunément, se trouve sa fillc, invitée de quelque fondation.

La communication sur la censure qu'elle fait d'habitude brasse des idées libérales ; elle y mettrait peut-être un rien du *Kulturpessimismus* qui a marqué sa réflexion ces derniers temps : la civilisation occidentale est fondée sur la foi en la nature de toute entreprise humaine, qui ne connaît pas de bornes et ne saurait en connaître, il est trop tard aujourd'hui pour modifier cet état de choses, il n'y a qu'à bien s'accrocher et voir où cela nous entraînera. C'est sur l'absence de ces bornes qu'elle semble être en train de changer subrepticement d'avis. La lecture du livre de West y est pour quelque chose, subodore-t-elle, même si ce changement d'opinion aurait pu se faire de toute façon, pour des raisons qui lui sont moins claires. Plus précisément, elle n'est plus aussi sûre que les gens sont améliorés par les lectures qu'ils font. De plus, elle n'est pas sûre que les écrivains qui s'aventurent dans les contrées les plus obscures de l'âme en reviennent indemnes. Elle commence à se demander si écrire ce qu'on a envie d'écrire, tout comme lire ce qu'on a envie de lire, est en soi une bonne chose.

C'est là, de toute façon, ce qu'elle a envie de dire ici à Amsterdam. L'exemple principal qu'elle proposera à la réflexion des congressistes est *Les Très Riches Heures du comte von Stauffenberg*, que lui avait fait parvenir un de ses amis, éditeur à Sydney, dans un envoi avec d'autres ouvrages, certains nouveaux, d'autres des rééditions, pour qu'elle en fasse la critique. *Les Très Riches Heures* est le seul livre qui avait réellement retenu son attention ; elle a exprimé sa réaction dans un article qu'elle a retiré à la dernière minute et qu'elle n'a jamais publié.

Quand elle est arrivée à l'hôtel, il y avait une enveloppe qui l'attendait à la réception : une lettre des organisateurs lui souhaitant la bienvenue, le programme du congrès, des cartes de la ville et des environs. Maintenant, assise sur un banc sur le Prinsengracht, dans la chaleur timide du soleil de l'hémisphère Nord, elle jette un coup d'œil au programme. Son intervention est prévue pour le lendemain matin, premier jour du congrès. « Elizabeth Costello, romancière et essayiste australienne notoire, auteur de *La Maison de la rue Eccles* et de nombreux autres livres. » Ce n'est pas ainsi qu'elle se serait décrite, mais on ne lui a pas demandé son avis. Congelée dans le passé, comme d'habitude ; congelée dans ses œuvres de jeunesse.

Ses yeux parcourent la liste. Elle n'a jamais entendu parler de la plupart de ses collègues congressistes. Puis le dernier nom sur la liste accroche son regard, et elle a un coup au cœur. « Paul West, romancier et critique. » Paul West, cet inconnu, sur l'âme duquel elle s'étend à longueur de page. Quelqu'un peut-il, demande-t-elle dans sa conférence, s'aventurer si profondément dans la forêt d'horreurs nazie et en ressortir indemne ? Avons-nous envisagé que l'explorateur qui se laisse séduire et entraîner dans cette forêt puisse en revenir ni meilleur, ni plus fort, mais au contraire pire qu'avant ? Comment peut-elle donner sa conférence, comment peut-elle poser cette question, si Paul West en personne se trouve dans la salle ? Cela aura l'air d'une attaque, une attaque présomptueuse, gratuite et surtout personnelle contre un confrère écrivain. Qui croira en vérité qu'elle n'a jamais eu affaire à Paul West, qu'elle ne l'a jamais rencontré, qu'elle n'a lu qu'un scul livre de lui ? Que faut-il faire ?

Sur la vingtaine de pages de son texte, une bonne moitié est consacrée au livre sur Stauffenberg. Avec un peu de chance, le livre n'aura pas été traduit en néerlandais ; avec une chance inouïe personne d'autre dans la salle ne l'aura lu. Elle pourrait éliminer le nom de West, et se référer à lui seulement comme « l'auteur d'un livre sur l'époque nazie ». Elle pourrait même faire du roman un ouvrage hypothétique : roman hypothétique sur les Nazis, dont la rédaction aurait laissé de vilaines cicatrices à l'âme de son hypothétique auteur. Tout le monde alors n'y verra que du feu, sauf West bien sûr s'il est là, s'il se donne la peine d'assister à la conférence de la dame d'Australie.

Il est quatre heures de l'après-midi. D'habitude, sur des vols aussi longs, elle dort mal, elle se réveille tout le temps. Mais, pour ce vol-ci, elle a essayé un nouveau somnifère qui semble avoir marché. Elle se sent bien, elle est prête à se plonger dans le travail à faire. Elle a le temps de réécrire sa communication, en laissant Paul West et son roman loin à l'arrière-plan, et ne mettant en lumière que la thèse qu'elle défend, la thèse selon laquelle écrire, comme forme d'aventure morale, a le pouvoir d'être dangereux. Mais que serait une conférence pareille, qui défendrait une thèse sans donner d'exemples ?

Pourrait-elle remplacer Paul West par quelqu'un d'autre – Céline par exemple ? Un des romans de Céline, le titre lui échappe, flirte avec le sadisme, le fascisme, l'antisémitisme. Il y a des années qu'elle a lu ça. Est-ce qu'elle pourrait mettre la main sur un exemplaire, de préférence pas en néerlandais, et inclure Céline dans son texte ?

Mais Paul West n'est pas Céline, ils n'ont rien de commun. Flirter avec le sadisme, c'est justement ce que West ne fait pas ; de plus, c'est à peine si son livre fait état des Juifs. Les horreurs qu'il révèle sont *sui generis*. Cela a dû être pour lui une gageure : prendre pour sujet une poignée d'officiers de carrière allemands pas dégourdis, inaptes par l'éducation qu'ils avaient reçue à mettre en place un complot et à mener un assassinat à bien, et raconter, d'un bout à l'autre, l'histoire de leur inepte entreprise avec ses conséquences, pour laisser le lecteur, à sa grande surprise, pénétré de pitié véritable, de terreur véritable.

Jadis, elle aurait dit : c'est tout à l'honneur d'un écrivain de s'attacher à poursuivre une histoire pareille jusque dans ce qu'elle a de plus noir. Maintenant, elle n'est plus si sûre. C'est ce qui semble avoir changé en elle. De toute façon, Céline n'est pas de cette eau-là, Céline ne marchera pas.

Sur le pont d'une grosse péniche amarrée au quai d'en face, deux couples sont attablés, ils bavardent, ils boivent leur bière. Des cyclistes passent devant son banc dans le cliquetis de leurs pédaliers. Un après-midi comme les autres, un jour comme les autres en Hollande. Après un voyage de milliers de kilomètres pour se plonger précisément dans cette variété de l'ordinaire, faut-il qu'elle y renonce pour se retrouver dans une chambre d'hôtel et se donner un mal de chien sur le texte d'une conférence qui sera oubliée d'ici huit jours ? À quoi bon ? Pour ne pas mettre dans l'embarras un homme qu'elle n'a jamais vu ? Vu de Sirius, qu'importe un moment de gêne ? Elle ne sait pas quel âge Paul West peut bien avoir – la quatrième de couverture de son livre ne le dit pas, la photo pourrait remonter à des années –, mais elle est sûre et certaine qu'il n'est pas jeune. Est-ce que lui comme elle, chacun à sa manière, ne serait pas assez vieux pour être au-delà de ces moments d'embarras ?

En rentrant à l'hôtel, elle trouve un message lui demandant d'appeler Henk Badings, l'homme de l'Université libre avec qui elle a été en correspondance. Avait-elle fait bon voyage ? lui demande Badings. Est-elle bien installée ? Ne voudrait-elle pas se joindre à lui et un ou deux autres invités pour dîner ? Merci beaucoup, répond-elle, mais elle préfère dire non et se coucher tôt. Un silence dans leur échange, puis elle pose la question qui la tracasse. Le romancier Paul West est-il déjà arrivé à Amsterdam ? Oui, oui, lui répond Badings ; il est non seulement arrivé, mais elle sera heureuse de savoir qu'il est au même hôtel qu'elle.

Si elle a besoin de quelque chose pour lui faire prendre le mors aux dents, c'est bien ça. Il est inacceptable que Paul West se trouve cantonné avec une femme qui déblatère sur son compte en public en le traitant de dupe de Satan. Il faut absolument qu'elle l'élimine de sa conférence, ou alors qu'elle se retire. Il n'y a pas à chercher midi à quatorze heures.

Elle passe la nuit à triturer son texte. D'abord elle essaie d'omettre le nom de West. *Un roman récent qui nous vient d'Allemagne*, c'est ainsi qu'elle cite le livre. Mais ça ne marche pas, évidemment. Même si elle en fait accroire à la plupart des gens dans la salle, West saura bien que c'est de lui qu'il s'agit.

Et si elle essayait d'édulcorer un peu son propos ? Si elle laissait entendre qu'en représentant les machinations du mal, l'écrivain pourrait, à son insu, rendre le mal séduisant, et par là faire plus de mal que de bien ? Cela amortirait-il le choc ? Elle barre le premier paragraphe de la page huit, la première des pages problématiques, puis le second, puis le troisième, et se met à griffonner en marge un texte révisé ; enfin, d'un œil désespéré, elle contemple le gâchis sur la page. Pourquoi n'a-t-elle donc pas fait une photocopie avant de se lancer dans ses biffures ?

Le jeune homme à la réception a des écouteurs sur la tête, et marque le rythme par des mouvements d'épaules. Quand il la voit, il reprend brusquement l'attitude de l'employé à l'écoute du client. « Une photocopieuse, dit-elle. Est-ce que je pourrais avoir accès à une photocopieuse ? »

Il lui prend la liasse de feuillets, jette un coup d'œil au titre. L'hôtel accueille toutes sortes de congrès, il doit avoir l'habitude de voir des étrangers en état de panique qui réécrivent leur communication au milieu de la nuit. La vie des étoiles naines. Les rendements à l'hectare au Bangladesh. L'âme et ses multiples corruptions. Tout cela est pour lui du pareil au même.

Une fois qu'elle a ses photocopies, elle se met à la tâche pour édulcorer ses propos, mais elle est de plus en plus tenaillée par le doute. L'écrivain dupe de Satan : quelle ânerie ! Son argumentation l'accule inéluctablement dans la position du censeur à l'ancienne. Et pourquoi y aller par quatre chemins, de toute façon ? Pour éviter un petit scandale ? Mais d'où lui vient donc cette répugnance à offenser autrui ? Bientôt elle sera morte. Quelle importance cela aura-t-il alors qu'elle ait pris un inconnu à rebrousse-poil à Amsterdam ?

Elle avait dix-neuf ans, elle s'en souvient ; et s'est laissé draguer sur le pont de Spencer Street, près des quais de Melbourne, quartier mal fréquenté à l'époque. Le gars était docker, la trentaine, beau garçon, le physique d'un dur, il s'appelait Tim ou Tom. Elle faisait les Beaux-Arts et était une révoltée, en révolte principalement contre le moule qui l'avait formée : respectable, petit-bourgeois, catholique. À ses yeux, en ce temps-là, seules la classe ouvrière et les valeurs de la classe ouvrière étaient authentiques.

Tim ou Tom l'a emmenée dans un bar, puis dans le meublé où il habitait. C'était quelque chose qu'elle n'avait jamais fait, coucher avec un inconnu ; à la dernière minute, elle n'a pas pu aller jusqu'au bout. « Désolée, dit-elle, vraiment désolée, est-ce qu'on peut en rester là ? » Mais Tim ou Tom ne voulait rien entendre. Comme elle résistait, il a essayé de la prendre de force. Pendant un bon moment, en silence, à bout de souffle, elle l'a tenu à distance, l'a griffé, repoussé. Au début, il a pris ça comme un jeu. Puis il en a eu assez, ou son désir s'est émoussé, est devenu autre chose, et il s'est mis à la cogner pour de bon. Il l'a soulevée du lit, lui a donné des coups de poing dans les seins, dans le ventre ; il lui a flanqué un terrible coup de coude en plein visage. Quand les coups ont fini de l'amuser, il lui a arraché ses vêtements et a essayé d'y mettre le feu dans la corbeille à papier. Nue comme un ver, elle s'est glissée hors de la chambre et est allée se cacher dans les WC sur le palier. Une heure plus tard, quand elle a été sûre qu'il dormait, elle s'est de nouveau glissée dans la chambre et a récupéré ce qu'il restait de ses vêtements. À peine vêtue des lambeaux roussis de sa robe, elle a fait signe à un taxi. Pendant une semaine, elle s'est réfugiée chez une copine, puis chez une autre, refusant d'expliquer ce qui était arrivé. Elle avait une fracture de la mâchoire ; il a fallu une intervention du chirurgien-dentiste ; elle s'est nourrie de lait et de jus d'orange qu'elle buvait à la paille.

Cela avait été la première fois qu'elle avait affaire au mal. Elle avait compris qu'il ne s'agissait de rien d'autre, mais du mal, lorsque le sentiment d'être offensé s'était calmé en lui pour faire place à la franche jubilation de lui faire mal. Cela lui plaisait de lui faire mal, elle le voyait bien ; cela lui plaisait probablement davantage que de coucher avec elle. Il ne s'en était peut-être pas rendu compte lorsqu'il l'avait draguée, qu'il l'avait emmenée dans sa chambre pour lui faire mal plutôt que pour lui faire l'amour. En se débattant, elle avait fourni une issue qui permettait au mal en lui de sortir, et il était sorti sous forme de jubilation, d'abord en la voyant souffrir (Tu aimes ça, hein ? chuchotait-il en lui tordant le bout des seins. Tu aimes ça ?), puis dans le geste puéril et méchant de détruire ses vêtements.

Pourquoi repense-t-elle à cet incident d'un lointain passé, et, au fond, sans importance ? Réponse : parce qu'elle ne l'a jamais révélé à quiconque, elle ne l'a jamais utilisé. Dans aucune de ses histoires, on ne voit un homme infliger des sévices à une femme pour se venger d'être repoussé. Sauf si Tim ou Tom est arrivé à un grand âge cacochyme, sauf si le comité d'observateurs angéliques a conservé les minutes de la séance de cette nuit-là, ce qui s'est passé dans le meublé n'appartient qu'à elle et elle seule. Pendant un demi-siècle, le souvenir a reposé en elle comme un œuf, un œuf de pierre, dont la coquille ne se fendillera jamais, qui ne pourra jamais éclore. Elle le trouve bon, il lui donne du plaisir, ce silence qu'elle garde, un silence qu'elle espère sauvegarder jusqu'à la tombe.

Est-ce avec une réticence de cet ordre qu'elle exige de West qu'il écrive une histoire sur un complot d'assassinat sans dire un mot de ce qui arrive aux conjurés quand ils tombent entre les mains de leurs ennemis ? Sûrement pas. Alors que veut-elle dire exactement à cette assemblée d'inconnus – elle jette un coup d'œil à sa montre – dans moins de huit heures ?

Elle s'efforce d'y voir clair. Elle reprend les choses au début. Qu'est-ce qui s'était révolté en elle contre West et son livre à sa première lecture ? Pour commencer, ce serait à peu près parce qu'il avait ramené à la vie Hitler et ses brutes, et qu'il leur avait redonné prise sur le monde. Bon, mais qu'y a-t-il à redire à cela ? West est romancier, comme elle ; l'un et l'autre gagnent leur vie à raconter ou reraconter des histoires ; et dans leurs histoires, si leurs histoires valent quelque chose, les personnages, même les bourreaux, prennent une vie indépendante. Alors en quoi vaut-elle mieux que West ?

La réponse, selon ce qu'elle arrive à dégager, est qu'elle ne croit plus que raconter des histoires est une bonne chose en soi, alors que pour West, du moins pour West tel qu'il était quand il a écrit le livre sur Stauffenberg, la question ne semble pas se poser. Si elle, telle qu'elle est aujourd'hui, devait choisir entre raconter une histoire et faire le bien, elle préférerait, pense-t-elle, faire le bien. West, pense-t-elle, préférerait raconter une histoire, quoiqu'elle devrait peut-être réserver son jugement jusqu'à ce qu'elle l'entende de sa bouche même.

Cela ressemble à beaucoup de choses, cette affaire de conter des histoires. L'une d'elles (c'est ce qu'elle dit dans un des paragraphes qu'elle n'a pas encore supprimé) est une bouteille avec un génie enfermé dedans. Quand le conteur ouvre la bouteille, le génie est lâché dans le monde, et c'est la croix et la bannière pour l'y faire rentrer. Sa position, sa position revue et corrigée, sa position au crépuscule de sa vie : mieux vaut, dans l'ensemble, que le génie reste dans la bouteille.

La sagesse de cette similitude, la sagesse des siècles (et c'est pour cela qu'elle préfère penser selon des similitudes, plutôt que de réfléchir en suivant un raisonnement), est qu'elle ne dit rien de la vie que mène le génie enfermé dans la bouteille. Tout ce qu'elle dit, c'est que le monde ne s'en porterait que mieux si le génie restait prisonnier.

Un génie, ou un diable. Alors qu'elle se représente de moins en moins ce que cela pourrait signifier de croire en Dieu, en ce qui concerne le diable, elle n'a aucun doute. Le diable est partout incrusté sous la surface des choses, cherchant une voie de sortie vers la lumière. Le diable a pénétré le docker, ce soir-là Spencer Street, le diable a pénétré le bourreau au service de Hitler. Et par l'entremise du docker, il y a toutes ces années, le diable est entré en elle : elle le sent tapi à l'intérieur, recroquevillé comme un oiseau, attendant le moment propice pour prendre son vol. Par l'entremise du bourreau de Hitler, un diable est entré dans Paul West, et dans son livre, et Paul West à son tour a donné la liberté au diable, l'a lâché dans le monde. Elle a bien senti son aile membraneuse l'effleurer, elle ne se fait pas des idées, lorsqu'elle a lu ces pages de noirceur.

Elle se rend bien compte combien tout cela est vieux jeu. West trouvera des milliers de gens pour le défendre. *Comment en viendrons-nous à connaître les horreurs perpétrées par les Nazis*, diront ses défenseurs, *si vous autres, artistes, n'êtes pas autorisés à les faire revivre pour nous? Paul West n'est pas un diable, c'est un héros: il s'est aventuré dans le labyrinthe du passé de l'Europe, il a affronté le Minotaure et il est revenu nous conter son histoire*.

Que peut-elle dire en réponse? Qu'il aurait mieux valu que notre héros reste chez lui, ou qu'au moins il garde le récit de ses exploits pour lui. En un temps où les artistes se cramponnent aux quelques lambeaux de dignité qu'il leur reste, quelle reconnaissance lui vaudra ce genre de réponse dans la confrérie des écrivains? *Elle nous a laissés tomber*, diront-ils. *Elizabeth Costello est devenue une vieille dame ronchon et radoteuse.* Elle voudrait avoir *Les Très Riches Heures du comte von Stauffenberg* avec elle. Si seulement elle pouvait d'un coup d'œil relire ces pages, les parcourir des yeux, tous ses doutes s'évanouiraient, elle en est sûre, ces pages dans lesquelles West donne au bourreau, au boucher – elle a oublié son nom, mais elle ne peut oublier ses mains, tout comme sans nul doute ses victimes ont emporté avec eux dans l'éternité le souvenir de ces mains s'affairant maladroitement sur leur cou –, où il donne au boucher une voix lui permettant de lancer ses grossiers, pires que grossiers, ses innommables sarcasmes aux vieillards frissonnants qu'il est sur le point de tuer, des sarcasmes sur leurs corps qui vont les trahir, lorsqu'ils gigoteront et danseront au bout de la corde. Cela est terrible, terrible au-delà de ce qu'on peut dire : c'est terrible qu'un tel homme ait pu exister, plus terrible encore qu'on l'ait tiré de sa tombe alors qu'on le croyait mort et qu'on se croyait tranquille.

Obscène : voilà le mot, d'étymologie douteuse, auquel elle doit s'accrocher comme à un talisman. Elle aime à croire que *obscène* veut dire *hors de scène, en coulisse*. Pour sauvegarder notre humanité, certaines choses que nous voulons peut-être voir (*voulons peut-être voir parce que nous sommes humains !*) doivent rester en coulisse. Paul West a écrit un livre obscène, il a montré ce qui ne devrait pas être montré. Cela doit être le fil conducteur de ce qu'elle dira quand elle sera face à la foule, il ne faut pas qu'elle perde cela de vue, qu'elle perde ce fil.

Elle s'endort, écroulée sur le petit bureau, tout habillée, la tête entre les bras. À sept heures, le réveil sonne. Elle est abrutie, épuisée, elle fait ce qu'elle peut pour avoir une mine présentable, et prend le drôle de petit ascenseur pour descendre à la réception. « Est-ce que M. West est arrivé ? » demande-t-elle au réceptionniste, le même que cette nuit.

« M. West, voyons... Oui, il est à la chambre 311. »

La salle à manger est inondée de soleil. Elle se sert une tasse de café et prend un croissant, se trouve une table près de la fenêtre, observe les cinq ou six autres clients matinaux. Est-ce que le type un peu gros avec des lunettes, qui lit le journal, pourrait être West? Il ne ressemble pas à la photo sur la couverture du livre, mais cela ne prouve rien. Est-ce qu'elle devrait aller jusqu'à sa table et le lui demander? « Monsieur West, permettez-moi de me présenter, Elizabeth Costello. J'ai quelque chose de compliqué à dire, si vous voulez bien m'écouter jusqu'au bout. Cela vous concerne, ainsi que les rapports que vous entretenez avec le diable. » Comment réagirait-elle si un inconnu lui faisait ce coup pendant qu'elle prend son petit déjeuner?

Elle se lève, passe entre les tables, prenant le chemin le plus long pour arriver jusqu'au buffet. Le journal que l'homme lit est un quotidien hollandais, le *Volkskrant*. Il y a des pellicules sur le col de son veston. Il jette un regard par-dessus ses lunettes. Un visage quelconque, placide. Il pourrait être n'importe qui : représentant en textiles, professeur de sanskrit. Il pourrait aussi être Satan dans l'un de ses accoutrements. Elle hésite, passe son chemin.

Le journal hollandais, les pellicules… Non que Paul West ne pourrait pas lire le néerlandais, non que Paul West ne pourrait pas avoir de pellicules. Mais si elle a l'intention de faire figure d'expert sur le mal, ne devrait-elle pas être capable de flairer le diable sous son nez? Quelle est l'odeur du mal? Le soufre? Le zyklon B? Ou est-ce que le mal est devenu incolore et inodore, comme tant de choses dans le monde moral.

À huit heures et demie, Badings vient la chercher. Ils font ensemble le chemin jusqu'à l'amphithéâtre où se tient le congrès, au pas de promenade. Dans la salle, il lui montre un homme assis tout seul au dernier rang.

« Paul West, dit Badings, voulez-vous que je vous présente ? »

Ce n'est pas l'homme qu'elle a vu au petit déjeuner, mais ils ne sont guère différents, même corpulence, même physionomie.

« Tout à l'heure, peut-être », murmure-t-elle.

Badings lui demande de l'excuser, et la quitte pour s'occuper de choses et d'autres. Il reste une vingtaine de minutes avant le début de la séance. Elle traverse l'amphithéâtre. « Monsieur West ? » dit-elle, d'un ton aussi affable que possible. Voilà des années qu'elle n'a pas eu recours à ce qu'on pourrait appeler des ruses de femmes, mais si les ruses la mènent à quelque chose, elle y aura recours. « Est-ce que je pourrais vous parler quelques instants ? »

West, le vrai West, lève les yeux de ce qu'il est en train de lire, qui semble être, c'est plutôt étonnant, un livre de bandes dessinées.

« Je m'appelle Elizabeth Costello, dit-elle en s'asseyant à côté de lui. Ce que j'ai à dire n'est pas facile, j'irai donc droit à l'essentiel. Ma conférence d'aujourd'hui comporte des références à l'un de vos livres, le livre sur Stauffenberg. En fait, la conférence est en grande partie sur ce livre, et sur son auteur, que vous êtes. Quand j'ai préparé ce texte, je ne m'attendais pas à vous trouver à Amsterdam. Les organisateurs ne m'avaient pas prévenue de votre présence. Mais, d'ailleurs, pourquoi m'en auraient-ils fait part ? Ils n'avaient aucune idée de ce que j'avais l'intention de dire. »

Elle marque une pause. West regarde dans le vague, il ne l'aide en rien.

« Je pourrais, j'imagine, poursuit-elle (et maintenant

elle ne sait vraiment pas ce qui vient), vous demander pardon à l'avance, vous demander de bien vouloir ne pas prendre mes remarques personnellement. Mais alors, pourriez-vous à juste titre me demander pourquoi est-ce que je tiens absolument à faire des remarques qui exigent des excuses anticipées, pourquoi ne pas tout simplement les supprimer ?

« J'ai en effet envisagé de les supprimer. J'ai passé le plus beau de la nuit dernière, après avoir appris que vous seriez là, à trouver le moyen de rendre mes propos moins explicites, moins offensants. J'ai même songé à déclarer forfait – en prétextant que j'étais souffrante. Mais cela aurait été injuste envers les organisateurs, vous en conviendrez. »

Elle lui tend la perche, elle lui donne sa chance de parler. Il s'éclaircit la gorge, mais, en fin de compte, ne dit rien, et continue à regarder devant lui, et à lui présenter un assez beau profil.

« Ce que je dis, dit-elle en jetant un œil à sa montre (plus que dix minutes, l'amphithéâtre commence à se remplir, il faut qu'elle se jette à l'eau, il n'y a plus le temps d'y aller sur la pointe des pieds), l'idée que je défends est que nous devrions nous méfier des horreurs telles que celles que vous décrivez dans votre livre. Nous, en tant qu'écrivains. Pas seulement pour protéger nos lecteurs, mais par égard envers nous-mêmes. Nous pouvons nous mettre en grand péril par ce que nous écrivons, c'est mon intime conviction. Car si ce que nous écrivons a le pouvoir de faire de nous des êtres meilleurs, alors cela peut aussi nous rendre pires. Je ne sais pas si vous êtes d'accord. »

Une autre perche. De nouveau, obstinément,

l'homme garde le silence. Quelles idées lui passent par la tête ? Se demande-t-il ce qu'il est venu faire à cette réunion en Hollande, pays des tulipes et des moulins à vent, pour se faire prendre à partie par une sorcière, une vieille folle, avec la perspective d'avoir à entendre une seconde fois la même harangue lancée de la tribune ? *La vie d'écrivain*, elle devrait le lui rappeler, *n'a rien de facile*.

Un groupe de jeunes gens, des étudiants sans doute, a pris place juste devant eux. Pourquoi West ne réagit-il pas ? Elle commence à s'énerver ; il lui prend l'envie d'élever la voix, de lui agiter un index noueux sous le nez.

« Votre livre a fait sur moi une profonde impression. C'est-à-dire qu'il m'a marquée comme marque un fer rouge. Certaines pages brûlaient des feux de l'enfer. Vous devez savoir à quoi je fais allusion. La scène des pendaisons, pour être précise. Je doute fort être capable d'écrire des pages pareilles moi-même. C'est-à-dire que je serais peut-être capable de les écrire, mais je ne le ferais pas, je ne me permettrais pas de le faire, je ne me le permettrais plus, pas telle que je suis aujourd'hui. Je ne crois pas qu'un écrivain puisse s'en sortir indemne, lorsqu'il a évoqué de telles scènes. Je crois qu'à écrire ainsi on peut se faire du mal. C'est ce que j'ai l'intention de dire dans mon intervention. » Elle avance vers lui la chemise verte qui contient son texte, et la tapote de la main. « Donc, je ne vous demande pas pardon, je ne sollicite même pas votre indulgence, je fais ce qu'il est poli de faire, ni plus ni moins, je vous mets au fait, je vous avertis de ce qui va se passer. Parce que (et tout d'un coup, elle se sent plus forte, plus sûre d'elle, plus disposée à exprimer son irritation, et même sa colère, envers cet homme qui ne prend pas la peine de lui répondre), parce que vous n'êtes pas un enfant, après tout, vous avez dû savoir les risques que vous preniez, vous avez dû vous rendre compte qu'il pourrait y avoir des conséquences, des conséquences impossibles à prévoir, et voilà que (elle se lève, serre la chemise contre sa poitrine comme un bouclier, comme si elle voulait se protéger des flammes qui dansent autour de lui) les conséquences sont là. C'est tout. Je vous remercie de m'avoir écoutée, monsieur West. »

À l'entrée de la salle, Badings lui fait un signe discret. C'est l'heure.

La première partie de sa communication est pure routine, traitant de questions qu'elle connaît bien : auteur, autorité, et les affirmations des poètes au fil des siècles, prétendant exprimer une plus haute vérité, une vérité dont l'autorité réside dans leur pouvoir de révélation, et, plus tard, à l'époque romantique qui se trouve avoir été l'époque d'une exploration géographique sans précédent, leur revendication du droit de s'aventurer dans des lieux tabous ou interdits.

« La question que je pose aujourd'hui, poursuit-elle, est de savoir si l'artiste est bien le héros explorateur qu'il prétend être, et si nous avons toujours raison d'applaudir lorsqu'il ressort de la caverne, l'épée fumante de sang dans une main et la tête du monstre dans l'autre. Pour illustrer mon propos, je me référerai à un produit de l'imagination paru il y a quelques années, un livre important et, à bien des égards, un livre courageux, qui représente ce que nous avons produit, à notre époque de désillusion, de plus proche du monstre mythique, à savoir Adolf Hitler. Je me réfère au roman de Paul West *Les Très Riches Heures du comte von Stauffenberg* et en particulier au chapitre dans lequel M. West raconte avec force détails l'exécution des conjurés de juillet 1944 – à l'exception de Stauffenberg qui avait déjà été abattu par un officier trop zélé, au grand chagrin de Hitler qui voulait que son ennemi meure de mort lente.

« Si je faisais ici une conférence ordinaire, le moment serait venu de vous lire un ou deux paragraphes pour vous donner une idée de ce livre extraordinaire. Ce n'est un secret pour personne, soit dit en passant, que l'auteur est parmi nous. Je prie M. West de m'excuser d'avoir la prétention de lui faire la leçon en lui jetant mes remarques à la tête : lorsque j'ai rédigé cette intervention, je n'avais pas la moindre idée qu'il serait ici. Je devrais vous lire un extrait de ces pages terribles, mais je n'en ferai rien, parce que je ne crois pas qu'il serait bon pour vous ou pour moi d'entendre ce qui y est dit. J'affirme même – et c'est là que je veux en venir – que je ne crois pas qu'il était bon pour M. West, qu'il me pardonne de le lui dire en face, d'écrire ces pages.

« C'est là la thèse que je défends aujourd'hui : certaines choses ne sont pas bonnes à lire *ou à écrire*. En d'autres termes : je prends tout à fait au sérieux ceux qui affirment que l'artiste risque gros à s'aventurer dans les lieux interdits ; il risque en particulier lui-même ; il risque peut-être tout. Je prends cette affirmation au sérieux parce que je prends au sérieux l'interdit qui frappe les lieux interdits. La cave où les conjurés furent pendus est l'un de ces lieux interdits.

Je ne crois pas que quiconque d'entre nous devrait entrer dans cette cave. Je ne crois pas que M. West devrait y entrer; et s'il décide d'y entrer quand même, je crois que nous ne devrions pas le suivre. Au contraire, je crois que des barreaux devraient être dressés à la bouche de cette cave pour en fermer l'accès, et qu'on devrait poser une plaque de bronze commémorative disant *Ici moururent*... avec la liste des morts et leurs dates, et qu'on devrait en rester là.

« M. West est écrivain ou, comme on disait jadis, il est poète. Je suis poète moi aussi. Je n'ai pas lu tout ce que M. West a écrit, mais j'en ai lu assez pour savoir qu'il prend son métier au sérieux. C'est pourquoi, lorsque je lis M. West, je le lis non seulement avec respect, mais avec sympathie.

« Je lis le livre sur Stauffenberg avec sympathie, sans excepter – et il faut me croire – les scènes d'exécution, au point que cela pourrait aussi bien être moi-même que M. West qui tiens la plume et qui trace les mots sur la page. Mot à mot, pas à pas, de battement de cœur en battement de cœur, je l'accompagne dans les ténèbres. Je l'entends dire à voix basse, *Nul ne s'est jamais aventuré jusqu'ici*, et moi aussi je parle à voix basse; nos souffles sont à l'unisson. *Nul n'est venu en ce lieu depuis que ces hommes sont morts, depuis que le bourreau les a tués. C'est notre mort que nous allons mourir, c'est notre main qui va nouer la corde* – "Prends une corde bien fine, avait ordonné Hitler à son homme. Je veux qu'ils se sentent mourir". Et son homme, sa créature, son monstre, a obéi.

« Quelle arrogance de revendiquer la souffrance et la mort de ces hommes pitoyables ! Leurs dernières heures sont à eux seuls, il ne nous appartient pas d'y pénétrer et de nous les approprier. Si ce que je dis là n'est guère aimable à l'égard d'un collègue et si cela peut rendre les choses plus faciles, nous pouvons faire comme si le livre en question n'était plus celui de M. West, mais le mien, je l'ai fait mien par la folie que j'ai eue de le lire. Quels que soient les faux-semblants derrière lesquels nous devons nous abriter, au nom du ciel, qu'il en soit ainsi, et allons de l'avant. »

Il lui reste plusieurs pages à débiter, mais, tout d'un coup, elle est trop bouleversée pour les lire, ou bien le cœur lui manque. Une homélie : qu'on en reste là. La mort est une affaire privée ; l'artiste ne devrait pas envahir la mort d'autrui. Cette position n'est guère courageuse dans un monde où braquer la caméra dans la figure des blessés et des mourants est affaire de routine.

Elle referme la chemise verte. Applaudissements épars. Elle jette un coup d'œil à sa montre. La séance doit se terminer dans cinq minutes. Elle est surprise de voir qu'il lui a fallu tout ce temps pour dire, en somme, peu de choses. Il reste assez de temps pour une question, deux, tout au plus, Dieu merci. Elle a la tête qui tourne. Elle espère que personne ne va exiger qu'elle en dise plus sur Paul West qui, elle le voit en mettant ses lunettes, est toujours à sa place au dernier rang (il a une patience à toute épreuve, celui-là, se dit-elle, et tout d'un coup elle se sent plus chaleureuse envers lui).

Un homme à la barbe noire a levé la main. « Comment pouvez-vous savoir, dit-il, comment pouvez-vous savoir que M. West, il est beaucoup question de M. West aujourd'hui semble-t-il et j'espère qu'il aura droit de répondre, il sera intéressant de voir sa réaction (sourires parmi les membres de l'assistance), que M. West a été mis à mal par ce qu'il a écrit ? Si je vous comprends bien, vous dites que, si vous-même aviez écrit ce livre sur Stauffenberg et Hitler, vous auriez été contaminée par le mal nazi. Mais peut-être cela signifie-t-il simplement que vous êtes, pour ainsi dire, un fragile vaisseau. Peut-être M. West est-il d'une autre trempe. Et nous-mêmes, ses lecteurs, sommes-nous peut-être aussi d'une autre trempe. Peut-être pourrions-nous lire ce que M. West écrit et apprendre quelque chose, et en sortir plus forts plutôt que plus faibles, plus résolus à ne jamais laisser le mal revenir parmi nous. Souhaitez-vous vous exprimer là-dessus ? »

Elle n'aurait jamais dû venir, jamais, au grand jamais. Elle n'aurait pas dû accepter cette invitation, elle s'en rend compte à présent. Non pas parce qu'elle n'a rien à dire sur le mal, le problème du mal, le problème d'appeler le mal un problème, pas seulement parce que la malchance a voulu que West se trouve là, mais parce qu'on a atteint une limite, la limite de ce qu'on peut faire avec une assemblée de gens équilibrés, bien informés, dans une salle de conférences propre, bien éclairée, dans une grande ville européenne, bien gérée, où l'ordre règne, à l'aube du vingt et unième siècle.

« Je ne crois pas être », dit-elle lentement, les mots lui venant un à un, comme des cailloux, « un fragile vaisseau. Pas plus d'ailleurs que ne l'est, à ce que j'imagine, M. West. L'expérience de l'écriture, ou de la lecture – qui sont pour mon propos aujourd'hui une seule et même chose », mais est-ce bien une seule et même chose ? elle est en train de perdre le fil, mais quel est le fil ? « l'écriture véritable, la lecture véritable, n'a rien de relatif, relatif à l'écrivain, ni aux capacités de l'écrivain, rien de relatif au lecteur », cela fait Dieu sait combien de temps qu'elle n'a pas dormi, et ce qu'on appelle dormir dans un avion n'a rien à voir avec le vrai sommeil, « lorsqu'il a écrit ces chapitres, M. West s'est trouvé exposé à quelque chose d'absolu. Le mal absolu. Ce fut pour lui bénédiction et malédiction, dirais-je. Quand je les ai lus, j'ai été moi-même atteinte par ce mal qui l'avait touché. Comme par une décharge, une décharge électrique. » Elle jette un coup d'œil à Badings, debout dans la coulisse. *Aidez-moi*, dit son regard, *mettez fin à ça*. « Ce n'est pas quelque chose qu'on puisse démontrer », dit-elle, revenant pour la dernière fois à la question posée. « C'est quelque chose dont on peut seulement faire l'expérience. Toutefois, je ne vous recommande pas d'essayer. Une telle expérience ne vous apprendra rien. Cela ne sera pas bon pour vous. C'est tout ce que je voulais dire aujourd'hui. Je vous remercie. »

Comme l'assistance se lève et se disperse (c'est la pause-café, enfin, ils en ont assez de cette bonne femme bizarre, et qui vient d'Australie, en plus, qu'est-ce qu'on sait du mal là-bas ?), elle essaie de ne pas perdre des yeux Paul West au dernier rang. S'il y a la moindre vérité dans ce qu'elle a dit (mais elle est assaillie de doutes, et elle a une envie pressante), si la décharge électrique du mal est bien passée de Hitler au boucher de Hitler, et de là à Paul West, ce dernier va sûrement en manifester quelque signe. Mais elle ne détecte aucun signe, pas de si loin, ce n'est qu'un petit homme en costume noir qui se dirige vers le distributeur à café.

Badings est à son côté. « Très intéressant, madame Costello », murmure-t-il en hôte qui sait ce qu'il a à dire. Elle se débarrasse de lui, elle n'a aucune envie de se laisser calmer. Tête basse, évitant de rencontrer les regards, elle se fraye un passage jusqu'aux toilettes et s'enferme dans une cabine.

Banalité du mal. Est-ce là la raison pour laquelle on ne sent rien, on ne voit rien ? Est-ce que les grands Lucifer resplendissants de Dante et de Milton ont été mis à la retraite pour de bon, remplacés par une meute de petits démons poussiéreux qui se tiennent perchés sur votre épaule comme des perroquets, sans dégager d'éclat rougeoyant, mais au contraire absorbant la lumière. Ou bien est-ce que tout ce qu'elle a dit, toutes ses accusions lancées en montrant le coupable du doigt, est-ce que tout cela était non seulement mal pensé, mais de la folie, de la pure folie ? Quel est le travail du romancier après tout, quel a été le travail de toute sa vie, si ce n'est de donner vie à une matière inerte ; et qu'a fait Paul West, comme le faisait remarquer le barbu, si ce n'est donner vie, redonner vie à l'histoire de ce qui s'est passé dans cette cave à Berlin ? Qu'a-t-elle apporté jusqu'à Amsterdam pour le montrer à des inconnus éberlués, si ce n'est une obsession, une obsession qui lui est propre, et qu'elle ne comprend pas elle-même, c'est clair.

Obscène. Reviens au mot talisman, tiens-le bien. Tiens bien le mot, puis essaie d'atteindre l'expérience qu'il y a derrière : cela a toujours été la règle à laquelle

elle s'accrochait quand elle se sentait glisser dans l'abstrait. Quelle a été son expérience, que s'est-il donc passé lorsqu'elle a lu ce maudit livre, ce samedi matin, assise sur la pelouse ? Qu'est-ce qui l'a bouleversée au point qu'un an plus tard elle est toujours à fouiner pour en trouver les racines ? Va-t-elle pouvoir retrouver le chemin pour en revenir ?

Avant de commencer le livre, elle connaissait l'histoire des conjurés de juillet 44, elle savait que quelques jours à peine après leur attentat contre Hitler, on les avait retrouvés, la plupart d'entre eux, jugés et exécutés. Elle savait même, en gros, qu'ils avaient été mis à mort avec les raffinements de cruauté dont Hitler et sa bande étaient spécialistes. Il n'y avait donc rien dans ce livre pour vraiment la surprendre.

Elle retourne au bourreau, dont elle ne sait plus le nom. Dans les sarcasmes qu'il adresse aux hommes qui vont mourir de ses mains, il y avait une force gratuite, *obscène*, qui allait au delà de sa mission. D'où lui venait cette force ? En elle-même, elle l'avait qualifiée de satanique, mais peut-être devrait-elle renoncer à ce mot maintenant. Car cette force venait, en un certain sens, de West lui-même. C'est West qui avait inventé les sarcasmes (sarcasmes en anglais, pas en allemand), qui les avait mis dans la bouche du bourreau. Il avait accordé les paroles au personnage : qu'y a-t-il de satanique à ça ? Elle fait la même chose tout le temps.

Retourner en arrière. Retourner à Melbourne, à ce samedi matin où, elle l'aurait juré, elle avait senti l'aile brûlante, membraneuse, de Satan l'effleurer. Était-ce une illusion ? *Je ne veux pas lire ça*, se disait-elle ; et pourtant elle avait continué à lire, excitée, à son corps défendant. *C'est le diable qui m'entraîne* : quelle excuse est-ce là ?

Paul West ne faisait que son devoir d'écrivain. Par la personne de son bourreau, il lui ouvrait les yeux sur la dépravation humaine, sous une autre de ses multiples formes. Par les personnes des victimes du bourreau, il lui rappelait quelles pauvres créatures nous sommes tous, nues, fourchues, tremblantes. Qu'y a-t-il de mal à ça ?

Qu'a-t-elle dit ? Je ne veux pas lire ça. Mais de quel droit s'y refusait-elle ? Quel droit avait-elle de ne pas savoir ce que – cela n'était que trop clair – elle savait déjà ? Qu'y avait-il en elle qui tenait à résister, à refuser la coupe tendue ? Et pourquoi, malgré tout, avait-elle bu – bu jusqu'à la lie – au point qu'un an plus tard elle en est encore à fulminer contre l'homme qui lui a porté la coupe aux lèvres ?

Si derrière cette porte il y avait un miroir au lieu d'une simple patère, si elle allait ôter ses vêtements et s'agenouiller devant, avec ses seins qui tombent, et ses hanches saillantes, elle ressemblerait fort à ces femmes qu'on voit sur des photos qui révèlent par trop leur intimité, des photos de la guerre en Europe, des aperçus de l'enfer, montrant les femmes nues, à genoux, au bord de la tranchée où dans un instant, dans une seconde, elles dégringoleraient, mortes ou mourantes, avec une balle dans la tête, sauf que ces femmes n'étaient pas pour la plupart aussi vieilles qu'elle, simplement hâves de faim et de peur. Son cœur s'émeut pour ces sœurs mortes et aussi pour les hommes qui sont morts aux mains des bouchers, des hommes assez vieux et assez laids pour être ses frères. Elle n'aime pas voir ses sœurs et ses frères humiliés, il est si facile d'humilier les vieux, en les obligeant à se mettre nus, par exemple, en leur enlevant leur dentier, en se moquant de leurs parties sexuelles. Si ses frères, ce jour-là à Berlin, vont être pendus, s'ils doivent avoir un dernier sursaut au bout de la corde passée à leur cou, le visage tournant au cramoisi, la langue leur sortant de la bouche et les yeux de leurs orbites, elle ne veut pas le voir. Par pudeur fraternelle. Qu'on me laisse détourner le regard.

Mais qu'on ne me force pas à regarder. C'était là la prière qu'elle soufflait à l'oreille de Paul West (sauf qu'à ce moment-là elle ne connaissait pas Paul West, il n'était qu'un nom sur la couverture d'un livre). *Qu'on ne m'oblige pas à aller jusqu'au bout !* Mais Paul West était sans merci. Il l'a fait lire, il l'a titillée pour la faire lire. Ça, elle n'est pas près de le lui pardonner. Et c'est pour ça qu'elle s'est lancée à sa poursuite par-delà les mers jusqu'en Hollande.

Et ça, est-ce que c'est la vérité ? Est-ce que cela tiendra comme explication ?

Pourtant, elle fait le même genre de choses, ou le faisait naguère. Jusqu'à ce qu'elle se ravise, elle n'a eu aucun scrupule à leur faire voir, par exemple, ce qui se passait dans les abattoirs, à leur mettre le nez dedans. Si Satan ne règne pas à l'abattoir, projetant l'ombre de ses ailes sur les bêtes qui, les naseaux déjà pleins de l'odeur de la mort, sont poussées vers l'homme armé du pistolet et du couteau, un homme aussi impitoyable *et aussi banal* (bien qu'elle commence à trouver que ce mot-là a fait son temps et devrait aussi être biffé) que l'homme à la botte de Hitler – si Satan n'a pas seigneurie à l'abattoir, où est-il ? Elle-même, pas moins que Paul West, savait jouer avec les mots jusqu'à ce qu'elle trouve les mots justes, les mots qui feraient courir une décharge électrique dans le dos du lecteur. *De la race des bouchers à notre façon.*

Alors, que lui est-il donc arrivé ? La voilà devenue bégueule tout d'un coup. Maintenant elle ne veut plus se voir dans le miroir, puisque cela lui met des pensées de mort dans la tête. Les choses laides, elle les veut bien enveloppées et rangées au fond d'un tiroir. Vieille femme qui revient en arrière pour retourner à la Melbourne irlandaise et catholique de sa jeunesse. Est-ce qu'il ne s'agit que de ça en fin de compte ?

Retourner à l'expérience qu'on a eue. Le claquement de l'aile membraneuse de Satan : qu'est-ce qui l'a convaincue qu'elle l'avait senti ? Et pendant combien de temps encore peut-elle occuper l'un des deux WC dans la pièce exiguë réservée aux toilettes pour dames, avant que quelqu'un de bien intentionné ne décide qu'elle s'est trouvée mal et appelle l'homme de service pour forcer la serrure ?

Le vingtième siècle de Notre Seigneur, le siècle de Satan est passé, liquidé. Le siècle de Satan et son siècle à elle aussi. S'il se trouve qu'elle a réussi tant bien que mal à passer la ligne d'arrivée dans une ère nouvelle, elle est certainement loin de s'y sentir chez elle. En ces temps encore nouveaux, Satan cherche sa voie, s'essaie à de nouvelles machinations, trouve de nouveaux accommodements. Il dresse sa tente dans des lieux inattendus – chez Paul West, par exemple, un homme de bien, autant qu'elle sache, ou homme de bien autant que peut l'être un romancier, c'est-à-dire peut-être pas si bien que ça, mais qui cherche le bien malgré tout, au fond, sinon pourquoi écrirait-on ? Il s'installe aussi bien chez les femmes. Comme la douve du foie, comme les oxyures : on peut vivre et mourir sans même savoir qu'on a hébergé des générations de ces parasites. Dans quel foie, dans quel intestin se cachait la larve de Satan, en ce jour fatidique de l'année dernière, quand de nouveau, sans l'ombre d'un doute, elle a senti sa présence, qui parasitait-il, West ou elle ?

Des vieillards, des frères, pendus à leur corde, morts, le pantalon aux chevilles, exécutés. À Rome, cela aurait été différent. À Rome, les exécutions donnaient lieu à un spectacle : les victimes étaient traînées parmi une foule qui hurlait jusqu'au lieu des crânes, on les empalait, ou on les écorchait, ou bien on les enduisait de poix et on les brûlait vifs. Les Nazis, en comparaison, sont de pauvres exécuteurs qui lésinent en abattant les gens à la mitraillette au fond d'un champ, les gazent dans un bunker, les étranglent dans une cave. Alors qu'y avait-il *de trop* dans la mort qu'infligeaient les Nazis qui n'était pas *de trop* à Rome où tout ce qu'on cherchait c'était de tirer de la mort autant de cruauté, de souffrance que possible ? Est-ce seulement le sordide de cette cave à Berlin, un sordide qui ressemble trop à la chose pour de vrai, en ces temps modernes, et qu'elle ne peut supporter ?

C'est comme un mur contre lequel elle ne cesse de revenir buter. Elle ne voulait pas lire, mais elle a lu : on lui a fait violence, mais elle a consenti à cette violation. *Il m'a forcée à le faire*, dit-elle, mais elle aussi force les autres à le faire.

Elle n'aurait jamais dû venir. Les congrès sont censés favoriser les échanges d'idées, du moins c'est ainsi qu'on les conçoit. Mais on ne peut échanger des idées quand on ne sait pas ce qu'on pense.

On gratte à la porte, une voix d'enfant : « *Mammie, er zit een vrouw erin, ik kan haar schoenen zien !* »

À la hâte, elle actionne la chasse d'eau, déverrouille la porte, sort. « Excusez-moi », dit-elle, évitant le regard de la mère et de la fille.

Que disait la petite ? *Pourquoi ça lui prend si longtemps ?* Si elle parlait le néerlandais, elle pourrait éclairer la gamine. *Parce que plus on vieillit, plus ça prend de temps. Parce que quelquefois on a besoin d'être tout seul. Parce qu'il y a des choses qu'on ne fait pas en public. Qu'on ne fait plus en public.*

Ses frères : les ont-ils laissés aller aux cabinets une dernière fois, ou bien est-ce que se conchier faisait partie du châtiment ? Sur ça, au moins, West a jeté un voile. Il nous épargne au moins ça. Soyons-en reconnaissants.

Personne pour les laver, après. Une tâche de femmes, de temps immémoriaux. Pas de présence de femmes dans cette affaire de cave. Interdit aux femmes, réservé aux hommes. Mais peut-être quand tout a été fini, quand l'aurore a touché de ses doigts de rose les ciels du levant, les femmes sont-elles arrivées, ces femmes de service allemandes, infatigables, sorties tout droit de Brecht, et elles se sont mises au travail pour nettoyer le gâchis, elles ont lavé les murs, lessivé le sol, tout laissé nickel, de sorte qu'on ne devinerait jamais, après leur départ, à quels petits jeux les gars s'étaient livrés pendant la nuit. On ne le devinerait jamais jusqu'à ce que M. West s'amène pour nous faire redécouvrir le pot aux roses.

Il est onze heures. La séance suivante, la conférence suivante doivent être commencées. Elle a le choix. Ou bien elle rentre à l'hôtel, se terre dans sa chambre, et continue à s'affliger; ou bien elle retourne dans l'amphi sur la pointe des pieds, prend place au dernier rang, et fait la deuxième chose pour laquelle on l'a fait venir à Amsterdam : elle écoute ce que les autres ont à dire sur le problème du mal.

Il devrait y avoir une troisième possibilité, un moyen de boucler la matinée, de lui donner quelque forme, quelque sens : une sorte de confrontation qui amènerait un dernier mot. Les choses devraient prendre un tour tel qu'elle tomberait sur quelqu'un dans le couloir, peut-être sur Paul West lui-même; quelque chose devrait passer entre eux, quelque chose d'aussi soudain qu'un éclair qui lui illuminerait le paysage, même si ensuite tout devait retourner aux ténèbres originels. Mais, à ce qu'on dirait, le couloir est vide.

7

Éros

Elle n'a rencontré Robert Duncan qu'une seule fois, en 1963, peu après son retour d'Europe. Duncan et un autre poète, moins intéressant, du nom de Philip Whalen, avaient été invités par le Service d'information américain à faire une tournée de lectures publiques : on était en pleine Guerre froide, il y avait des fonds pour financer la propagande culturelle. Duncan et Whalen avaient lu des poèmes à l'université de Melbourne ; ensuite ils étaient tous allés boire un pot, les deux poètes, le responsable du consulat et une demi-douzaine d'écrivains australiens de tous âges, dont elle.

Duncan avait lu ce soir-là son long « Poème commençant par un vers de Pindare », et cela lui avait fait une forte impression, cela l'avait émue. Elle était attirée par Duncan, avec son beau profil sévère à la romaine ; il ne lui aurait pas déplu d'avoir une aventure avec lui, et même, étant donné son état d'esprit à l'époque, il ne lui aurait pas déplu d'avoir de lui un enfant de l'amour, comme l'une de ces mortelles mythiques fécondées par un dieu de passage et abandonnées pour élever leur rejeton demi-dieu.

Elle repense à Duncan parce que dans un livre que lui a envoyé un ami américain, elle vient de tomber sur une nouvelle version de l'histoire d'Éros et Psyché écrite par une Susan Mitchell dont elle n'a rien lu jusqu'ici. Pourquoi les poètes américains s'intéressent-ils à Psyché, elle se le demande. Voient-ils quelque chose d'américain en elle, cette fille qui, non contente des extases que lui fait connaître chaque nuit celui qui visite son lit, se sent obligée d'allumer une lampe pour repousser l'obscurité et le contempler nu. Se reconnaissent-ils dans son impatience, son besoin de se mêler de tout ?

Elle non plus ne manque pas de curiosité pour les rapports qu'entretiennent les dieux et les mortelles, bien qu'elle n'ait jamais rien écrit sur ce sujet, pas même dans son livre sur Marion Bloom et son mari Léopold hanté des dieux. Ce qui l'intrigue, c'est moins le côté métaphysique que le côté physique, pratique, de l'union de deux êtres par-delà la différence de nature qui les sépare. C'est déjà assez pénible d'avoir un cygne énorme qui vous plante ses pattes palmées dans les fesses pendant qu'il fait son affaire, ou un taureau d'une tonne qui vous pèse dessus en gémissant ; quand le dieu ne se donne pas la peine de changer de forme mais reste l'être impressionnant qu'il est, comment le corps humain s'accommode-t-il de la fureur de son désir ?

Il faut reconnaître à Susan Mitchell qu'elle n'hésite pas à poser de telles questions. Dans son poème, Éros, qui semble s'être donné taille humaine pour l'occasion, est couché sur le lit, les ailes pendantes de part et d'autre, et la fille, on imagine que c'est une fille, est sur lui. Il semblerait que la semence des dieux jaillit à profusion (Marie de Nazareth a dû connaître cela, elle aussi, en s'éveillant de son rêve encore un peu secouée d'avoir les épanchements du Saint-Esprit lui coulant le long des cuisses). Quand l'amant de Psyché jouit, ses ailes en sont toutes trempées ; ou ce sont peut-être les ailes qui sécrètent la semence, peut-être deviennent-elles elles-mêmes des organes propres à consommer l'union. Parfois lorsque l'un et l'autre arrivent ensemble à l'orgasme, il se désintègre (elle cite Mitchell, à peu près) comme un oiseau frappé d'une balle en plein vol. (*Et la fille*, a-t-elle envie de demander, *si tu peux dire comment c'était pour lui, pourquoi ne pas nous dire comment c'était pour elle* ?)

Mais ce dont elle voulait vraiment parler avec Duncan ce soir-là à Melbourne, quand il lui a fait comprendre si fermement que ce qu'elle avait à offrir ne l'intéressait pas, ce n'était pas du cas des filles visitées par les dieux, mais d'un phénomène beaucoup plus rare, le cas des hommes que les déesses condescendent à honorer. Anchise, par exemple, amant d'Aphrodite et père d'Énée. On aurait pu penser qu'après l'épisode imprévu et inoubliable de la cabane sur le mont Ida, Anchise, joli garçon, si l'on en croit l'*Hymne à Aphrodite*, mais pour le reste simple berger, n'aurait eu envie de parler de rien d'autre à qui voulait bien l'entendre, racontant comment il avait baisé une déesse, la plus juteuse de toute l'écurie, comment il l'avait baisée toute la nuit, et l'avait engrossée pardessus le marché.

C'est bien là les hommes et leur paillardise. Elle ne se fait aucune illusion sur la façon dont les mortels traitent les dieux, quels qu'ils soient, vrais ou faux, anciens ou modernes, qui ont le malheur de tomber entre leurs mains. Elle pense à un film qu'elle a vu dans le temps, qui aurait pu être écrit par Nathanael West, mais qui était de quelqu'un d'autre: Jessica Lange joue le rôle d'une déesse, sex-symbol hollywoodien, qui fait une dépression nerveuse et se retrouve en salle commune dans un asile d'aliénés, droguée, lobotomisée, attachée sur son lit, pendant que des employés de l'établissement vendent des billets pour tirer un coup vite fait avec elle. « *J'veux baiser une star de cinéma !* » dit l'un de leurs clients en tirant la langue, et en leur fourrant des poignées de dollars dans les mains. Dans sa voix se laisse percevoir ce qu'il y a d'affreux sous l'idolâtrie: la méchanceté, la rancœur qui pousse au meurtre. Qu'on nous fasse descendre une immortelle sur terre, on va lui montrer ce que c'est que la vraie vie, et lui mettre le cul à vif. *Tiens ! En veux-tu, en voilà !* La scène a été censurée pour la production télévisée; c'était un sujet trop brûlant pour l'Amérique.

Mais dans le cas d'Anchise, la déesse, quand elle a quitté le lit de son chéri, lui a dit sans détour qu'il avait intérêt à la fermer. Ainsi, que restait-il à faire à un gars prudent, si ce n'est, pour s'endormir la nuit venue, de se laisser aller à de langoureux souvenirs: l'effet que cela faisait de sentir cette chair d'homme lapée par la chair divine; ou bien, s'il était d'humeur plus chaste, enclin à philosopher, il s'interrogeait: puisque deux ordres d'êtres ne sauraient frayer ensemble, et puisque, en particulier, l'interaction des organes humains avec ce qui tient lieu d'organes dans l'anatomie des dieux est à proprement parler impossible, tant que les lois de la nature ont cours, quel genre d'être, en quel hybride de corps esclave et d'âme divine cette farceuse d'Aphrodite s'était-elle changée, l'espace d'une nuit, pour s'unir à lui ? Où donc était cette âme olympienne quand il prit dans ses bras ce corps sans pareil ? Bien rangée dans un coin où personne n'irait la chercher, dans une petite glande logée quelque part dans le crâne, par exemple ; ou inoffensive, diffuse dans tout le corps physique, émettant un doux rayonnement ? Pourtant, même si, pour lui et pour son salut, l'âme de la déesse était cachée, comment n'aurait-il pas pu, lorsque ses bras et ses jambes l'étreignirent, sentir le feu d'un désir divin – le sentir et en éprouver la brûlure ? Pourquoi avait-il fallu que, le lendemain matin, tout lui fût expliqué, en long et en large, tout ce qui s'était vraiment passé ? (Sa tête touchait la poutre maîtresse du toit, son visage rayonnait d'une immortelle beauté, *Réveille-toi*, dit-elle, *regarde-moi, ai-je l'air de celle qui est venue frapper à ta porte hier au soir ?*) Comment tout cela aurait-il pu se produire sans que lui, l'homme, fût sous un charme, du début jusqu'à la fin, un charme opérant comme une anesthésie pour couvrir la terreur de savoir que la vierge qu'il avait dépouillée de sa robe, qu'il avait étreinte, dont il avait écarté les cuisses pour la pénétrer, était une immortelle, une transe pour le protéger de l'atroce plaisir de l'amour comme le font les dieux, et ne lui laisser connaître que les sensations plus ternes d'un mortel ? Et pourtant, pourquoi une déesse aurait-elle mis l'amant mortel qu'elle s'était choisi sous un charme tel que, durant toute leur étreinte, il ne fût plus lui-même ?

Il en aurait été ainsi, imagine-t-on, pour le pauvre Anchise, ahuri pour le restant de ses jours, assailli de questions sans fin, qu'il n'oserait pas rapporter à ses compagnons bergers, si ce n'est qu'en des termes très généraux, de crainte d'être frappé de la foudre.

Pourtant il n'en fut pas ainsi, selon ce que disent les poètes. Si l'on en croit les poètes, Anchise a mené par la suite une vie normale, une vie humaine remarquable, mais tout à fait normale, jusqu'au jour où sa ville a été mise à feu et à sang par des étrangers et qu'il a été jeté dans l'exil. S'il n'oublia jamais cette nuit insigne, il n'y pensa pas outre mesure, pas dans le sens où nous entendons « penser ».

Voilà l'essentiel de ce qu'elle aurait aimé demander à Robert Duncan, pour avoir ses lumières en tant qu'expert des amours extraordinaires, voilà ce qu'elle n'arrive pas à comprendre chez les Grecs ou, si Anchise et son fils n'étaient pas des Grecs mais des Troyens, des étrangers, alors chez les Grecs et les Troyens en bloc, comme peuples archaïques de la Méditerranée orientale, pris pour sujets dans l'élaboration des mythes helléniques. Elle appelle ça leur manque d'intériorité. Anchise a eu des rapports intimes avec un être divin, aussi intimes que possible. Ce n'est pas une expérience ordinaire. Dans toute la mythologie chrétienne, en dehors des Apocryphes de la Bible, il n'y a qu'un événement semblable, et encore sous la forme la plus courante, avec le dieu mâle qui – de façon plutôt impersonnelle et distante, il faut bien le dire – féconde une mortelle. *Magnificat Dominum anima mea*, c'est ce que Marie est censée avoir dit ensuite, déformation peut-être de *Magnam me facit Dominus* par ceux qui avaient mal entendu. C'est à peu près tout ce qu'elle dit dans les Évangiles, cette vierge sans pareille, comme si elle avait été frappée de mutisme pour le restant de ses jours par ce qui lui était arrivé. Personne dans son entourage n'a l'impudence de s'enquérir, *Alors comment c'était, qu'est-ce que ça t'a fait, comment tu as supporté ça?* Pourtant les gens ont dû se poser des questions, ses copines à Nazareth, par exemple. *Mais comment elle a supporté ça?* ont-elles dû chuchoter entre elles. *Ça a dû être comme d'être baisée par un narval, ça a dû être comme d'être baisée par le Léviathan*, disaient-elles en rougissant comme elles prononçaient le mot, ces gamines aux pieds nus de la tribu de Juda, tout comme elle-même, Elizabeth Costello, se surprend presque à rougir aussi, en mettant cela sur le papier. C'était déjà plutôt inconvenant parmi les paysans contemporains de Marie; c'est tout bonnement indécent de la part de quelqu'un de plus sage avec deux millénaires de plus.

Psyché, Anchise, Marie: il doit y avoir une meilleure façon, moins salace, plus philosophique, de penser à toute cette affaire entre les dieux et les humains. Mais a-t-elle le temps, les moyens, sans parler de l'envie, de le faire?

Intériorité. Peut-on *ne faire qu'un* avec un dieu assez profondément pour appréhender, pour *sentir quelque peu* l'être d'un dieu? Question que personne ne semble plus se poser, sauf, dans une certaine mesure, sa nouvelle découverte, Susan Mitchell, qui n'est pas philosophe elle non plus; question qui est passée de mode de son vivant (elle se souvient qu'elle a vu cela se produire, se souvient de sa surprise), tout comme cela est venu à la mode peu avant son temps. *D'autres modes d'être*. C'est peut-être une façon plus convenable de dire la chose. Y a-t-il d'autres modes d'être, en dehors de ce que nous appelons l'humain, que nous puissions pénétrer ; et s'il n'y en a pas, qu'est-ce que cela nous dit de nous et de nos limites ? Elle ne sait pas grand-chose sur Kant, mais cela sonne comme une question kantienne. Si son oreille ne la trompe pas, la fortune de l'intériorité a commencé avec l'homme de Königsberg et s'est terminée, plus ou moins, avec Wittgenstein, le démolisseur viennois.

« Les dieux existent bel et bien, écrit Friedrich Hölderlin, qui avait lu Kant, mais ils mènent leur vie quelque part, là-haut, au-dessus de nous, dans un autre monde, et ne s'intéressent guère, semble-t-il, à savoir si nous existons ou pas. » En d'autres temps, ces dieux foulaient la terre, circulaient parmi les hommes. Mais il n'est pas donné aux pauvres gens que nous sommes en ces temps modernes de les apercevoir, encore moins de subir leur amour. « Nous arrivons trop tard. »

Ses lectures sont de plus en plus limitées comme elle prend de l'âge. Rien d'exceptionnel à cela. Cependant, pour lire Hölderlin, elle trouve toujours le temps. Hölderlin à l'âme noble, l'appellerait-elle si elle était grecque. Toutefois, sur ce que Hölderlin dit des dieux, elle a ses doutes. Trop innocent, pense-t-elle, trop prompt à prendre les choses pour argent comptant ; pas assez sur ses gardes envers les ruses de l'histoire. Les choses sont rarement ce qu'elles semblent être, aimerait-elle lui dire pour sa gouverne. Quand quelque chose nous dit de pleurer la perte des dieux, il est plus que probable que ce sont les dieux qui nous le font dire. Les dieux ne se sont pas retirés : ils ne peuvent pas se le permettre.

Bizarre que l'homme qui a mis le doigt sur l'*apatheia* divine, cette incapacité des dieux à s'émouvoir et, partant, le besoin qu'ils ont de faire s'émouvoir d'autres à leur place, n'ait pas perçu les effets de cette *apatheia* sur leur vie érotique.

L'amour et la mort. Les dieux, les immortels furent les inventeurs de la mort et de la corruption ; pourtant, à une ou deux exceptions remarquables près, ils n'ont pas eu le courage d'essayer leur invention sur eux-mêmes. C'est pourquoi ils sont aussi curieux de nous, et qu'ils ne cessent pas de nous espionner. Nous trouvons que Psyché est une petite sotte trop curieuse, mais pour commencer que faisait un dieu dans son lit ? En nous destinant à la mort, les dieux nous on donné un avantage sur eux. Des deux, des dieux et des mortels, c'est nous qui connaissons la plus forte fureur de vivre, les émotions les plus intenses. C'est pourquoi ils ne peuvent nous chasser de leurs pensées, ils ne peuvent faire sans nous, et ne cessent de nous observer, de nous tourmenter. C'est la raison pour laquelle, en fin de compte, ils ne jettent pas l'interdit sur les rapports sexuels avec nous, et se contentent de fixer les règles du jeu, où et sous quelle forme et avec quelle fréquence. Inventeurs de la mort ; inventeurs du tourisme sexuel aussi. Dans les extases amoureuses des mortels, le *frisson* de la mort, ses contorsions, ses détentes : ils en parlent sans fin dès qu'ils ont un peu trop bu – avec qui ils ont connu ça pour la première fois, et comment c'était. Ils voudraient bien avoir ce petit émoi à nul autre pareil dans leur répertoire érotique, pour donner un peu de sel à leurs accouplements entre eux. Mais ils ne sont pas prêts à payer le prix. La mort, l'anéantissement : et s'il n'y avait pas de résurrection ? se demandent-ils avec quelque appréhension.

Nous les croyons omniscients, ces dieux, mais à la vérité ils ne savent pas grand-chose, et ce qu'ils savent, ils ne le savent qu'en gros. Ils ne sauraient revendiquer aucun savoir, aucune philosophie à proprement parler. Leur cosmologie n'est qu'un assortiment de clichés. Ils ne sont experts qu'en vol céleste, leur seule science est l'anthropologie. Ils se spécialisent dans le genre humain à cause de ce que nous avons et qu'eux n'ont pas ; ils font de nous leur étude parce qu'ils nous envient.

Quant à nous, devinent-ils (quelle ironie !) que ce qui rend nos étreintes si intenses, si inoubliables, c'est qu'elles nous donnent un aperçu de ce que nous imaginons être leur vie, une vie que nous appelons (faute de mot dans notre langage) *l'au-delà* ? *Je n'aime pas cet autre monde*, écrit Martha Clifford à son correspondant Léopold Bloom, mais elle ment : pourquoi lui écrirait-elle si elle ne voulait pas se faire emporter dans un autre monde par un amant démoniaque ?

Léopold, pendant ce temps, flâne dans la Bibliothèque nationale de Dublin, reluquant, quand personne ne le regarde, l'entrejambe des statues de déesses. Si Apollon a une queue et des couilles de marbre, est-ce qu'Artémis a un orifice assorti ? Il se demande. Recherches en esthétique, c'est ainsi que, dans son for intérieur, il aime qualifier ses activités : où s'arrête ce que l'artiste doit respecter dans la nature ? Ce qu'il veut vraiment savoir, cependant, si seulement il avait les mots pour le dire, c'est s'il est possible de s'unir au divin.

Et elle ? Qu'a-t-elle appris sur les dieux en se promenant dans Dublin avec cet homme incurablement ordinaire ? Presque comme si elle était mariée avec lui. Elizabeth Bloom, épouse fantôme, en deuxièmes noces.

Ce dont elle est sûre à propos des dieux, c'est qu'ils nous reluquent tout le temps, ils lorgnent même entre nos jambes, dévorés de curiosité, d'envie ; ils vont même parfois jusqu'à secouer notre cage terrestre. Mais cette curiosité, se demande-t-elle aujourd'hui, va-t-elle bien loin ? En dehors de nos talents érotiques, la curiosité qu'ils ont de nous, leurs spécimens anthropologiques, est-elle à la mesure de la curiosité que nous avons pour les chimpanzés, ou les oiseaux, ou les mouches ? Malgré ce qui tendrait à prouver le contraire, il lui plairait de penser que c'est comme pour les chimpanzés. Elle aimerait penser que les dieux admirent, fût-ce à contrecœur, l'énergie qui nous anime, et les efforts infatigables d'ingéniosité que nous déployons pour échapper à notre destin. *Fascinantes créatures*, aimerait-elle qu'ils se disent en devisant autour de leur ambroisie ; *si semblables à nous à bien des égards; et leurs yeux surtout, si expressifs; quel dommage qu'il leur manque ce* je ne sais quoi *indispensable pour monter jusqu'à nous et s'asseoir à nos côtés !*

Mais peut-être se trompe-t-elle sur l'intérêt qu'ils nous portent. Ou plutôt, peut-être voyait-elle juste autrefois, mais elle a tort maintenant. À la fleur de l'âge, elle aime à penser qu'elle aurait eu ce qu'il fallait pour inciter Éros ailé à faire une visite sur terre. Non qu'elle fût d'une grande beauté, mais parce qu'elle désirait sentir le dieu la toucher, d'un désir brûlant, douloureux. Parce que dans ses désirs, auxquels rien ne pouvait répondre et qui étaient du coup comiques chaque fois qu'on cherchait à les satisfaire, elle aurait pu promettre le goût véritable de ce qui leur manquait là-haut sur l'Olympe. Mais tout semble avoir changé maintenant. Où, dans le monde d'aujourd'hui, trouve-t-on des désirs immortels comme ceux qu'elle connaissait jadis ? Certainement pas dans les petites annonces. « F blche cel. 1,72, 30a, brune aimt astrologie, cyclisme, ch. H blc cel. 35-45 pr part. amitié, fantaisie, aventure. » On ne trouve pas : « F blche div. 1,72, 60a, court à la mort qui vient à sa rencontre, ch. D, immortel, apparence terrestre sans imp., pr rel. que les mots ne peuvent exprimer. » À la rédaction, cela leur ferait lever les sourcils. Désirs inavouables, diraient-ils, et ils la mettraient dans le même panier que les pédérastes.

Nous ne faisons pas appel aux dieux, parce que nous ne croyons plus en eux. Elle déteste les phrases qui s'articulent sur *parce que*. Le piège se referme d'un coup sec, mais chaque fois la souris s'est déjà échappée. Et cela n'a rien à voir, de toute façon ! Complètement à côté de la question ! Encore pire que Hölderlin ! Qui s'inquiète de savoir ce que nous croyons ? La seule question est de savoir si les dieux vont continuer à croire en nous, si nous pouvons garder en vie le dernier éclat de la flamme qui jadis brûlait en eux. « Amitié, fantaisie, aventure » : qu'est-ce que cela a d'engageant pour un dieu ? Ils ont tout ce qu'il faut pour s'amuser, là d'où ils viennent. Et de la beauté à revendre aussi.

C'est étrange qu'au fur et à mesure que le désir relâche l'emprise qu'il avait sur son corps, elle voie de plus en plus clairement un univers gouverné par le désir. *Vous n'avez donc pas lu Newton*, a-t-elle envie de dire aux gens des agences de rencontres (elle voudrait bien le dire à Nietzsche aussi si elle pouvait le joindre) ? Le désir fonctionne dans les deux sens : A attire B parce que B attire A, et *vice versa* : voilà comment on s'y prend pour mettre un univers en place. Ou si le mot *désir* est encore trop grossier, pourquoi pas *appétence* ? Appétence et hasard : duo puissant, plus puissant qu'il ne faut pour porter les fondements d'une cosmogonie depuis les atomes et les petites particules aux noms impossibles qui constituent les atomes jusqu'à Alpha du Centaure et Cassiopée et la nuit qui s'étend à l'infini au-delà. Les dieux et nous-mêmes irrésistiblement emportés dans un tourbillon par les vents du hasard, et pourtant attirés tout autant les uns vers les autres, non seulement vers B, C et D, mais vers X, Y et Z, et Oméga aussi. Pas la moindre chose, ni la dernière, qui ne soit interpellée par l'amour.

Une vision, une ouverture, comme les cieux entrouverts par un arc-en-ciel quand la pluie cesse. Cela suffit-il, pour les vieilles gens, d'avoir ces visions de temps à autre, ces arcs-en-ciel, comme réconfort avant que la pluie ne recommence à tomber à verse ? Faut-il être déjà trop perclus pour entrer dans la danse avant d'en distinguer le dessin ?

8
À la porte

C'est un après-midi chaud. La place est envahie de visiteurs. Ils ne sont pas nombreux à accorder un regard à cette femme aux cheveux blancs qui descend de l'autocar, sa valise à la main. Elle est vêtue d'une robe de coton bleue ; sur son cou, brûlé et rougi par le soleil, perlent des gouttes de sueur.

Elle passe devant les tables en terrasse, devant les jeunes, tirant sa valise qui bringuebale sur les pavés, et se dirige vers la porte où un homme en uniforme monte nonchalamment la garde, appuyé sur son fusil qu'il tient crosse en bas devant lui.

« Est-ce que c'est bien la porte ? » demande-t-elle.

Sous la visière de sa casquette, il a un clignement des yeux affirmatif.

« Est-ce que je peux entrer ? »

D'un mouvement des yeux, il indique la loge à sa droite.

Il règne dans la loge faite de panneaux de bois préfabriqués une chaleur étouffante. Derrière une table montée sur des tréteaux, un homme en bras de chemise est en train d'écrire. Un petit ventilateur électrique lui souffle un courant d'air dans la figure.

« Excusez-moi », dit-elle. Il ne lui prête pas attention. « Excusez-moi. Est-ce que quelqu'un pourrait m'ouvrir la porte ? »

Il est occupé à remplir une sorte de formulaire. Sans cesser d'écrire, il parle. « D'abord, il faut que vous fassiez une déclaration.

– Que je fasse une déclaration ? À qui ? À vous ? »

De la main gauche, à travers la table, il pousse vers elle une feuille de papier. Elle pose sa valise et prend la feuille. Elle est vierge.

« Pour pouvoir passer il faut que je fasse une déclaration, répète-t-elle. Une déclaration de quoi ?

– Croyance. Ce en quoi vous croyez.

– De croyance. C'est tout ? Pas une déclaration de foi ? Et si je ne crois en rien ? Et si je ne suis pas croyante ? »

L'homme hausse les épaules. Pour la première fois, il la regarde carrément. « On croit tous. On n'est pas des bêtes. Chacun de nous croit en quelque chose. Marquez-le, ce en quoi vous croyez. Mettez-le dans la déclaration. »

Il n'y a plus aucun doute dans son esprit sur l'endroit où elle se trouve. Elle est devant la porte, elle sollicite qu'on la laisse entrer. Le voyage qui l'a menée jusqu'ici, jusqu'à ce pays, cette ville, et qui semblait se terminer lorsque l'autocar s'est arrêté et que la portière s'est ouverte sur la place noire de monde, n'était pas du tout à son terme. Maintenant commence une épreuve d'un autre genre. On exige d'elle un acte indéterminé, ou quelque affirmation prescrite mais indéfinie, pour qu'on la juge bonne à être admise. Mais est-ce celui-là qui va la juger, cet homme rougeaud, ce costaud dont l'uniforme plutôt rudimentaire (garde civil, militaire ?) ne permet de distinguer aucun signe du rang qu'il occupe, mais sur qui le ventilateur, n'oscillant ni vers la droite ni vers la gauche, dispense une fraîcheur qu'elle voudrait bien voir dispensée sur elle-même.

« Je suis écrivain, dit-elle. Vous n'avez sans doute pas entendu parler de moi ici, mais j'écris, ou j'ai écrit, sous le nom d'Elizabeth Costello. Je ne fais pas profession de croire, seulement d'écrire. Ce n'est pas mon affaire. Je fais des imitations, comme l'aurait dit Aristote. »

Elle marque une pause, puis sort la phrase suivante, la phrase qui permettra de déterminer si c'est bien là son juge, désigné pour la juger pour de bon, ou au contraire simplement le premier d'une longue série qui la conduira devant dieu sait quel fonctionnaire, dans quelque chancellerie de dieu sait quel château. « Je peux faire une imitation de la croyance, si vous voulez. Est-ce que cela vous suffira ? »

Il y a dans sa réponse une note d'impatience, comme si c'était quelque chose qu'on lui avait proposé maintes fois dans le passé. « Écrivez votre déclaration comme on vous le demande, dit-il. Rapportez la feuille quand vous aurez fini.

– Fort bien. Je vais le faire. Est-ce que vous terminez votre service à une heure précise ?

– Je suis toujours là », répond-il. Ce qui lui fait comprendre que cette ville où elle se trouve, où le gardien de la porte ne dort jamais et où les gens aux terrasses des cafés ne semblent avoir nulle part où aller, n'avoir aucune obligation autre que de faire résonner l'air de leur bavardage, n'est pas plus réelle qu'elle : pas plus, ni peut-être pas moins.

Assise à une table sur le trottoir, elle rédige d'une plume alerte ce qui sera sa déclaration. *Je suis écrivain, marchande de fictions*, dit son texte. *Je n'entretiens que des croyances provisoires : des croyances immuables seraient des obstacles sur ma route. Je change de croyances comme je change de logement ou de vêtements, selon mes besoins. Pour ces raisons – professionnelles et conformes à ma vocation –, je sollicite une exemption à une règle dont j'entends aujourd'hui parler pour la première fois, à savoir que tout solliciteur à la porte doit avoir une ou plusieurs croyances.*

Elle va rapporter sa déclaration à la loge du gardien. Comme elle s'y attendait à moitié, elle est refusée. L'homme au bureau ne la fait pas suivre vers une instance supérieure, elle ne mérite apparemment pas une telle procédure, il secoue simplement la tête, laisse tomber la feuille par terre, et pousse vers elle une autre feuille de papier vierge. « Ce que vous croyez », dit-il.

Elle retourne à sa chaise sur le trottoir. Est-ce que je vais devenir une institution, se demande-t-elle : la vieille qui dit qu'elle est écrivain exempté de la loi ? La femme qui, sa valise toujours à côté d'elle (contenant quoi ? – elle ne se rappelle plus), écrit ses suppliques, les unes après les autres, qu'elle place devant l'homme de la maison du gardien et que l'homme dans la maison du gardien rejette parce qu'elles ne sont pas satisfaisantes, elles ne sont pas ce qui est exigé pour pouvoir passer ?

« Est-ce que je peux juste jeter un coup d'œil ? dit-elle lors de sa deuxième tentative. Un coup d'œil sur ce qu'il y a de l'autre côté ? Juste pour voir si cela vaut tout le mal que je me donne. »

L'homme se lève lourdement de son siège. Il n'est pas aussi vieux qu'elle, mais il n'est pas jeune non plus. Il porte des bottes de cheval ; il y a des rayures rouges le long des coutures de son pantalon de serge bleu. Il doit avoir bien chaud ! se dit-elle. Et bien froid en hiver ! Ce n'est pas une sinécure d'être gardien à la porte.

Ils passent devant le soldat appuyé sur son fusil et ils arrivent devant la porte elle-même, assez massive pour arrêter une armée. D'un fourreau attaché à sa ceinture, il tire une clé presque aussi longue que son avant-bras. Est-ce que c'est là qu'il va lui dire que la porte n'est faite que pour elle, pour elle seule, et en plus qu'elle est destinée à ne jamais la passer ? Devrait-elle lui rappeler, lui faire savoir qu'elle sait à quoi s'en tenir ?

La clé tourne deux fois dans la serrure. « Allez-y, voyez ce que vous voulez voir », dit l'homme.

Elle met l'œil à la fente. Un millimètre, deux millimètres, comme il entrouvre la porte puis la referme.

« Vous avez vu, dit-il. Cela sera enregistré. »

Qu'est-ce qu'elle a vu ? Même si elle ne croit en rien, elle s'était attendue à ce qui se trouve au-delà de cette porte faite de teck et de cuivre, mais aussi, sans nul doute, de l'étoffe de l'allégorie, soit inimaginable : une lumière si aveuglante que les sens terrestres en seraient paralysés. Mais la lumière n'a rien d'inimaginable. Elle est simplement éclatante, plus éclatante peut-être que les diverses sortes de lumière qu'elle a connues jusqu'ici, mais elle n'est pas d'un autre ordre, pas plus éclatante que, par exemple, un éclair au magnésium qui se prolongerait indéfiniment.

L'homme lui tapote le bras. C'est un geste surprenant de sa part, quelque chose de personnel qui la surprend. Comme ces bourreaux, pense-t-elle, qui prétendent qu'ils ne vous veulent pas de mal, qu'ils font seulement leur triste devoir. « Maintenant, vous avez vu, dit-il. Maintenant vous allez redoubler d'efforts. »

* * *

Au café, elle commande une boisson en italien – c'est la langue qui s'impose, se dit-elle, dans une ville d'opéra-bouffe comme celle-ci – et elle paie avec des billets qu'elle trouve dans son sac et qu'elle ne se rappelle pas s'être procurés. En fait, ils ont l'air suspect, on dirait des billets de Monopoly : sur un côté l'image d'un notable du dix-neuvième siècle, de l'autre la valeur, 5, 10, 25, 100, en différents tons de vert et de rouge cerise. Cinq quoi ? Dix quoi ? Mais le garçon accepte les billets : ils doivent être valables, d'une manière ou d'une autre.

Quelle que soit cette monnaie, elle n'en a pas beaucoup : quatre cents unités. Une boisson en coûte cinq, pourboire compris. Qu'est-ce qui va se passer quand elle sera à court d'argent ? Y a-t-il un service public, à la charité duquel elle pourra s'en remettre ?

Elle soulève la question avec le gardien de la porte. « Si vous continuez à refuser mes déclarations, il va falloir que j'élise domicile dans votre loge, avec vous, dit-elle. Je n'ai pas les moyens de me payer l'hôtel. »

Elle plaisante, elle ne cherche qu'à secouer un peu ce type d'un abord plutôt sévère.

« Pour les solliciteurs à long terme, répond-il, il y a un dortoir. Avec cuisine et salle d'eau. Tout est prévu pour répondre aux besoins.

– Cuisine ou soupe populaire ? » demande-t-elle. Il ne réagit pas. De toute évidence, ils n'ont pas ici l'habitude d'être l'objet de plaisanteries.

Le dortoir est une pièce sans fenêtre, tout en longueur, basse de plafond. Une unique ampoule éclaire le couloir central. De part et d'autre, il y a des lits superposés, bricolés avec du bois de récupération et peints de ce rouille foncé qui lui fait penser à de vieux wagons. En fait, en s'approchant pour mieux voir, elle distingue des inscriptions au pochoir : 100377/3 CJG 282220/0 CXX… La plupart des couchettes sont pourvues de paillasses : de la paille dans des sacs de jute qui, dans l'atmosphère chaude et confinée, dégagent une odeur de graillon et de sueur rancie.

Elle pourrait se trouver dans n'importe quel goulag, se dit-elle. Elle pourrait se trouver dans n'importe lequel des camps du Troisième Reich. Le tout fait de clichés, sans un brin d'originalité.

« Où sommes-nous ici ? » demande-t-elle à la femme qui l'a fait entrer.

Ce n'était pas la peine de poser la question. Avant même de l'entendre, elle sait ce que sera la réponse « C'est là que vous attendez. »

La femme – elle hésite encore à l'appeler tout de suite la Kapo – est elle-même un cliché : une paysanne lourdaude vêtue d'un sarrau gris informe, un fichu, des sandales avec des chaussettes de laine bleues. Mais elle a le regard franc, intelligent. Quelque chose, elle ne sait quoi, lui dit qu'elle a déjà vu cette femme, ou son double, ou une photo d'elle.

« Est-ce que je peux choisir mon lit ? dit-elle. Ou est-ce qu'on en a décidé pour moi ?

– Choisissez », dit la femme. Son visage est impénétrable.

En soupirant, elle choisit son lit, soulève sa valise, ouvre la fermeture à glissière.

Même dans cette ville, le temps passe. Le jour arrive, son jour. Elle se retrouve devant la table surélevée d'un tribunal, dans une pièce vide. Sur la table sont alignés neuf micros. Sur le mur derrière, un emblème de plâtre représentant en relief deux boucliers, deux lances croisées, et ce qui semble être un émeu, mais qui est probablement censé être un oiseau plus noble, tient dans son bec une couronne de laurier.

Un homme qui lui paraît être un huissier apporte une chaise et lui fait signe qu'elle peut s'asseoir. Elle s'assied, attend. Toutes les fenêtres sont fermées, la pièce manque d'air. Elle fait un geste en direction de l'huissier pour indiquer qu'elle veut boire. Il fait semblant de ne pas le voir.

Une porte s'ouvre, et à la queue leu leu entrent les juges, ses juges, qui vont la juger. Sous leurs robes, elle s'attend à demi à ce que ce soient des créatures sorties d'illustrations de Grandville : crocodile, âne, corbeau, horloge de la mort. Mais non, ils sont de son espèce, de son phylum. Même leurs visages sont humains. De sexe mâle, tous ; mâles et âgés.

Elle n'a pas besoin que l'huissier fasse le souffleur (il s'est approché et se tient maintenant derrière elle) ;

elle se lève. On va lui demander de jouer son rôle ; elle espère qu'elle ne manquera pas ses répliques.

Le juge assis au milieu lui fait un petit signe de tête elle répond d'un signe de tête.

« Vous êtes... ? dit-il.

– Elizabeth Costello.

– Oui. La demanderesse.

– Ou la suppliante, si cela peut améliorer mes chances

– Et c'est votre première audience ?

– Oui.

– Et vous voulez... ?

– Je veux passer la porte. Je veux passer de l'autre côté. Et m'occuper de ce qui vient ensuite.

– Oui. Comme vous avez dû l'apprendre maintenant, il y a la question de la croyance. Vous avez une déclaration à nous faire ?

– J'ai une déclaration, révisée, fortement révisée, révisée maintes fois. Révisée à la limite de ce que je peux faire, irais-je jusqu'à dire. Je ne crois pas être capable d'apporter d'autres révisions. Vous avez une copie de ma déclaration, je crois.

– En effet. Révisée à la limite du possible, dites-vous. Certains d'entre nous diraient qu'on peut toujours apporter une révision de plus. Voyons. Voulez-vous lire votre déclaration, je vous prie. »

Elle lit.

« Je suis écrivain. Vous allez peut-être penser que je devrais plutôt dire, j'étais écrivain. Mais je suis ou j'étais écrivain à cause de ce que je suis ou de ce que j'étais. Je n'ai pas cessé d'être ce que je suis. Pas encore. Ou du moins, c'est ce qu'il me semble.

« Je suis écrivain, et ce que j'écris est ce que j'entends

Je suis secrétaire de l'invisible, l'une des nombreux secrétaires au fil des âges. C'est ma vocation : secrétaire qui prend sous dictée. Il ne m'appartient pas de mettre en question, de juger ce qu'on me donne. Je me contente d'écrire les mots, dc les vérifier, de vérifier que ce sont les bons pour m'assurer que j'ai bien entendu.

« Secrétaire de l'invisible : l'expression n'est pas de moi, je m'empresse de le dire. Je l'emprunte à un secrétaire d'ordre supérieur, Czeslaw Milosz, un poète, que vous connaissez peut-être, et à qui ce mot fut dicté il y a des années. »

Elle marque une pause. C'est peut-être là qu'elle s'attend à être interrompue. *Dicté par qui ?* attend-elle qu'ils demandent. Elle a la réponse toute prête : *par des puissances au-dessus de nous*. Mais il n'y a pas d'interruption, pas de question. Au lieu de cela, leur porte-parole agite son crayon vers elle. « Continuez.

– Avant de m'autoriser à passer, on exige de moi que je déclare mes croyances, lit-elle. Je réponds : une bonne secrétaire ne doit pas avoir de croyances. Cela ne convient pas à cette fonction. Une secrétaire doit simplement se tenir prête, en attendant d'être appelée. »

De nouveau, elle s'attend à une interruption : *Appelée par qui ?* Mais on dirait bien qu'il n'y aura pas de questions.

« Dans mon travail, une croyance oppose une résistance, un obstacle. J'essaie de faire en moi le vide des résistances.

– Sans croyances, nous ne sommes pas humains. » La voix vient de celui qui est assis le plus à gauche, celui qu'elle a en son for intérieur étiqueté le Mistigri ; c'est un bonhomme tout ratatiné, si petit que son menton arrive à peine au bord de la table. En fait, il y a en chacun d'eux quelque chose de comique, de troublant. *Littéraire à l'excès*, se dit-elle. *C'est ce qu'un caricaturiste ferait de juges en train de siéger.*

« Sans croyances, nous ne sommes pas humains, répète-t-il. Qu'avez-vous à répondre à cela, Elizabeth Costello ? »

Elle soupire. « Bien sûr, messieurs, je ne prétends pas être privée de toute croyance. J'ai ce que je tiens pour des opinions et des préjugés, dont la nature n'est guère différente de ce qu'on appelle communément des croyances. Quand je prétends être une secrétaire lavée de toute croyance, je parle de mon moi idéal, un moi capable de se garder des opinions et des croyances, tandis que le mot auquel elle a pour fonction de servir de conducteur passe en elle.

– Capacité négative, dit le petit homme. Est-ce bien à une capacité négative que vous pensez, une capacité négative que vous prétendez avoir ?

– Oui, si vous voulez. Pour dire les choses autrement, j'ai des croyances, mais je n'y crois pas. Elles ne sont pas assez importantes pour que j'y croie. Le cœur n'y est pas. Ni mon cœur ni mon sens du devoir. »

Le petit homme pince les lèvres. Son voisin se tourne vers lui et lui jette un regard (elle jurerait qu'elle entend un bruissement d'ailes). « Et, à votre avis, quel effet cela a-t-il, ce manque de croyance, sur votre humanité ? demande le petit homme.

– Sur ma propre humanité ? Est-ce que cela tire à conséquence ? Ce que j'offre à ceux qui me lisent, la contribution que j'apporte à leur humanité, compense, j'ose l'espérer, mon propre vide à cet égard.

– Vous voulez dire votre propre cynisme. »

Cynisme. Ce n'est pas un mot qui lui plaît, mais, dans les circonstances présentes, elle est disposée à l'accepter. Avec un peu de chance, ce sera la dernière fois qu'elle aura à le faire. Avec un peu de chance, elle ne se retrouvera pas placée en situation d'autodéfense et soumise aux solennités qui l'accompagnent.

« En ce qui me concerne, oui, je peux être cynique, au sens technique du mot. Je ne peux pas me permettre de me prendre trop au sérieux, pas plus que mes mobiles. Mais pour ce qui est d'autrui, pour ce qui est du genre humain ou de l'humanité, non, je ne crois pas être cynique du tout.

– Donc vous n'êtes pas incroyante, dit l'homme assis au milieu.

– Non. L'incroyance est encore une croyance. Plutôt une mécréante, si vous me laissez faire ce distinguo, bien que parfois il me semble qu'être mécréant c'est encore professer un credo. »

Il y a un silence. « Poursuivez, dit l'homme. Continuez votre déclaration.

– J'ai fini. Nous avons fait le tour de la question. J'ai exposé mon cas.

– Votre cas est que vous êtes secrétaire. De l'invisible.

– Et que je ne peux pas me permettre de croire.

– Pour des raisons professionnelles.

– Pour des raisons professionnelles.

– Et si l'invisible ne vous considère pas comme sa secrétaire ? Et s'il avait été mis fin à votre emploi il y a longtemps et que la lettre vous congédiant ne vous soit pas parvenue ? Et si même vous n'aviez jamais été nommée à ce poste ? Avez-vous envisagé cette possibilité ?

– Je l'envisage tous les jours. Je suis bien forcée de l'envisager. Si je ne suis pas ce que je dis que je suis, alors je suis un imposteur. Si, après en avoir délibéré, vous portez ce verdict, et décrétez que je suis une fausse secrétaire, eh bien il ne me reste qu'à m'incliner et à l'accepter. Je présume que vous avez pris en considération mon dossier, un dossier qui fait état de mon passé. En toute justice à mon égard, vous ne pouvez ignorer ce que j'ai à mon actif.

– Et les enfants ? »

C'est une voix chevrotante, nasillarde. D'abord elle ne distingue pas d'où elle vient. C'est le Numéro huit, celui avec de grosses bajoues et le teint haut en couleur.

« Les enfants ? Je ne comprends pas.

– Et les Tasmaniens ? poursuit-il. Et le sort fait aux Tasmaniens ? »

Les Tasmaniens ? Est-ce que, entre-temps, il s'est passé quelque chose en Tasmanie dont elle n'a pas entendu parler ?

« Je n'ai pas d'opinion particulière sur les Tasmaniens, répond-elle, sur ses gardes. J'ai toujours pensé que c'étaient des gens très bien. »

Il fait de la main un geste d'impatience. « Je veux parler des anciens Tasmaniens, ceux qui ont été exterminés. Est-ce que vous avez une opinion particulière sur eux ?

– Est-ce que vous me demandez si leurs voix me sont parvenues ? Non, pas encore. Je n'ai sans doute pas à leurs yeux les qualités requises. Ils souhaiteraient sans doute utiliser une secrétaire qui est des leurs, comme ils en ont certainement le droit. »

Elle entend percer l'irritation dans sa voix comme elle répond. Qu'est-ce qu'elle fait ici, à s'expliquer devant une bande de vieilles badernes sorties de leur patelin en Italie ou d'un trou austro-hongrois, et qui sont là à la juger. Pourquoi est-ce qu'elle supporte ça ? Qu'est-ce qu'ils savent des Tasmaniens ?

« Je ne vous parle pas des voix, dit l'homme, je vous ai posé des questions sur ce que vous pensez. »

Ce qu'elle pense de la Tasmanie ? Si la question la laisse perplexe, le reste de la Cour est aussi perplexe qu'elle, car celui qui l'interroge doit se tourner vers ses collègues pour donner des explications. « Il se commet des atrocités, dit-il. Des enfants innocents sont victimes de sévices. Des peuples entiers sont exterminés. Que pense-t-elle de choses pareilles ? N'a-t-elle pas de croyances propres à la guider ? »

L'extermination des anciens Tasmaniens perpétrée par ses compatriotes, ses ancêtres. Est-ce que c'est cela, en fin de compte, qu'il y a derrière cette audience, ce procès, la question de la culpabilité historique ?

Elle prend une profonde respiration. « Il y a des sujets dont on parle et des sujets sur lesquels il convient de garder le silence, même devant un tribunal, même devant l'ultime tribunal, si c'est ce que vous êtes. Je sais à quoi vous faites allusion, et tout ce que j'ai à dire en réponse est que, si de ce que j'ai dit jusqu'ici vous concluez que je suis inconsciente de telles questions, vous vous trompez, vous vous trompez complètement. Permettez-moi d'ajouter ceci pour votre gouverne : notre éthique ne se fonde pas seulement sur des croyances.

Nous pouvons aussi avoir recours à notre cœur. C'est tout. Je n'ai rien de plus à dire. »

Outrage à magistrat. Son attitude frise l'outrage à magistrat. C'est un de ses traits de caractère qu'elle n'a jamais aimé, cette tendance à voir rouge.

« Mais en tant qu'écrivain ? Vous vous présentez devant nous, non à titre personnel, mais comme un cas particulier, une destinée particulière, un écrivain qui n'a pas écrit que des divertissements, mais des livres qui sondent les complexités du comportement humain. Dans ces livres, vous portez sans arrêt des jugements, il doit en aller ainsi. Qu'est-ce qui vous guide dans les jugements que vous portez ? Persistez-vous à dire que ce n'est qu'une question de cœur ? N'avez-vous, *en tant qu'écrivain*, aucune croyance ? Si un écrivain n'est rien d'autre qu'un être humain qui a un cœur humain, qu'est-ce que votre cas a de spécial ? »

Il n'est pas fou. Pas un porc drapé de satin, *porcus magistralis*, sorti d'une illustration de Grandville. On n'est pas en train de prendre le thé avec Alice et le Chapelier fou. Pour la première fois aujourd'hui, elle se sent mise à l'épreuve. Bon. Voyons ce qu'elle est capable de sortir.

« Les aborigènes de Tasmanie comptent aujourd'hui au nombre des invisibles, les invisibles dont je suis la secrétaire, une parmi beaucoup d'autres. Chaque matin, je m'installe à mon bureau et je me tiens prête à recevoir les instructions du jour. C'est ainsi que va la vie d'une secrétaire, et la mienne. Quand les anciens Tasmaniens me convoqueront, s'ils souhaitent me convoquer, je serai prête, et j'écrirai, du mieux que je pourrai.

« De même pour les enfants, puisque vous faites état

des enfants victimes de violences. Je n'ai pas encore été convoquée par un enfant, mais, dans ce cas aussi, je me tiens prête.

« Toutefois je vous mets en garde. Je suis à l'écoute de toutes les voix, pas seulement des voix de ceux qui ont été assassinés ou victimes de sévices. » Elle s'efforce, à ce point, de parler d'une voix égale, de ne pas prendre un ton qu'on pourrait prendre pour celui d'un avocat faisant sa plaidoirie. « Si à leur place, ce sont les assassins et les auteurs de sévices qui décident de me convoquer, de m'utiliser et de parler par mon intermédiaire, je ne serai pas sourde à leur voix, je ne porterai pas de jugement.

– Vous parlerez pour les assassins ?

– Je parlerai pour les assassins.

– Vous ne tranchez pas entre l'assassin et sa victime ? Est-ce que c'est cela être secrétaire : transcrire ce que l'on vous dit, quoi qu'on vous dise ? Avec une conscience en faillite ? »

Elle a le dos au mur, elle le sait. Mais que lui importe d'avoir le dos au mur, si cela rapproche de son terme ce qui lui semble de plus en plus être une joute rhétorique ! « Croyez-vous que les coupables ne souffrent pas aussi ? dit-elle. Croyez-vous qu'ils ne nous appellent pas depuis les flammes où ils brûlent ? *Ne nous oubliez pas !* C'est ce qu'ils nous crient. Quelle conscience voudrait ignorer un tel cri d'agonie morale ?

– Et ces voix qui vous interpellent, dit le petit gros, vous ne demandez pas d'où elles viennent ?

– Non. Pas tant qu'elles disent la vérité.

– Et vous… vous, n'écoutant que votre cœur, vous êtes juge de cette vérité ? »

Elle acquiesce d'un hochement de tête impatient. Je

me croirais à l'interrogatoire qu'a subi Jeanne d'Arc, se dit-elle. *Comment savez-vous d'où viennent les voix que vous entendez?* Le côté littéraire de tout cela lui est insupportable. N'ont-ils donc pas assez d'esprit pour trouver quelque chose de nouveau ?

Un silence est tombé. « Continuez, dit l'homme d'un ton encourageant.

– C'est tout. Vous m'avez interrogée. J'ai répondu.

– Croyez-vous que les voix viennent de Dieu ? Croyez-vous en Dieu ? »

Est-ce qu'elle croit en Dieu ? Elle préfère rester à une distance prudente d'une telle question. Pourquoi, même si on suppose que Dieu existe – quel que soit le sens de *existe* –, serait-Il dérangé dans son sommeil lourd, monarchique, par une clameur de *je crois* et *je ne crois pas* montant d'en bas, comme un plébiscite ?

« Cela est trop personnel. Je n'ai rien à dire.

– Il n'y a que nous ici. Vous pouvez parler à cœur ouvert en toute liberté.

– Vous avez mal compris. Je veux dire que je pense que Dieu sans doute ne verrait pas d'un bon œil une telle présomption – présomption d'intimité. Je préfère laisser Dieu en paix. Tout comme j'espère qu'il me laissera en paix. »

Silence. Elle a mal à la tête. Trop d'abstractions qui donnent le vertige, se dit-elle : signal d'alarme de la nature.

Le président fait du regard le tour de ses assesseurs. « D'autres questions ? » demande-t-il.

Pas d'autres questions.

Il se tourne vers elle. « Nous vous ferons connaître nos conclusions. En temps utile. Par voie officielle. »

Elle est de retour au dortoir, allongée sur sa paillasse. Elle préférerait être assise, mais les couchettes ont un rebord, comme un plateau, et on ne peut pas s'asseoir.

Elle déteste cette pièce sans air, trop chaude, qu'on lui a allouée comme logement. Elle déteste l'odeur, le contact avec l'enveloppe poisseuse du matelas lui répugne. Et les heures ici semblent plus longues que les heures auxquelles elle est habituée, surtout en milieu de journée. Il y a combien de temps qu'elle est arrivée dans cet endroit ? Elle a perdu le sens du temps. On dirait qu'il y a des semaines, des mois même.

Il y a un orchestre qui paraît sur la place l'après-midi, quand le plus fort de la chaleur est tombé. Du kiosque lourdement décoré, les musiciens, en uniformes blancs amidonnés, avec casquettes et force galons dorés, jouent des marches de Souza, des valses de Strauss, des chansons populaires : « Il pipistrello », « Sorrento ». Le chef d'orchestre porte la petite moustache fine d'un Casanova de province ; après chaque morceau, il sourit et s'incline sous les applaudissements, tandis que le gros joueur de tuba soulève sa casquette pour s'essuyer le front avec un mouchoir rouge vif.

Exactement, se dit-elle, ce qu'on s'attendrait à trouver dans une obscure petite ville au fin fond de l'Italie ou à la frontière austro-italienne en 1912. Tout cela sort d'un livre, comme le dortoir et ses matelas de paille et l'ampoule de quarante watts, sortis d'un livre aussi, ainsi que toute la comédie du tribunal, jusqu'à l'huissier somnolent. Est-ce que tout cela est monté à son intention, parce qu'elle est écrivain ? Est-ce que c'est l'idée que quelqu'un se fait de ce que sera l'enfer pour un écrivain, ou du moins le purgatoire : un purgatoire de clichés. Quoi qu'il en soit, elle devrait être dehors, sur la place, pas ici dans le dortoir. Elle pourrait être assise à l'ombre, dans les murmures des amoureux, devant une boisson fraîche, attendant que le premier souffle de brise vienne effleurer sa joue. Autre banalité parmi les banalités, sans nul doute, mais quelle importance cela a-t-il encore ? Qu'importe si le bonheur des jeunes couples sur la place est un bonheur feint, si l'ennui de la sentinelle est un ennui feint, si les fausses notes que joue le cornettiste dans le registre aigu sont des fausses notes feintes ? C'est ce que la vie a été depuis son arrivée ici : un ensemble élaboré de banalités qui s'agencent parfaitement, y compris l'autocar bringuebalant et son moteur qui ahane, et les valises arrimées sur le toit, y compris la porte même, décorée de ses énormes cabochons. Pourquoi ne pas sortir d'ici et jouer son rôle, le rôle de la voyageuse échouée dans une ville qu'elle est condamnée à ne jamais quitter ?

Pourtant, alors qu'elle se terre dans le dortoir, qui pourrait dire qu'elle n'a pas de rôle à jouer ? Pourquoi irait-elle penser qu'elle seule a le pouvoir de se tenir à l'écart de la pièce qui se joue ? L'opiniâtreté, le cran véritables, ne serait-ce pas de tenir sa place jusqu'au bout dans le spectacle quel qu'il soit ? Que l'orchestre attaque un air de danse, que les couples se fassent la révérence et s'avancent sur la piste, et là, parmi les danseurs, qu'elle, Elizabeth Costello, qui en a vu d'autres, mal fagotée pour l'occasion, évolue, avec des mouvements un peu raides, mais pas disgracieux. Et si cela est un cliché de plus – *quelqu'un du métier qui joue son rôle* –, eh bien tant pis pour le cliché. Pourquoi les clichés la feraient-ils frémir, alors que tout un chacun se jette dessus et en fait son pain quotidien ?

C'est la même chose pour toute cette histoire de croyance. *Je crois en la force irrépressible de l'esprit humain* : c'est ça qu'elle aurait dû dire à ses juges. Avec ça, elle les aurait mis dans sa poche, et ils auraient applaudi des deux mains, en tapant des pieds. *Je crois que l'humanité entière ne fait qu'un*. Tout un chacun semble le croire, semble y croire. Même elle y croit, de temps à autre, quand ça la prend. Pourquoi ne peut-elle pas, rien que pour une fois, faire semblant ?

Lorsqu'elle était jeune, dans un monde aujourd'hui perdu, disparu, on rencontrait des gens qui croyaient encore à l'art, ou au moins en l'artiste, qui essayaient de suivre les traces des grands maîtres. Peu importait que Dieu ait fait faillite, ainsi que le socialisme : on avait encore Dostoïevski pour nous servir de guide, et Rilke, ou Van Gogh avec son pansement sur l'oreille qui symbolisait la passion. A-t-elle conservé cette foi puérile jusqu'à son âge mûr et au-delà : la foi en l'artiste, la foi dans sa vérité ?

Au premier abord, elle serait tentée de répondre non. De ses livres, il ne ressort certainement aucune foi dans l'art. Maintenant que c'en est fini de cette vie de laborieuse écriture, elle est en mesure de jeter un regard en arrière, avec assez de détachement, croit-elle, voire assez de froideur, pour ne pas se leurrer. Ses livres n'enseignent rien, ne prêchent rien ; ils ne font rien d'autre que montrer, aussi clairement que possible, comment les gens ont vécu à une certaine époque, en un certain lieu. En termes plus modestes, ils montrent comment une personne, parmi des milliards d'autres, a vécu: la personne qu'elle, pour elle seule, désigne comme *elle*, et que les autres appellent *Elizabeth Costello*. Si, au bout du compte, elle croit en ses livres eux-mêmes plus qu'elle ne croit en cette personne, elle y croit dans le sens où un ébéniste croit en une table qui tient debout ou un tonnelier croit en un bon tonneau. Ses livres, elle le croit fermement, tiennent mieux le coup qu'elle.

Quelque chose qui a changé dans l'air, un changement qui imprègne jusqu'à l'atmosphère pesante du dortoir, lui dit que le soleil est à son déclin. Elle a laissé passer l'après-midi. Elle n'est pas allée danser, elle n'a pas travaillé à sa déclaration non plus ; tout ce qu'elle a fait c'est ruminer, elle a perdu son temps.

Dans le cabinet de toilette exigu à l'arrière du dortoir, elle se rafraîchit du mieux qu'elle peut. Quand elle revient, il y a une nouvelle, une femme plus jeune qu'elle, affalée, les yeux fermés, sur sa couchette. C'est quelqu'un qu'elle avait remarqué sur la place, en compagnie d'un homme coiffé d'un panama. Elle l'avait prise pour quelqu'un d'ici. Mais ce n'est pas le cas, c'est clair. De toute évidence, c'est une autre solliciteuse.

La question lui vient à l'esprit, et ce n'est pas la première fois: *Est-ce que c'est ce que nous sommes tous : des solliciteurs, qui attendent chacun de passer en jugement, certains arrivés de fraîche date, d'autres, que j'appelle les gens du cru, sont là depuis assez longtemps pour s'être bien installés, pour faire partie du décor ?*

En ce qui concerne la femme sur sa couchette, elle a

quelque chose qu'elle croit reconnaître, mais elle n'arrive pas à mettre le doigt dessus. Déjà, lorsqu'elle l'a vue pour la première fois sur la place, elle a eu l'impression d'un visage connu. Mais, depuis le début, elle a eu cette impression que la place, toute la ville lui étaient connues. Comme si elle avait été transportée dans le décor d'un film dont elle a un vague souvenir. La femme de service polonaise, par exemple, si c'est bien une Polonaise : où l'a-t-elle déjà vue, et pourquoi l'associe-t-elle à de la poésie ? Est-ce que cette femme, plus jeune, est poète elle aussi ? Est-ce que c'est dans ce genre d'endroit qu'elle se trouve : pas tant au purgatoire que dans une sorte de parc d'attractions littéraires, mis en place pour la divertir pendant qu'elle attend, avec des acteurs costumés pour avoir l'air d'écrivains ? Mais, si c'est le cas, pourquoi les costumes sont-ils si minables ? Pourquoi est-ce que tout ce montage n'est pas mieux fait ?

C'est ça, en fin de compte, qui donne le frisson dans cet endroit, ou qui donnerait le frisson si la vie ne se déroulait pas sur un rythme aussi languissant : le décalage entre les acteurs et les rôles qu'ils jouent, entre le monde qu'on lui donne à voir et ce que ce monde représente. Si la vie dans l'autre monde – s'il s'agit bien de cela, on peut appeler cela comme ça pour l'instant –, s'il s'avère que la vie dans l'autre monde n'est rien d'autre qu'une supercherie, une simulation, du début jusqu'à la fin, pourquoi cette simulation est-elle si totalement ratée, pas seulement avec quelque chose qui cloche ici ou là – on pardonnerait ça –, mais un fiasco total ?

C'est la même chose avec toute l'affaire de Kafka. Le

mur, la porte, la sentinelle sortent tout droit de Kafka. Ainsi que cette confession qu'on exige, et le prétoire avec l'huissier qui somnole et la brochette de juges comme des corbeaux, drapés dans leur robe, qui font semblant de penser à autre chose pendant qu'elle se démène et s'évertue tout ce qu'elle sait à trouver ses mots à elle. Kafka, certes, mais Kafka en surface ; Kafka mis à plat, réduit à une parodie de lui-même.

Et pourquoi est-ce qu'on sort Kafka rien que pour elle ? La plupart du temps, elle ne peut pas le lire sans s'exaspérer. Il ne cesse de changer de cap, entre l'impuissance et le désir, entre la rage et l'obséquiosité, et elle le trouve, lui ou les K dans lesquels il s'incarne, tout bonnement puéril. Alors pourquoi cette *mise en scène* dans laquelle on l'a propulsée est-elle – le mot lui déplaît, mais il n'y en a pas d'autre – si kafkaïenne ?

Une réponse qui lui vient est que le spectacle est ainsi monté précisément *parce que* ce n'est pas le genre de spectacle qu'elle aime. *Vous n'aimez pas les trucs à la Kafka, alors on va vous en donnez, en veux-tu, en voilà*. C'est peut-être à ça qu'elles servent ces villes frontalières : elles donnent une leçon aux pèlerins. Bon, d'accord ; mais pourquoi se laisserait-elle faire la leçon ? Pourquoi prendre tout cela au sérieux à ce point ? Que peuvent faire ces soi-disant juges si ce n'est la retenir, de jour en jour, indéfiniment ? Et la porte elle-même qui lui bloque le passage : elle a vu ce qu'il y avait au-delà. Il y a de la lumière, c'est sûr, mais ce n'est pas la lumière que Dante a vue au Paradis, rien à voir, la nuit et le jour. S'ils doivent faire obstacle et lui interdire le passage, soit, *basta*, qu'ils fassent obstacle. Qu'elle passe le reste de sa vie, si on peut dire, ici, à flâner au fil des heures sur la place pour se retirer à la tombée du jour, aller se coucher et respirer la sueur de quelqu'un d'autre. Ce n'est pas là le pire des sorts. Elle doit pouvoir trouver quelque chose à faire pour passer le temps. Qui sait, elle pourrait peut-être, si elle trouve dans quelque magasin une machine à écrire à louer, se remettre à écrire des romans.

C'est le matin. Elle est à sa table sur le trottoir, elle travaille à sa déclaration, essayant de s'y prendre autrement. Puisqu'elle se vante d'être secrétaire de l'invisible, qu'elle concentre son attention, qu'elle la porte vers l'intérieur. Quelle voix lui vient de l'invisible aujourd'hui ?

Pour l'instant, tout ce qu'elle entend c'est le sang qui bat lentement dans ses oreilles, et tout ce qu'elle sent c'est la caresse du soleil sur sa peau. Cela est au moins quelque chose qu'elle n'a pas à inventer : ce corps muet qui l'a fidèlement accompagnée à chaque pas du voyage, ce monstre gentil et lourdaud qu'on lui a donné à soigner, cette ombre faite chair qui se tient sur deux pattes, comme un ours, et ne cesse de s'abluer de l'intérieur avec du sang. Elle est non seulement *dans* ce corps, cette chose que jamais elle n'aurait même conçue en rêve, tant ce serait au-delà de ses pouvoirs, elle *est* d'une certaine manière ce corps ; et autour d'elle sur la place, par cette belle matinée, ces gens, d'une certaine manière, *sont* leur corps, eux aussi.

D'une certaine manière ; mais de quelle manière ? Comment diable des corps peuvent-ils non seulement se laver avec du sang (*du sang !*), mais cogiter sur le mystère de leur existence, articuler des remarques sur la question, et même s'offrir de temps à autre de petites extases ? Cela compte-t-il comme une croyance, quelle que soit la caractéristique qui lui permette de continuer à être ce corps, alors qu'elle n'a pas la moindre idée de la façon dont se fait ce tour de passe-passe ? Le juge et ses assesseurs, les membres du jury d'examen, le tribunal qui exige qu'elle dévoile ses croyances, se satisferaient-ils de ça : *Je crois que je suis ? Je crois que ce qui comparaît aujourd'hui devant vous est moi ?* Ou bien cela ressemblerait-il trop à de la philosophie ?

Il y a dans l'*Odyssée* un épisode qui lui fait immanquablement froid dans le dos. Ulysse est descendu au royaume des morts pour consulter le devin Tirésias. Conformément aux instructions qu'il reçoit, il creuse un sillon, tranche la gorge du préféré de ses béliers, et laisse le sang s'écouler dans le sillon. Comme le sang coule, les morts blafards se rassemblent autour du sacrifice, salivant à la perspective de goûter ce sang, au point qu'Ulysse tire son épée pour les tenir à distance.

La flaque de sang noir, le bélier qui expire, l'homme, accroupi, prêt à se précipiter et à pourfendre à l'entour, s'il le faut, ces âmes livides qui se distinguent à peine de cadavres : pourquoi cette scène continue-t-elle à la hanter ? Et, si cela vient de l'invisible, qu'est-ce que cela veut dire ? Elle croit, cela est irréfutable, au bélier, au bélier que son maître traîne jusqu'à ce lieu d'horreur. Le bélier n'est pas seulement une idée dans sa tête, le bélier est bien vivant, mais, à cet instant, il est en train de mourir. Si elle croit au bélier, alors croit-elle aussi en son sang, liquide sacré qu'il verse, foncé, gluant, presque noir, qui se déverse goutte à goutte sur le sol où rien d'autre jamais ne poussera? Le bélier préféré du roi d'Ithaque, comme le dit l'histoire, est en fin de compte traité comme une outre de sang, rien de plus, une outre à éventrer pour laisser le sang s'en écouler. Elle pourrait faire la même chose, ici même, sur-le-champ: se transformer en une outre, se couper les veines et se laisser se vider sur le trottoir, dans la rigole. Car, en fin de compte, c'est tout ce que cela veut dire d'être en vie: c'est de pouvoir mourir. Est-ce à cette vision que se résume sa foi: la vision de ce bélier et ce qu'il advient au bélier? Est-ce que cette histoire aura de quoi satisfaire ces rapaces qui la jugent?

Quelqu'un vient s'asseoir en face d'elle. Elle est préoccupée, elle ne lève pas les yeux.

« Vous travaillez à votre confession? »

C'est la femme du dortoir, celle qui a l'accent polonais, celle qui pour elle est la Kapo. Ce matin, elle porte une robe de coton, une robe à fleurs, jaune citron, un peu démodée, avec une ceinture blanche. La robe lui va bien, elle va bien avec sa riche chevelure blonde, son visage hâlé, sa solide carrure. Elle a l'air d'une paysanne à la période des moissons, bien bâtie, à la hauteur.

« Non, ce n'est pas une confession, c'est une déclaration, ce que je crois. C'est ce qu'on m'a demandé.

– Ici, on appelle ça des confessions.

– Franchement, je n'appellerais pas ça comme ça. Pas en anglais. En latin, en italien peut-être. »

Ce n'est pas la première fois qu'elle se demande comment cela se fait que tous les gens qu'elle rencontre parlent anglais. Ou est-ce qu'elle se trompe? Est-ce que tous ces gens en fait parlent d'autres langues qu'elle ne connaît pas – le polonais, le magyar, ou une autre langue prête à disparaître – et est-ce que ce qu'ils disent se trouve traduit en anglais, instantanément, miraculeusement, à son intention ? Ou bien, d'un autre point de vue, est-ce une condition à remplir pour exister ici que tout le monde parle la même langue, l'espéranto par exemple, et est-ce que les sons qui passent ses lèvres ne sont pas, comme elle le croit à tort, des mots anglais, mais des mots d'espéranto, tout comme les mots que prononce la Kapo polonaise sont de l'espéranto, même si cette femme croit peut-être que c'est du polonais ? Quant à elle, Elizabeth Costello, elle n'a pas souvenance d'avoir jamais étudié l'espéranto, mais elle pourrait se tromper, comme elle s'est trompée sur bien d'autres choses. Mais alors pourquoi les garçons de café sont-ils des Italiens ? Ou ce qu'elle prend pour de l'italien n'est-il pas tout simplement de l'espéranto avec un accent italien accompagné de gestes avec les mains comme font les Italiens ?

Les deux assis à la table à côté se tiennent par le petit doigt. Ils rient et jouent à ainsi se tirer la main ; ils ont le front l'un contre l'autre, échangent des murmures. Ils n'ont pas l'air d'avoir de confession à écrire. Mais peut-être ne sont-ils pas des acteurs, de vrais acteurs, comme cette Polonaise ou cette femme qui joue le rôle d'une Polonaise ; peut-être ne sont-ils que des figurants, à qui l'on a dit de faire ce qu'ils font d'habitude dans la vie, pour faire du monde sur la place, pour donner à la scène un air de vraisemblance, pour créer un effet de réel. Cela ne doit pas être mal, la vie de figurant. Mais, après un certain âge, on doit commencer à sentir venir l'angoisse. Après un certain âge, on doit commencer à se dire que la vie de figurant est une perte de temps précieux.

« Qu'est-ce que vous dites dans votre confession ?

– Ce que j'ai déjà dit : que je ne peux pas me permettre de croire. Que, dans le métier que je fais, il faut s'abstenir de croire à quoi que ce soit. Croire, c'est un luxe qu'on s'offre, mais ce n'est qu'une entrave.

– Vraiment ? Certains d'entre nous diraient que le luxe qu'on ne peut pas s'offrir c'est de ne pas croire. »

Elle attend qu'elle en dise plus.

« Ne pas croire – rester ouvert à toutes les possibilités, balancer entre des contraires –, c'est le signe d'une existence vécue à loisir, une existence de loisirs, poursuit la femme. La plupart d'entre nous doivent faire des choix. Seule l'âme légère flotte de-ci, de-là. (Elle se penche vers elle.) Pour l'âme légère, permettez-moi un conseil. Ils peuvent bien dire qu'ils exigent une croyance, mais, en pratique, ils se contenteront de passion. Montrez-leur de la passion et ils vous laisseront passer.

– De la passion ? répond-elle. La passion, le cheval noir de Platon ? J'aurais pensé que la passion vous entraîne loin de la lumière, pas qu'elle vous en rapproche. Pourtant, dites-vous, ici, la passion fait l'affaire. Merci de me le dire. »

Elle dit cela sur un ton moqueur, mais sa compagne n'accuse pas la rebuffade. Au contraire, elle se cale plus confortablement dans sa chaise, et lui adresse un petit signe de tête, lui fait un sourire, comme si elle l'invitait à exprimer la question qui maintenant s'impose.

« Dites-moi, combien d'entre nous s'en sortent, passent l'examen, passent la porte ? »

La femme rit, d'un rire profond, étrangement séduisant. Où l'a-t-elle déjà vue ? Pourquoi cela demande-t-il un tel effort de se rappeler, comme lorsqu'on avance à tâtons dans le brouillard ? « Passer quelle porte ? » De nouveau il lui vient un rire, un long rire voluptueux qui secoue son corps et fait trembler ses seins lourds. « Vous fumez ? dit-elle. Non ? Vous permettez ? »

D'un étui en or, elle sort une cigarette, craque une allumette, tire une bouffée. Elle a une grosse main aux doigts courts, une main de paysanne. Pourtant les ongles sont propres, soignés, polis. Qui est-elle ? *Seule l'âme légère flotte de-ci, de-là*. On dirait une citation.

« Qui sait ce que nous croyons vraiment ? dit la femme. C'est là, enfoui dans notre cœur. (D'une main légère, elle se frappe la poitrine.) Enfoui, caché pour nous-mêmes aussi. Ce n'est pas la croyance que réclament les jurys. L'effet suffit, l'effet de croyance. Montrez-leur que vous avez de la sensibilité, et ils seront contents de vous.

– Que voulez-vous dire par les jurys ?

– Les jurys d'examen. Nous les appelons les jurys. Et nous nous appelons les oiseaux-chanteurs. Nous chantons pour les jurys, pour ravir leurs oreilles.

– Je ne donne pas de spectacles, dit-elle, mon métier n'est pas de divertir. » La fumée de la cigarette lui vient dans la figure, elle l'écarte de la main. « Je ne peux pas battre le rappel de la passion si la passion n'existe pas. Je ne peux pas ouvrir ou fermer le robinet. Si vos jurys refusent de comprendre ça… » Elle hausse les épaules. Elle allait dire quelque chose sur son billet, son billet qu'elle voulait rendre, comme Ivan K Mais cela serait trop grandiloquent, trop littéraire, pour une occasion aussi triviale.

La femme écrase sa cigarette. « Il faut que je parte. J'ai des achats à faire. »

Quel genre d'achats cela pourrait être, elle n'en dit rien. Mais ce qui la frappe, elle, Elizabeth Costello (ici, les noms s'effacent peu à peu : eh bien son nom à elle ne s'efface pas, pas du tout), c'est combien elle est devenue passive, sans curiosité. Elle-même voudrait bien faire des achats. En dehors du fantasme de la machine à écrire, elle a besoin de crème solaire, d'une savonnette personnelle, au lieu du savon phéniqué du cabinet de toilette. Pourtant elle n'a pas l'initiative de demander où on fait ici ses achats.

Elle est frappée par quelque chose d'autre. Elle n'a plus d'appétit. Elle a un vague souvenir d'une glace au citron et de macarons avec le café d'hier. Son corps lui semble pesant, d'une lourdeur physique désagréable.

Est-ce une nouvelle carrière qui l'appelle : elle rejoindrait les rangs des maigres, des jeûneurs invétérés, des artistes crève-la-faim. Ses juges la prendront-ils en pitié s'ils la voient dépérir ? Elle se voit, silhouette rabougrie sur un banc public dans un rayon de soleil, griffonnant son devoir, un devoir qui ne sera jamais fini. *Que Dieu me sauve !* se dit-elle tout bas. *Trop littéraire, trop littéraire ! Il faut que je sorte d'ici avant d'y mourir !*

L'expression lui revient au crépuscule, comme elle fait un tour sur les remparts de la ville, observant les hirondelles qui planent et font des piqués au-dessus de la place. *Une âme légère*. Est-elle une âme légère ? Qu'est-ce qu'une âme légère ? Elle pense à des bulles de savon qui montent doucement parmi les hirondelles, plus haut encore dans le bleu de l'empyrée. Est-ce ainsi que la femme la voit, la femme dont le travail est de frotter le plancher et de nettoyer les toilettes (non qu'elle l'ait jamais vue à la tâche) ? Elle n'a certainement pas eu la vie dure, à quelque aune qu'on la mesure, mais elle n'a pas eu la vie facile non plus. Tranquille peut-être, protégée peut-être : une vie aux antipodes, à l'écart du pire de ce que l'histoire a connu ; mais une vie menée tambour battant aussi, le mot n'est pas trop fort. Est-ce qu'elle devrait aller retrouver cette femme et mettre les choses au point ? Est-ce que la femme comprendrait ?

Elle soupire, continue sa promenade. Comme il est beau ce monde, même si ce n'est qu'un simulacre ! On peut toujours se rabattre là-dessus.

C'est le même prétoire, avec le même huissier, mais le juge et ses assesseurs (le jury, comme elle doit maintenant apprendre à les désigner) sont nouveaux. Ils sont sept, pas neuf, l'un d'eux est une femme ; elle ne reconnaît aucun des visages. Et les bancs réservés au public ne sont plus vides. Elle a un spectateur, un supporter : la femme de ménage, assise toute seule avec un filet à provisions sur les genoux.

« Elizabeth Costello, candidate, audience numéro deux », entonne le porte-parole du jury d'aujourd'hui (le président ? le juge en chef ?). « Vous avez une déclaration révisée, à ce que nous comprenons. Je vous en prie, nous vous écoutons. »

Elle s'avance. « Ce que je crois », lit-elle d'une voix assurée, comme un enfant qui récite une leçon. « Je suis née dans la ville de Melbourne, mais j'ai passé une partie de mon enfance à la campagne, dans l'État de Victoria, région qui connaît des extrêmes de climat : des périodes de sécheresse torrides, suivies de pluies torrentielles qui gonflent les fleuves de cadavres d'animaux noyés. C'est ainsi du moins que je me le rappelle.

« Lorsque les eaux baissaient – je parle des eaux d'une rivière en particulier, la Dulgannon –, elles découvraient de vastes étendues de boue. La nuit on entendait le coassement de dizaines de milliers de petites grenouilles qui se réjouissaient de la libéralité des cieux. L'air était saturé de leurs appels comme il était saturé à midi du cri strident des cigales.

« D'où arrivent-elles soudain ces milliers de grenouilles ? La réponse est qu'elles sont là de tout temps. Durant la saison sèche, elles s'enterrent, creusant de plus en plus profond pour échapper à la chaleur du soleil, chacune se ménageant ainsi son petit caveau. Et, dans ces caveaux, elles meurent, pour ainsi dire. Leur rythme cardiaque ralentit, leur respiration s'arrête, elles prennent la couleur de la vase. De nouveau, les nuits sont silencieuses.

« Silencieuses jusqu'à l'arrivée des prochaines pluies, qui tambourinent en quelque sorte sur les couvercles de milliers de petits cercueils. Dans ces cercueils, des cœurs se mettent à battre, des membres restés inertes pendant des mois se mettent à tressaillir. Les morts se réveillent. Comme la croûte de boue mollit, les grenouilles commencent à gratter pour gagner l'air libre, et leurs voix résonnent de nouveau, en cris d'allégresse sous la voûte des cieux.

« Excusez le langage que je tiens. Je suis ou j'ai été

écrivain de métier. D'habitude, je m'attache à cacher les extravagances de l'imagination. Mais aujourd'hui, en cette occasion, j'ai pensé que je ne cèlerais rien, que je dévoilerais tout. Les inondations vivifiantes, le chœur des joyeux coassements, suivi du retrait des eaux et de la retraite vers la tombe, puis la sécheresse qui semble ne pas vouloir finir, puis de nouvelles pluies et la résurrection des morts – c'est une histoire que je présente en toute transparence, sans rien déguiser.

« Pourquoi ? Parce que aujourd'hui je suis devant vous, non pas comme un écrivain, mais comme une vieille femme qui jadis fut une enfant et qui vous raconte ce qu'elle se rappelle des étendues boueuses de son enfance et des grenouilles qui les habitaient, certaines aussi petites que le bout de mon petit doigt, créatures si insignifiantes et si loin de vos nobles soucis qu'autrement vous n'en entendriez jamais parler. Dans le compte rendu que je vous livre, et dont je vous demande de pardonner les nombreuses faiblesses, le cycle de vie de la grenouille peut paraître allégorique, mais pour les grenouilles elles-mêmes, ce n'est pas une allégorie, c'est la vie même, la seule.

« À quoi est-ce que je crois ? Je crois en ces petites grenouilles. Où est-ce que je me trouve aujourd'hui, dans ma vieillesse, et peut-être au-delà de la vieillesse, je ne sais pas trop. Par moments, j'ai l'impression de me trouver en Italie, mais je pourrais facilement me tromper, cela pourrait être un tout autre endroit. Les villes d'Italie n'ont pas, à ce que je sais, de portails – je n'utiliserai pas en votre présence l'humble mot de porte – qu'il est interdit de passer. Mais le continent australien, où je suis venue au monde, en gigotant et en braillant, est réel – aussi loin qu'il soit –, la rivière Dulgannon et ses laisses de vase sont réelles, les grenouilles sont réelles. Tout cela existe, que je vous en parle ou pas, que je croie en eux ou pas.

« C'cst pour l'indifférence de ces petites grenouilles à ma croyance – tout ce qu'elles veulent de la vie c'est l'occasion de gober des moustiques et de coasser ; les mâles, qui chantent plus que les femelles, ne chantent pas pour faire résonner l'air de la nuit de sons mélodieux, mais pour faire leur cour en espérant obtenir en récompense un orgasme, l'orgasme tel que le connaissent les grenouilles, et puis un autre et encore un autre –, c'est pour leur indifférence envers moi que je crois aux grenouilles. Et c'est pourquoi, cet après-midi, dans cet exposé lamentable et hâtif, lamentablement littéraire, pour lequel je vous renouvelle mes excuses, mais j'ai pensé m'offrir à vous sans préparation, *toute nue* pour ainsi dire et quasiment, comme vous pouvez le voir, sans notes – c'est pourquoi je vous parle de grenouilles. De grenouilles et de ma ou de mes croyances, et de la relation entre celles-là et celles-ci. Parce qu'elles existent. »

Elle s'arrête. De derrière elle lui parvient le bruit d'applaudissements discrets, de deux seules mains qui applaudissent, celles de la femme de ménage. Le bruit s'affaiblit, cesse. C'est elle, la femme de ménage, qui l'a mise sur cette voie – ce déluge de mots, ce charabia confus, cette *passion*. Eh bien voyons un peu la réaction que déclenche la passion.

L'un des juges, l'homme à l'extrême droite, se penche en avant. « Dulgannon, dit-il, c'est une rivière ?

– Oui, une rivière. Elle existe. Ce n'est pas un ruisseau insignifiant. Vous la trouverez sur la plupart des cartes.

– Et vous avez passé votre enfance là-bas, sur la Dulgannon ? »

Elle garde le silence.

« Parce qu'il n'y a rien ici, dans votre dossier, d'une enfance sur la Dulgannon. »

Elle garde le silence.

« Est-ce que l'enfance sur la Dulgannon est une autre de vos histoires, madame Costello ? Comme les grenouilles et la pluie qui tombe du ciel ?

– La rivière existe. Les grenouilles existent. J'existe. Qu'est-ce que vous voulez de plus ? »

La femme parmi eux, mince, les cheveux argentés bien coiffés, des lunettes à monture argentée, parle : « Vous croyez à la vie ?

– Je crois à ce qui ne prend pas la peine de croire en moi. »

La juge fait un petit geste d'impatience. « Une pierre ne croit pas en vous. Ni un buisson. Mais vous décidez de nous parler non des pierres ou des buissons, mais des grenouilles auxquelles vous attribuez le cours d'une vie qui est, comme vous le reconnaissez, hautement allégorique. Vos grenouilles d'Australie incarnent l'esprit de la vie, qui est ce en quoi vous croyez en tant que conteuse d'histoires. »

Ce n'est pas une question, c'est bel et bien un jugement. Devrait-elle l'accepter ? *Elle croyait à la vie* : va-t-elle considérer cela comme le dernier mot sur son compte, son épitaphe ? Tout en elle la pousse à protester : *Platitude !* a-t-elle envie de s'écrier. *Je vaux mieux que ça !* Mais elle se retient. Elle n'est pas là pour l'emporter dans une discussion, elle est là pour gagner un laissez-passer, un droit de passage. Une fois passée, une fois qu'elle aura fait ses adieux à cet endroit, ce qu'elle laissera d'elle, même si cela doit être une épitaphe, sera sans la moindre importance.

« Si vous voulez », dit-elle, sur ses gardes.

La juge, sa juge, détourne les yeux, pince les lèvres. Il tombe un long silence. Elle cherche à entendre le bourdonnement de la mouche qui vole qu'on est censé entendre en pareilles circonstances, mais il ne semble pas y avoir de mouche dans le prétoire.

Croit-elle à la vie ? Si ce n'était cet absurde tribunal et ce qu'il exige, croirait-elle même aux grenouilles ? Comment sait-on ce à quoi on croit ?

Elle essaie un test qui semble marcher quand elle écrit : elle envoie un mot dans le noir et elle écoute le genre de son qui lui revient. Comme un fondeur qui frappe sur une cloche : est-elle fêlée ou sonne-t-elle clair ? Les grenouilles : quel son les grenouilles émettent-elles ?

Réponse : pas le moindre son. Mais elle est trop maligne, elle connaît trop bien son affaire pour se laisser décevoir si tôt. Les grenouilles de la vase de la Dulgannon ouvrent pour elle une nouvelle perspective. Laissons-leur le temps : on trouvera peut-être moyen de les faire sonner juste. Car il y a quelque chose dans ces grenouilles qui obscurément la concerne, quelque chose dans leurs tombeaux de vase et les doigts de leurs mains, des doigts qui se terminent par des coussinets, mous, humides, muqueux.

Elle s'imagine la grenouille sous terre, le corps déployé comme si elle volait, comme si elle se parachutait dans le noir. Elle imagine la boue qui suce le bout de ces doigts, qui essaie de les absorber, de dissoudre les tissus tendres, jusqu'au point où personne ne saurait dire (et en tout cas sûrement pas la grenouille elle-même, perdue dans le froid sommeil de l'hibernation) ce qui est la terre et ce qui est la chair. Et pourtant, ça, elle peut y croire : la dissolution, le retour aux éléments ; et le moment inverse, elle peut y croire aussi, le premier tressaillement quand la vie revenue court dans le corps, que les membres se contractent, les mains se plient et se déplient. Elle peut croire à cela, si elle se concentre d'assez près, mot à mot.

« Psst. »

C'est l'huissier. Il fait un geste vers les juges, parmi lesquels le juge en chef la considère d'un air impatient. Est-elle tombée en transe, ou même s'est-elle endormie ? A-t-elle eu un moment de somnolence sous le nez de ses juges ? Elle devrait faire attention.

« Je me réfère à votre première comparution devant ce tribunal, où vous avez donné comme profession "secrétaire de l'invisible" et avez fait la déclaration suivante : "Une bonne secrétaire ne devrait pas avoir de croyances. Cela ne convient pas à ses fonctions" ; et un peu plus loin, "J'ai des croyances, mais je ne crois pas en elles".

« Lors de cette audience vous sembliez faire peu de cas de la croyance, disant que c'était un obstacle à votre vocation. À cette audience-ci, cependant, vous nous dites que vous croyez aux grenouilles, ou plus précisément au sens allégorique de la vie d'une grenouille, si je comprends bien votre propos. La question que je vous pose est la suivante : Avez-vous changé votre fusil d'épaule ? Avez-vous changé l'argument de votre défense entre la première audience et celle-ci ? Renoncez-vous à l'histoire de la secrétaire pour nous en présenter une autre, fondée sur votre ferme croyance en la création ? »

A-t-elle changé l'histoire qu'elle raconte ? C'est une question de poids, cela ne fait aucun doute, pourtant elle a du mal à fixer son attention pour y répondre. Il fait très chaud dans la salle, elle se sent abrutie, elle ne sait pas combien de temps encore elle va pouvoir supporter cette audience. Plus que tout, ce qu'elle voudrait, c'est poser sa tête sur un oreiller et faire un somme, même si c'est sur l'oreiller dégoûtant du dortoir.

« Cela dépend », dit-elle, pour gagner du temps, essayant de réfléchir (*Allons, allons !* se dit-elle : *il y va de ta vie !*). « Vous me demandez si j'ai changé ma défense. Mais qui suis-je, qui est ce *je*, qui est ce *vous* ? Nous changeons d'un jour à l'autre, et nous restons aussi les mêmes. Aucun *je*, aucun *vous* n'est plus fondamental que n'importe quel autre. Vous pourriez aussi bien me demander quelle est la véritable Elizabeth Costello : celle qui a fait la première déclaration ou celle qui a fait la seconde. Ma réponse est que l'une et l'autre sont vraies. L'une et l'autre. Et ni l'une ni l'autre. *Je suis une autre*. Pardonnez-moi d'avoir recours à des mots qui ne sont pas de moi, mais je ne peux pas le dire mieux. Vous n'avez pas devant vous la bonne personne. Si vous pensez que vous avez la bonne, vous faites erreur sur la personne. Vous n'avez pas la bonne Elizabeth Costello. »

Est-ce que cela est vrai ? Ce n'est peut-être pas vrai,

mais ce n'est certainement pas faux. De sa vie, elle n'a jamais eu autant l'impression qu'elle n'était pas la bonne personne.

Celui qui l'interroge a un geste d'impatience. « Je ne demande pas à voir votre passeport. Les passeports n'ont aucune validité ici, comme vous le savez certainement. La question que je vous pose est celle-ci : *vous* – je désigne par là cette personne que nous avons sous les yeux, cette personne qui demande le passage, cette personne ici et nulle part ailleurs –, parlez-vous en votre propre nom ?

– Oui. Non, formellement non. Oui et non. Les deux. »

Son juge jette un coup d'œil à droite et à gauche vers ses collègues. Est-ce que c'est une idée qu'elle se fait, ou passe-t-il sur leurs visages un fugitif sourire, échangent-ils un mot à voix basse ? Quel est ce mot ? Gâtisme ?

Il se retourne vers elle. « Merci. Ce sera tout. Nous vous ferons connaître nos conclusions en temps utile.

– C'est tout ?

– C'est tout pour aujourd'hui.

– Je ne suis pas gâteuse.

– Nous sommes d'accord, vous n'êtes pas gâteuse. Mais qui est celle qui n'est pas dans cet état de gâtisme ? »

Ils ne peuvent se contenir, ses juges, son jury. Ils commencent par glousser comme des enfants, puis toute dignité les abandonne et ils hurlent de rire.

* * *

Elle traverse la place à pas lents. C'est, dirait-elle, le début de l'après-midi. Il y a moins d'animation que d'habitude. Les gens du coin doivent faire leur sieste. Les jeunes dans les bras l'un de l'autre. Si j'avais de nouveau ma vie devant moi, se dit-elle, non sans amertume, je la passerais autrement. Je m'amuserais davantage. À quoi cela m'a-t-il servi, cette vie d'écriture, maintenant que l'heure est venue de faire ses dernières preuves ?

Le soleil est de feu. Elle devrait avoir un chapeau. Mais son chapeau est au dortoir, et la pensée de rentrer une fois de plus dans cet espace confiné lui répugne.

La scène du tribunal ne la quitte pas, l'ignominie de tout cela, la honte. Pourtant, à un niveau plus profond, elle reste, et c'est étrange, sous le charme des grenouilles. Aujourd'hui, à ce qu'il semble, elle est disposée à croire aux grenouilles. Qu'est-ce que cela sera demain ? Les moucherons ? Les sauterelles ? Les objets de sa croyance semblent obéir au pur hasard. Ils surgissent sans crier gare, ils la prennent par surprise et même, malgré son humeur sombre, ils la ravissent.

Elle tapote les grenouilles du bout de l'ongle. Le son qui lui revient est clair, comme une cloche qui sonne clair.

Elle tapote le mot *croyance*. De quoi *croyance* est-il capable? Est-ce que le test marche aussi avec les abstractions?

Le son que lui renvoie *croyance* n'est pas aussi clair, mais assez clair quand même. Aujourd'hui, à cette heure, en ce lieu, elle n'est, à l'évidence, pas sans croyance. Enfin, maintenant qu'elle y pense, elle vit, dans un certain sens, de croyance. Son esprit, quand elle est vraiment elle-même, semble passer d'une croyance à l'autre, marquer une pause, trouver son équilibre, puis aller de l'avant. Il lui vient l'image d'une jeune fille qui traverse un ruisseau ; cela lui vient en même temps qu'un vers de Keats : *Passant un ruisseau, tête droite sous le poids*. Elle vit de croyance, elle travaille par croyance, elle est créature de croyance. Quelle délivrance ! Devrait-elle y retourner à toutes jambes et le leur dire, à ses juges, avant qu'ils ne posent leur robe (et avant qu'elle ne change d'avis) ?

C'est étonnant qu'un tribunal qui mène un interrogatoire de croyance refuse de la faire passer. Ils ont dû entendre d'autres écrivains avant elle, d'autres croyants non croyants ou d'autres non-croyants croyants. Les écrivains ne sont pas des juristes, ils doivent sûrement tenir compte de cela, et laisser place aux excentricités dans la présentation. Mais, bien sûr, ce n'est pas un tribunal qui applique la loi. Pas même un tribunal de logique. Sa première impression était la bonne : un tribunal sorti de Kafka ou d'*Alice au pays des merveilles*, un tribunal de paradoxe. Les premiers seront les derniers, et les derniers les premiers. Ou inversement. Si on avait à l'avance la garantie qu'on pouvait se tirer allégrement de son audience avec des anecdotes sur son enfance, sautant, la tête droite sous le poids, d'une croyance à l'autre, des grenouilles aux pierres et aux engins volants, aussi souvent qu'une femme change de chapeau (et *ce vers-là* d'où lui vient-il ?), alors chaque demandeur se mettrait à l'autobiographie, et le greffier perdrait pied dans le flot des associations d'idées.

Elle est à nouveau devant la porte, devant ce qui est de toute évidence sa porte, à elle seule, même si elle est visible pour quiconque veut bien y jeter un coup d'œil. Elle est, comme toujours, fermée, mais la porte de la loge est ouverte, et à l'intérieur elle voit le portier, le gardien, absorbé comme d'habitude dans ses papiers qui bruissent légèrement dans le courant d'air venant du ventilateur.

« Encore une journée de chaleur, fait-elle remarquer.

– Mm, marmonne-t-il sans s'interrompre dans son travail.

– Chaque fois que je passe par ici, je vous vois en train d'écrire », continue-t-elle, essayant de ne pas se laisser décourager. « Vous êtes écrivain aussi, en un sens. Qu'est-ce que vous écrivez ?

– Des registres. Je tiens les registres à jour.

– Je viens d'avoir ma deuxième audience.

– Bonne chose.

– J'ai chanté pour mes juges. J'étais leur oiseau-chanteur aujourd'hui. Vous employez cette expression: *oiseau-chanteur* ? »

Il secoue la tête d'un air absent : non.

« Ça ne s'est pas bien passé, je le crains, ce que j'ai chanté.

– Mm.

– Je sais que vous n'êtes pas juge, dit-elle. Néanmoins, à ce que vous pouvez en juger, est-ce que j'ai une chance de passer ? Et si je ne passe pas la porte, si on ne me trouve pas assez bien pour passer, est-ce que je vais rester ici pour toujours, dans cet endroit ? »

Il hausse les épaules. « On a tous une chance. » Il n'a pas levé les yeux une seule fois. Cela signifie-t-il quelque chose ? Cela signifie-t-il qu'il n'a pas le courage de la regarder en face ?

« Mais en tant qu'écrivain, insiste-t-elle, quelles sont

mes chances en tant qu'écrivain, avec les problèmes particuliers d'un écrivain, les fidélités particulières ? »

Fidélités. Maintenant qu'elle a sorti le mot, elle se rend compte que c'est le mot sur lequel tout s'articule.

Il hausse à nouveau les épaules. « Qui sait, dit-il. C'est l'affaire des jurys.

– Mais vous tenez les registres, les listes de ceux qui passent et ceux qui ne passent pas. Vous devez bien, dans un sens, en savoir quelque chose. »

Il ne répond pas.

« Est-ce que vous voyez beaucoup de gens comme moi, des gens dans ma situation ? » poursuit-elle de manière pressante, perdant son sang-froid à présent, s'entendant perdre son sang-froid, et s'en voulant. *Dans ma situation* : qu'est-ce que cela veut dire ? Quelle est sa situation ? La situation de quelqu'un qui ne sait pas ce qu'il veut ?

Elle a une vision de la porte, l'autre côté de la porte, le côté dont on lui refuse l'accès. Au pied de la porte, barrant le passage, est étendu un chien, un vieux chien, dont le pelage fauve porte les cicatrices de maintes blessures. Il a les yeux fermés, il se repose, il somnole. Derrière lui, il n'y a rien d'autre qu'un désert de sable et de pierres, à l'infini. C'est la première vision qu'elle a depuis longtemps, et elle s'en méfie, elle se méfie en particulier de l'anagramme GOD-DOG. *Trop littéraire*, se dit-elle une fois encore. Maudite soit la littérature !

L'homme derrière son bureau en a visiblement assez de ses questions. Il pose sa plume, croise les mains, la regarde droit dans les yeux. « Tout le temps, dit-il. Des gens comme vous, nous en voyons tout le temps. »

En de tels instants, une créature sans valeur, un chien, un rat, un insecte, un pommier rabougri, un chemin de terre tortueux escaladant la colline, un caillou couvert de mousse comptent pour moi davantage que n'a jamais fait l'amante la plus belle, la plus prodigue de la plus heureuse de mes nuits. Ces créatures muettes et parfois inanimées s'élancent vers moi avec un amour si entier, si présent, que mon regard comblé ne peut tomber alentour sur aucune surface morte. Tout, tout ce qui est, ce dont je me souviens, tout ce à quoi touchent mes pensées les plus confuses, me semble être quelque chose.

Hugo von Hofmannsthal, *La Lettre de Lord Chandos*.

Post-scriptum

Lettre d'Elisabeth, Dame Chandos, à Francis Bacon.

Très cher et très estimé Seigneur,

Vous aurez reçu de la part de mon époux Philip une lettre datée de ce 22 août. Ne me mandez pas de quelle façon, mais une copie de cette lettre m'est parvenue, et j'ajoute à présent ma voix à la sienne. Je crains que vous ne pensiez que mon époux a écrit dans un accès de folie, accès qui doit sans doute avoir pris fin à l'heure qu'il est. J'écris pour dire qu'il n'en est rien. Tout ce que vous lisez dans cette lettre est vrai, à une circonstance près: aucun époux ne parviendra à cacher à une épouse aimante une aussi extrême détresse de l'esprit. Tous ces mois durant j'ai su l'affliction dont souffrait Philip et j'ai souffert avec lui.

Comment nos chagrins sont-ils nés? Il fut un temps, je m'en souviens, avant cette époque d'affliction, où il regardait fixement, comme s'il était ensorcelé, des peintures de sirènes et de dryades, désireux d'entrer dans leurs corps nus et scintillants. Mais où donc dans le Wiltshire trouver une sirène ou une dryade afin qu'il en puisse faire l'essai? Par force, ce fut moi qui devins sa dryade: c'était en moi qu'il entrait lorsqu'il cherchait à entrer en elle, c'était encore moi qui sentis ses pleurs sur mes épaules quand il ne lui fut pas possible de la trouver en moi. *Encore un peu de temps et j'apprendrai à être votre dryade, à parler votre parler dryade*, murmurai-je dans l'obscurité; mais il n'en fut aucunement consolé.

Des temps d'affliction, c'est ainsi que j'appelle les temps présents; cependant, dans la compagnie de mon Philip, j'ai moi aussi des moments où le corps et l'âme ne font plus qu'un, où je suis prête à me répandre dans la langue des anges. *Mes ravissements*, ainsi appelé-je ces accès. Ils me viennent – je l'écris sans rougir, il n'est plus temps de rougir – dans les bras de mon époux. Lui seul sait me guider; aucun autre homme ne me les ferait connaître. Il me parle corps et âme, en un parler démuni de paroles; ce dont il me transperce, corps et âme, ce ne sont plus des mots mais des glaives flamboyants.

Nous ne sommes pas faits pour vivre ainsi, mon Seigneur. Ce sont *des glaives flamboyants*, dis-je, dont mon Philip me transperce, des glaives qui ne sont pas des mots; mais ce ne sont pas plus des glaives flamboyants que ce ne sont des mots. C'est comme une contagion, qui consiste à dire sans cesse une chose à la place d'une autre (*comme une contagion*, dis-je: c'est à peine si je me suis retenue de dire *un fléau de rats*, car les rats de nos jours nous entourent). Tel un voyageur égaré (gardez, je vous prie, l'image à l'esprit), tel un voyageur égaré j'entre dans un moulin, obscur et hors d'usage, et sens soudain le plancher, pourri par l'humidité, s'écrouler sous mes pieds et me plonger dans les courants du moulin à eau; cependant, tout en étant cela (un voyageur égaré dans un moulin), il est aussi vrai que je ne suis point cela; ce n'est point non plus une contagion qui s'abat continuellement sur moi ni un fléau de rats ou des glaives flamboyants, mais autre chose. *Chaque fois ce n'est pas ce que je dis, mais toujours autre chose*. D'où les mots que j'écris ci-dessus: *Nous ne sommes pas faits pour vivre ainsi*. Seules les *âmes extrêmes* ont pu être destinées à vivre ainsi, quand les mots s'écroulent en dessous de vous comme un plancher pourri (*comme un plancher pourri*, je le répète, je ne puis m'en empêcher, pas aussi longtemps que je me suis mise en demeure de vous faire voir ma détresse et celle de mon époux, dis-je, mais où est *la demeure, où donc est la demeure?*).

Nous ne pouvons vivre ainsi, ni lui, ni moi, ni vous, honorable Seigneur (car qui dira si par l'entremise de sa lettre, ou sinon de la sienne du moins de la mienne, vous ne pourriez être touché à votre tour par une contagion qui n'en est pas une, mais qui est autre chose, toujours autre chose?). Il se peut que vienne un temps où des *âmes extrêmes* comme celles dont je parle seront en mesure de supporter leurs afflictions, mais ce temps n'est point encore venu. Ce sera un temps, pour autant qu'il advienne, où des géants ou peut-être des anges arpenteront la terre (je cesse de me retenir, je suis fatiguée à présent, je m'abandonne aux figures, vous voyez, Seigneur, à quel point je suis envahie par elles?, j'appelle cela la *ruée* quand je ne l'appelle pas mon *ravissement*, la ruée et le ravissement ne sont pas la même chose, mais d'une façon que je n'ai aucun espoir de pouvoir expliquer, quoiqu'elle n'en soit pas moins claire à mes yeux, je veux dire à *mon œil, mon œil intérieur*, comme si j'avais un œil à l'intérieur qui regardait les mots les uns après les autres à mesure qu'ils défileraient, comme des soldats à la parade, *comme des soldats à la parade*, dis-je).

Tout est allégorie, dit mon Philip. Toute créature est une clé pour toute autre créature. Un chien en train de se lécher au soleil, dit-il, est un chien à un moment donné et au moment suivant il est le véhicule d'une révélation. Et peut-être dit-il la vérité, peut-être que dans l'esprit de notre Créateur (*notre Créateur,* dis-je), où nous tournoyons comme dans les courants du bief, nous nous interpénétrons et nous sommes interpénétrés par des milliers d'autres créatures comme nous. Mais comment, je vous le demande, puis-je vivre avec des rats et des chiens et des cafards qui grouillent jour et nuit autour de moi, qui se noient et cherchent à respirer, qui me grattent, me tirent, me poussent de plus en plus profondément dans la révélation – comment? *Nous ne sommes pas faits pour la révélation*, ai-je envie de crier, *ni moi, ni vous, mon Philip*, une révélation qui brûle les yeux, comme lorsqu'on regarde fixement le soleil.

Sauvez-moi, cher Seigneur, sauvez mon époux! Écrivez! Dites-lui que le temps n'est point encore venu, le temps des géants, le temps des anges. Dites-lui que nous sommes toujours au temps des poux. Les mots ne l'atteignent plus guère, ils frissonnent et se brisent, et c'est comme si (*comme si,* dis-je), c'est comme s'il est protégé par un bouclier de cristal. Mais des poux, il comprendra, les poux et les cafards réussissent à ramper par-dessous son bouclier, ainsi que les rats; et quelquefois, même moi, Monseigneur, son épouse, je parviens à ramper jusqu'à lui. *Présences de l'Infini,* c'est ainsi qu'il nous nomme, et il dit que nous le faisons frémir; et de fait j'ai ressenti ces frémissements, je les ai ressentis au cœur de mes ravissements, à tel point que je ne saurais plus dire si c'étaient les miens ou les siens.

Ni le latin, dit mon Philip – j'ai recopié les mots – *ni le latin, ni l'anglais, ni l'espagnol, ni l'italien ne saura porter les paroles de ma révélation.* Et en effet, il en va ainsi, même moi qui suis son ombre je le sais quand je suis en proie à mes ravissements. Et cependant il vous écrit, comme je vous écris, à vous qui êtes connu parmi tous les hommes pour choisir vos mots et les mettre en place avec soin et bâtir vos jugements comme un maçon construit un mur, une brique sur l'autre. Sur le point de nous noyer, nous écrivons du fond de nos destinées séparées. Sauvez-nous.

Votre servante obéissante Elisabeth C.
11 septembre, en l'an de grâce 1603

DU MÊME AUTEUR

Aux mêmes éditions

Michael K, sa vie, son temps
roman, 1985
et « Points », n° P 719
Prix Femina étranger, 1985

En attendant les barbares
roman, 1987
et « Points », n° P 720

Terres de crépuscule
nouvelles, 1987

Foe
roman, 1988
et « Points », n° P 1097

L'Âge de fer
roman, 1992
et « Points », n° P 1036

Le Maître de Pétersbourg
roman, 1995
et « Points », n° P 1186

Scènes de la vie d'un jeune garçon
récit autobiographique, 1999
et « Points », n° P 947

Disgrâce
roman 2001
et « Points », n° P 1035

Vers l'âge d'homme
récit, 2003

Aux éditions Maurice Nadeau/Papyrus

Au cœur de ce pays
roman, 1981

Table

Citation de Paul Zumthor, chap. 2, p. 63: *Introduction à la poésie orale*, Paris, Seuil, 1983, p. 282-284.

Citation de Hugo von Hofmannsthal, p.304: *La Lettre de Lord Chandos*, traduction de Jean-Claude Schneider, publiée au Mercure de France, *copyright* Gallimard, 1989.

RÉALISATION : PAO ÉDITIONS DU SEUIL

GROUPE CPI

Achevé d'imprimer en mai 2004 par
BUSSIÈRE CAMEDAN IMPRIMERIES
à Saint-Amand-Montrond (Cher)
N° d'édition : 62057. - N° d'impression : 042044/1.
Dépôt légal : mai 2004.
Imprimé en France